元宇宙历险记

听海◎著

西苑出版社
XIYUAN PUBLISHING HOUSE
·北京·

图书在版编目（CIP）数据

元宇宙历险记 / 听海著. -- 北京 : 西苑出版社有限公司, 2024. 7. -- ISBN 978-7-5151-0916-9

Ⅰ. I247.5

中国国家版本馆CIP数据核字第202445B77W号

元宇宙历险记

作　　者　听　海
责任编辑　张礼文
责任校对　李凯丽
责任印制　李仕杰
开　　本　710毫米×1000毫米　1/16
印　　张　16.25
字　　数　220千字
版　　次　2024年7月第1版
印　　次　2024年7月第1次印刷
印　　刷　小森印刷（北京）有限公司
书　　号　ISBN 978-7-5151-0916-9
定　　价　59.00元

出版发行　**西苑出版社有限公司**
北京市朝阳区利泽东二路3号　邮编：100102
发 行 部　(010) 84254364
编 辑 部　(010) 64210080
总 编 室　(010) 88636419
电子邮箱　xiyuanpub@163.com
法律顾问　北京植德律师事务所　17600603461

目录

元宇宙历险记

第一章　水月初识

太平洋靠近亚洲大陆的海域，有一个名为“理想主义人民王国”的岛国，简称“理国”。理国首都水月市，是闻名遐迩的国际大都市，每年都有许多外国人移民到此定居。

2130 年 3 月 17 日清晨，传统节日“双神节”假期尚未结束，水月市市民便走出家门，陆续回到工作岗位上。

李瑞虎望着简易旅馆的镜子。镜子里的他，黑色短发、脸色白皙、浓眉下有一双乌黑清澈的杏眼；身材中等，体形匀称，穿着笔挺的黑色西服。他勉强地挤出一丝微笑，做出“加油”的手势，然后拎着黑色牛皮公文包，乘坐地铁去一家公司面试。

在拥挤的人群中，他感觉自己普通得不能再普通，与其他打工人没有任何不同。

地铁扎进长长的隧道后，他站在车门处，呆呆地望着漆黑的窗外。

此时他绝对想不到，三个月后会有人把枪口对准他的眼睛，强迫他回忆孩提时代家里丢失的小土狗。

走出地铁站，一股冰冷的微风吹过，他不由自主地紧了紧单薄的西服。

他走进豪华写字楼内的宽敞接待室，和另外五个年轻人坐在接待室外，惴惴不安地等待一场结果未知的面试。

进入隔壁房间面试的年轻女孩，三十分钟后还没有出来。

三十分钟前，那个女孩手拿简历，坐在李瑞虎身边。李瑞虎无意间瞥见她的简历，注意到她是水月大学硕士研究生。水月大学不但是理国一流大学，还是国际知名大学。

想到与这样优秀的人竞聘一个岗位，李瑞虎信心顿失。

“请 A019 号应聘者，到 3 号会议室面试。”甜美但毫无感情的女性电子音，从天花板上的音箱里传出来。

李瑞虎慌忙起身，整理一下手里的简历，快速走到 3 号会议室门前。

他正准备敲门时，房门突然被拉开，那个水月大学女硕士研究生沮丧地出现在他面前，快速从他左侧挤过去，一路小跑冲向走廊尽头的洗手间。

李瑞虎咽口唾沫，向前一步，看到会议室内只有一张桌子、一把椅子，以及站在桌子旁边的面试官——一个人形人工智能机器人。

很多公司都用人工智能机器人负责初级面试，他对此并不感到意外。

他象征性地敲了一下门，然后走到椅子前坐下，看着面试官。

面试官额头上的指示灯闪现绿光后，像人眼一样的双孔摄像头对准李瑞虎脸部，发出毫无感情的男性电子音：“你好，A019 号应聘者，欢迎你参加本次面试。我叫凯文，负责本次面试。下面我将扫描你的简历，请你配合。”

李瑞虎把简历放在桌子上，凯文把机械手掌对准简历。

三秒钟后，凯文额头上的指示灯闪烁两下：“经过面部识别和笔迹比对，确认你在本公司网站注册的信息和电子签名完全一致，本次面试有效。你的面试过程，将制成视频资料保存在本公司服务器中。请问，你是否同意且愿意配合？”

“我同意。”李瑞虎答道。

凯文说：“请你简单地做自我介绍，限时三分钟。其间，我可能会根据你的自我介绍进行提问。”

在凯文弧形不锈钢材质脸上，李瑞虎看到自己扭曲变形的脸。双孔摄像头随着他头部移动而移动，让他感觉非常不自在。他不由自主地看了看天花板，上身微微前倾，咽口唾沫。

“我叫李瑞虎，2106 年出生在中国。我父亲是中国人，母亲是理国人，我自幼跟随父母在中国长大；我获得上海 ×× 大学企业管理学士学位后，就职于上海市 ×× 互联网公司行政岗位；一年后因为家庭原因离职，跟随母亲移居理国镜花市古风县。

“这次我应聘行政助理岗位。在我的简历中，你可以看到，我在大学期间学分绩点很高；我曾就职的公司，是中国 500 强的上市公司，且在离职证明中，各级领导对我的评价都很高。我认为，我能够胜任贵公司的职位。”

李瑞虎瞥了一眼手表，继续补充道：“也许贵公司的企业文化和岗位需要，与我就职的上家公司存在一些差别，但我会高效快速地适应贵公司企业文化，尽快掌握岗位工作所需技能，成为贵公司需要的员工。”

三分钟刚过，凯文的额头闪现红灯，没有来由地问道：“你是理国人吗？”

李瑞虎不假思索地答道：“我是中国人。”

“你获得理国永久居留权了吗？”

“是的。”

“你能熟练地使用理语与人沟通吗？”

“抱歉，我略懂一点儿理语，只限于日常生活范围。”李瑞虎实话实说。

“你在理国有没有固定房产？”

“没有。”

“在水月市，你有什么亲人？”

“没有。我母亲居住在镜花市，那里可能有我的远房亲戚。”

凯文额头上的红灯再次闪烁：“请回答你从上家公司离职的具体原因。”

李瑞虎轻声说：“抱歉，这是我的私事，拒绝回答。”

“请注意，这是必答问题。如果你拒绝回答，会减二十分。”

李瑞虎盯着毫无表情的凯文，犹豫一下，最后妥协：“父母离异后，母亲精神状态很差，想回到理国生活。为了照顾她，我不得不离职移居理国。”

凯文问：“你父母为什么离异？他们的离异为什么会成为你离职的原因？”

李瑞虎“呼”的一下站起来：“这与我应聘的岗位有关系吗？”

凯文依旧机械地说：“请详细解释父母离异为什么是你离职的原因。”

李瑞虎也机械地说：“我拒绝回答。”

十秒钟后，凯文说：“经系统确认，A019号应聘者拒绝回答从上家公司离职的具体原因，扣二十分。接下来，请A019号依次回答下面的问题：一、目前是否单身；二、短期内是否会考虑结婚生子；三、是否接受无条件加班；四、是否能接受长期出差；五、是否愿意无条件服从我司对工作地点的改变。对于以上五点问题，面试官将根据你的回答继续提问。同时请你准备好手机，面试官将对你手机内的全部信息进行评估，以便更好地了解你。”

凯文的语速虽然很慢，但李瑞虎还在纠结被强行扣除二十分的问题，只听见了凯文要评估他手机里的全部信息，这又是他难以接受的。

他认为，这又是一条无理要求，不亚于让他在陌生人面前脱光衣服。

他低声说：“我拒绝配合。”

……

下午4点30分，李瑞虎完成第三家公司的人工智能机器人初试后，坐上地铁返回旅店。

他瘫坐在床上，双手掩面，对自己今天的面试表现感到很沮丧。

手机铃声响起。他看一眼屏幕，是他母亲打来的。

他调整一下情绪，滑动接通键：“妈妈，什么事？”

听筒里传出紧张尖细的中年妇女声音：“儿子，你在哪里，你还好吗？”

“昨天和前天我不是告诉您了嘛，我在水月市找工作。”

“儿子，你父亲就是一个地地道道的骗子，无论他对你说什么，你都不能相信。”

“知道了，您放心吧。我要准备明天的面试，先挂了。”李瑞虎不等母亲允许，就终止通话，还把手机扔到一边。

上次母亲在电话中抱怨他父亲，李瑞虎安慰她说：“父亲巴不得摆脱家庭束缚，过逍遥快活的日子。现在你们离婚了，他不可能来找我们的。”

母亲听罢大发雷霆，用世界上最恶毒的语言咒骂他父亲一整天。

现在，他不敢在母亲面前评论父亲，只能选择回避。

睡了一觉的李瑞虎走进卫生间洗澡。温热的水流滑下皮肤，紧张的神经松弛下来后，才让他有心情放眼窗外。

在他小学和中学的暑假期间，母亲都会带他到这座城市旅游。自他高二备战高考直到大学毕业上班，他再也没来过这座城市。

他以为他会在钟爱的上海生活一辈子，但是一切因为父母离婚都发生改变。父母离婚后，他不得不陪母亲来到理国镜花市古风县，也就是母亲的故乡，借住在远房亲戚家里。

母亲的故乡变化巨大，与他记忆中的模样相去甚远。因为那里大搞房地产开发，拆除很多古建筑，不伦不类的新建筑成堆出现，让他感觉更加陌生。

母亲的长辈全部离世，其他亲戚朋友也都搬到城市里，隐匿在钢筋水泥的森林中。

物已非，人亦非。

镜花市古风县人口数量不足原来的十分之一，基本都是老幼妇孺。他在那里实在找不到工作，不得不独自前往水月市。在水月市，他投出百余份简历，参加十多场面试，依旧没有找到满意的工作。

夜幕降临，李瑞虎卧在床上，边吃汉堡边看手机短信。从头翻到尾，他也没有看到一条通知他复试或被录用的信息。他起身坐到桌前，打开笔记本电脑，登录招聘网站，又把他的简历“海投”一遍。

睡觉前，他打开手机电子银行账户，余额不亚于一盆冷水浇在心头。如果他继续住旅店，存款撑不了几天。如果他坚持在水月市找工作，只能租住廉价公寓栖身。

想到这个问题，李瑞虎就感觉头部炸裂般疼痛。他闭上眼睛，按摩一会儿太阳穴，然后强打精神上网查看房屋出租信息。以他现有的财力，只能租住郊区的房子，且对房子唯一的要求是能住。

网站上在他能承受的租金范围的房源里，有的是多人合租，有的是生活设施不全，有的是走两公里才能到公交车车站，有的甚至无法提供网络宽带。

一小时后，一条信息引起他的注意。该房是位于市郊地铁 11 号线紫园站附近的金玉仙居社区一间客卧室，面积、装修、生活设施都非常理想，最重要的是月租金只要五百元理币，这是极其便宜的价格。

李瑞虎看了三遍，才确认自己没有看错。

这得益于《理国房屋租金管理办法》中的规定。理国政府为了确保经济稳定与良性发展，明文规定房租不能影响市民的生活质量，对居住用的房子租金严格限制，超过上限或下限的违反者会被重罚。

让李瑞虎难以理解的是，该房出租信息是一个月前发布的，到现在还没有租出去。

第四次查看该房信息，李瑞虎才注意到最下面还有一行小字——租客必须接受与大型亚人一起生活。

亚人，是指非人类但类似人类的智慧生物。他以前只在网上见过，从未见过真实的亚人。

第二天，李瑞虎完成一家公司的面试后，就拨打房东电话。

电话接通后，一个悦耳的男中音告诉他，可以随时看房。

李瑞虎乘坐地铁11号线抵达紫园站，出站步行五分钟，来到一片高档豪华社区的门口。如果不是看到社区大门口的大理石上金灿灿的“金玉仙居”四个大字，他还以为自己走错了地方。

两米高的铁栅栏把小区与外面隔离，铁栅栏顶部还有通电的倒刺环。大门口没有保安，只有一个面向马路的摄像头。

李瑞虎站在大门口向内观看，通过建筑风格、山水布局，判断住在里面的人非富即贵。

在大门旁的社区平面图上，李瑞虎了解到，该社区竣工于十年前，共有十二栋洋房。洋房间距均在百米以上，以致洋房零散分布在偌大的社区内。

李瑞虎走进大门后发现，社区里的绿化面积大到超出他的想象。高大的树木、低矮的灌木、平整的草坪，把每栋洋房隐匿起来；假山、小河、花园依次呈现在每栋洋房前后。

李瑞虎感觉自己不是走在社区内，而是走在放大数倍的苏州园林中。那些洋房有大有小，大洋房比小洋房大出两三倍。唯一一致的是，每栋洋房都是三层，都有前门和前院、后门和后院，全部是经典哥特式风格、尖尖屋顶、古旧石砖青瓦、圆形拱门、狭长玻璃窗，以及外墙爬满地锦。

李瑞虎找到悬挂镌刻着“9号”字样的楼牌洋房院门口停下，按响门铃。

洋房里传出“咚咚”的脚步声，伴随“咔嚓”声，厚重的洋房门打开，一颗毛茸茸的大脑袋出现在门口。

李瑞虎吓了一跳，不由自主地退后几步。

那是一颗狗脑袋，那条大狗注视着李瑞虎，慢慢地把庞大、健硕的身体挤出门外。

映入李瑞虎眼帘的是半人半狗的怪物。他的头像哈士奇的头，竖着一对尖尖的耳朵；毛茸茸的狗脸上，布满黑白相间的浓密短毛；黑色鼻子上面，是一双矢车菊蓝色的清澈眼睛。

只有那双眼睛像人类的眼睛。

他的躯干和四肢，与正常人一样，身高比李瑞虎高一头。

他虽然穿着特大号黑色休闲运动服，却被厚实的躯干和粗壮的四肢撑得鼓鼓的。

他上下打量浑身发抖的李瑞虎，眨眨湛蓝色眼睛，迅速把运动服的兜帽套在头上，遮住竖立的耳朵和大部分毛茸茸的脸，只露出半截狗嘴和黑乎乎的鼻头。

李瑞虎想起出租信息中标注的“大型亚人”，确认面前狗头人身的怪物，应该就是“大型亚人”。他结结巴巴地问：“这里是金玉仙居 9 号吧？我——我约了房东看房。”

怪物似乎听懂了李瑞虎的话，伸出双手在李瑞虎面前比画几下。

李瑞虎注意到，他的手掌比正常人的手掌大一圈，虽然也有五根手指，却像狗爪一样长着浓密的黑色短毛和坚硬的黑指甲，指腹和掌心有黑色肉垫。

他不会说话，只会手语。

李瑞虎不懂手语，只好说道：“不好意思，我不明白你在表达什么。”

怪物放下双手，侧过身，上身略微前倾，伸出掌心朝上的右手，做出“请进”的手势。

李瑞虎问：“你是让我进去吗？”

怪物点点头，走到洋房门里冲李瑞虎招手。

李瑞虎注意到，怪物的裤腰后面有一个洞，一条卷曲的黑色狗尾巴从洞里伸出，不停地左右摇摆。

李瑞虎战战兢兢地走进洋房内。房内开着空调，一股暖流迎面扑来。

一条宽大的走廊，连接着房门和客厅。走廊两侧各有一扇门，墙壁上挂满风景、人物的油画。

李瑞虎进入客厅后，怪物示意他坐到真皮沙发上，然后登上旋转楼梯。

李瑞虎打量客厅的陈设。沙发茶几是奢华的古典欧式风格；玻璃展柜内，摆放着古旧的机械类艺术品；墙壁上贴着超大灰白色花岗岩石板，上面悬挂着刀剑盾牌等冷兵器；沙发后面的墙壁上，悬挂着一张异国情调的挂毯。

一分钟后，从楼梯上走下一个老人。

老人身材矮壮，披着质地细腻的银灰色天鹅绒真丝长袍，脚穿厚绒毛包脚拖鞋。

李瑞虎注意到，老人看起来大约六十岁，一头雪白的短发中夹杂着黑发，额头和脸上布满皱纹。宽宽的额头，粗重的眉毛，高高的鼻梁，嘴唇有一撇黑白相间的胡子。

老人的左眼是正常的深褐色，右眼却是闪烁暗红色光芒的机械义眼。

李瑞虎慌忙起身，双手不知道放在哪里合适。

老人走到李瑞虎面前微微一笑，示意李瑞虎坐下，然后他坐到李瑞虎对面的沙发上。

怪兽也走下楼梯，进入客厅后面的房间。

"您不是房东吧？"李瑞虎随后解释，"和我联系的房东，听声音应该是年轻人。"

"与你联系的人是我儿子。他今天告诉我，一个租客要来看房。你就是那位租客吧？"老人和蔼地问。

李瑞虎点点头："哦，是这样啊。我叫李瑞虎，您怎么称呼？"

"轩辕健。"老人上下打量李瑞虎，"听名字，你是中国人？"

"嗯。"

轩辕健上身前倾："我是上海人，三十年前到理国攻读博士学位，毕业后留在水月市工作。再后来，我就办理技术移民，加入理国国籍。"

李瑞虎兴奋地说："我们算半个老乡了。我在上海读大学，毕业后在上海工作一年。我听说很多中国人移民理国，水月市一半常住人口是华人，以至于汉语是水月市非官方通用语言。"

轩辕健点点头："确实是这样。这个社区里一半业主是华人。你来水月市，是工作还是旅游？"

李瑞虎解释道："我母亲是古风县人，想回来生活，我就陪她来到理国。我所学专业，在古风县很难找到工作，不得不来到水月市谋生。"

"你找到满意的工作了吗？"

李瑞虎羞涩地摇摇头："目前还没有。不过，今天我面试的行政助理岗位很适合我，不知道那个岗位需不需要我。"

"哈哈，那你是水漂。"

"水漂？"

"我年轻时，有很多小城市的年轻人，为了赚钱讨生活，远离家乡去北京上海一线城市打工，他们自称北漂、沪漂。像你我这样来水月市谋生的外乡人，叫水漂。"

"我也不知道我算不算水漂。您住这么豪华气派的大洋房，做什么工作？"

"我是一家人工智能机器人集团董事会成员，现在退居二线，处于半退休状态。我大部分时间待在家里，偶尔参加股东大会和董事会会议。"轩辕健简单介绍后便转移话题，"你确定要租住这个房间吗？"

李瑞虎以为轩辕健觉得他没有工作，租不起房子，急忙说道：“虽然我暂时处于无业状态，但我一直积极参加面试，很快就能找到工作。我——我还有一些积蓄，能付得起房租。”

轩辕健摆摆手：“你误解了，我不担心你交不起房租。我担心——你刚才见过道格拉斯，就是为你开门的亚人。你能接受他吗？很多租客见到他就吓跑了。即便我不收房租，他们也不愿意在此居住。”

李瑞虎说：“我以前只在新闻报道中见过亚人照片。刚才见到道格拉斯时，确实把我吓了一跳。但是经过接触，我觉得道格拉斯可能没有想象中那样可怕。轩辕先生，亚人到底是什么物种？我在中国怎么没有见过呢？”

轩辕健说：“中国之所以没有亚人，可能是因为中国政府的病毒防控管理工作做得好。亚人是在全球爆发‘地狱病毒’和‘异种病毒’后出现的，属于达到‘地狱异种综合征’晚期的变异人。据我所知，人类同时感染‘地狱病毒’和‘异种病毒’后，目前还没有任何治愈的办法，结局只有发病死亡，或者变异成亚人。两种病毒初始来源尚不清楚，世界各国病毒学家都在研究亚人，想从亚人体内找到存活下来的秘密，以及治愈病毒的办法。理国当局为了在‘地狱异种综合征’研究领域获得国际领先地位，前些年采用死刑犯做活体实验。近三年竟然不顾国际舆论压力，面向世界重金招募愿意接受试验的志愿者。活体试验失败的人，会被推到社会上，任其自生自灭。所以，社会上存在自发感染病毒产生的亚人，也存在人为制造出来的亚人。我不是研究病毒的专家，我们社区 3 号洋房业主白雪玉才是，她能解释得更详细。”

道格拉斯端着托盘走到茶几前，把精美的青花瓷茶壶、茶杯、各式曲奇饼干整齐地摆放在茶几上，然后分别给李瑞虎和轩辕健倒茶。

浓郁的茶香，混合茉莉花的清香，扑鼻而来。

李瑞虎看到硕大的毛茸茸爪子，能把茶水精准地倒在茶杯里，一滴不洒，感觉不可思议。

待道格拉斯退出客厅后，李瑞虎打量面前的茶杯，问轩辕健："道格拉斯具有传染性吗？我们跟他接触安全吗？"

轩辕健点点头："我带他去医院做过严格检查，他身上的病毒处于亚人期，不具有传染性，不然我也不敢把他留在身边。医生说，病毒对他大脑的语言功能和记忆功能造成破坏，失去了变成亚人前的记忆，不会说话、色弱，智力衰减到八岁儿童水平。只能做简单的读写和运算，日常交流会有些障碍。"

李瑞虎犹豫一下，问道："既然他已经这样，您为什么还把他留在身边呢？您不嫌弃他是亚人吗？"

"在机缘巧合下我才认识他，发现他有些才能才收留他。他擅长洗衣做饭、打扫房间、看家守门，比雇用普通的用人更省心省事。"

"您了解他未感染'地狱病毒'和'异种病毒'前是什么人吗？"

"我不知道他的过去。所有流浪亚人的身份都是谜，理国当局对此更是三缄其口。说实话，无论在法律层面还是道德层面，大部分人都无法接受亚人，不把他们当作人，因此也就谈不上善待。警察局和城市管理局的官员，只要见到市区内的流浪亚人，就会把他们驱赶到郊区荒无人烟的地方，根本不允许他们出现在公众视野内。只有通过依法登记领养的亚人才有资格在市区内生活，许多人对待领养亚人的人非常不友好。小李，我希望你考虑好之后，再决定是否租住我的房子。"

李瑞虎问："与亚人一起生活会有很多麻烦，您为什么还要出租客卧室？道格拉斯不会给您和租客添麻烦吗？"

轩辕健说："我以前从未想过出租房间。我儿子轩辕阳觉得家里太冷清太无聊，才让我找个人同住。小李，如果你愿意租住客卧室，先看看这里的居住环境吧。”不等李瑞虎点头，他便起身。

李瑞虎跟随轩辕健从一楼开始参观。

一楼玄关通往客厅的走廊两侧，一侧是洗衣房和衣帽间，一侧是道格拉斯的卧室。客厅对面是公用洗手间，里面有可以容纳五个人一起泡澡的豪华浴池。客厅后面是宽敞的厨房和餐厅。

二楼有四个房间，依次是轩辕健的主卧室、轩辕阳的次卧室、准备出租的客卧室，还有一间房门紧闭的储物室。

准备出租的客卧室，目测有三十平方米，设有独立储物间、独立卫生间，还有宽大的阳台。

三楼是文娱区，有阅览室、健身房、游戏室。

参观完洋房，轩辕健说：“这栋房子的基本情况就是这样，绝对不能因为租客的要求做出任何改动。”

李瑞虎说：“我喜欢那间客卧室，房租也能接受。”

“晚上我儿子回来，我再征求一下他的意见。如果他觉得没问题，我们就签租房协议。”

“我等您的电话。”李瑞虎说完起身告辞。

李瑞虎走到距离院门三十米的地方，不经意间转身看见轩辕健还站在大门口望着他。

那只机械义眼在阴暗的天色中发出的暗红色光芒，让李瑞虎略感怪异。

第二章　轩辕一家

轩辕阳打电话通知李瑞虎，签订租房协议后，可以随时入住。

李瑞虎拖着行李箱来到金玉仙居 9 号洋房，道格拉斯把他迎进去。

轩辕健已经拟好房屋租赁协议，坐在客厅沙发上等候。李瑞虎草草地看了一遍房屋租赁协议便签字，拿到房门钥匙。

道格拉斯帮助李瑞虎把行李箱搬到二楼客卧室。

李瑞虎归置好生活用品，就上网查看招聘信息，“海投”简历，不知不觉中就到了半夜。这时他才注意到，窗外一片漆黑，仅有远处几盏路灯无力地把昏黄的光洒到地面上。

他去洗手间时，隐约听见门外传来轻微的脚步声，还有轮子在地板上滚动发出的“嘎啦”声。

他有点紧张，慌忙走出卫生间，打开房门，悄悄向外张望。

走廊里昏黄的地灯懒散地照着地面，一个人都没有。只有隔壁轩辕阳的卧室门打开一条缝隙，一束灯光从门缝里挤出来照到墙壁上。

李瑞虎心想：“这么晚了，轩辕阳怎么还没有休息？刚才的声音是不是从他的房间传出来的？”

在好奇心驱使下，李瑞虎来到轩辕阳的卧室门前。他正准备敲门，听见轩辕阳和轩辕健在说话。

轩辕健："我按照你的要求，找到从中国来的李瑞虎。他和你的年龄差不多，你们应该聊得来。我之所以没有向他介绍你的情况，是因为我觉得时机还不成熟。"

听到轩辕健提到自己，李瑞虎悄悄地放下手，把眼睛贴近门缝，看到轩辕健背朝门口坐在高背椅上，与躺在床上的轩辕阳说话。轩辕健的背影遮住了李瑞虎的视线，以致李瑞虎看不到轩辕阳的脸。

轩辕阳："爸爸，我现在就想见他。"

轩辕健起身给轩辕阳掩好被子："等我把钥匙给他后再说吧，你再等等。"

李瑞虎判断轩辕健要离开，急忙踮着脚尖回到自己的房间，轻轻地关上房门，把耳朵贴在门板上。

开门声、关门声消失后，走廊里寂静如初。

李瑞虎一口气喝下一杯水，捂着胸口，心想："给我钥匙？他不是已经把院门和卧室的钥匙给我了吗？"

第二天早上，李瑞虎洗漱完毕来到客厅，看到轩辕健穿着居家服，坐在沙发上看《电子晨报》。道格拉斯从厨房里走到轩辕健身边，用手语叫他吃早餐。

道格拉斯看见李瑞虎，急忙用运动卫衣兜帽遮住半个头，退回厨房。

李瑞虎走到茶几旁，冲轩辕健微微点头："早上好，轩辕先生！"

"你不上班，怎么起得这么早？昨晚睡得好吗？"轩辕健微笑着问。

"轩辕先生，我昨晚睡得很好。到水月市这么多天，我从未睡得如此踏实。"李瑞虎撒谎。

轩辕健起身走到李瑞虎面前："你称呼我轩辕先生，显得太生分了，叫我轩辕健或者轩辕叔都行。你和我们在一起生活，就应该把自己当作家里人。家里的厨房、健身房、棋牌室，你随便使用，千万不要拘束。"

“谢谢轩辕叔。”李瑞虎立即改口。

“道格拉斯做了很多菜，你去尝尝他的手艺。”轩辕健指指餐厅。

“谢谢，我还是出去买早餐吧。”李瑞虎说着就往外走。

轩辕健拉住李瑞虎的手：“走出三公里，才能达到离这里最近的商业街。你想买早餐，只能去地铁站附近的便利店，品种还少得可怜。道格拉斯的厨艺不错，你一定要尝尝。”

李瑞虎感觉自己再拒绝就有点儿不识抬举：“既然这样，我就不客气了。”

轩辕健把李瑞虎带进餐厅。李瑞虎发现餐厅比他的房间还大，中央摆放一张巨大的长方形餐桌，餐桌两侧摆放十二把高背椅。

轩辕健在主位坐下，李瑞虎坐在他身旁。

随后，道格拉斯把黄油吐司、芝士馅饼、肉包子、煎蛋、煎培根、烤鸡排、水果沙拉、橙汁、牛奶一一摆到他们面前。

自从来到理国，李瑞虎从未吃过如此丰盛的早餐。让他感到惊讶的是，道格拉斯竟然端出一锅热气腾腾的皮蛋瘦肉粥，给他和轩辕健各盛一碗，每碗还洒上一勺细碎碧绿葱花。

李瑞虎激动地说：“真没想到，我在理国还能吃到中国的皮蛋瘦肉粥。”

轩辕健说：“我年轻时常去一些国家旅行，品尝过很多国家的特色料理。经过比对，我认为还是中国的美食最好吃。我心血来潮时，就指导道格拉斯做中国菜。他有烹饪天赋，尤其对味道把握得非常精准。我想这应该缘于他的灵敏嗅觉。”

李瑞虎舀一勺热乎乎的皮蛋瘦肉粥放在嘴里品味，淡淡的海盐味、葱花的清香、猪肉末的脂味、皮蛋浓郁黏滑的口感，顿时一起刺激他的味蕾。他忍不住说道：“我在中国经常吃皮蛋瘦肉粥，感觉道格拉斯做得更地道。”

轩辕健冲李瑞虎竖起大拇指：“你的味觉也很灵敏嘛。这种粥是用特制高汤煮的。那种高汤制作过程非常繁复，要把海米、蛤蜊、海带、鲣鱼干用山泉水煮透，再过滤掉杂质，然后与鲍鱼放在一起熬制六个小时。你加点儿白胡椒粉，还能吃出另一种味道。”

李瑞虎按照轩辕健提供的方法尝试，确实如此。他冲道格拉斯竖起大拇指：“你的厨艺，不亚于中国五星级酒店里的厨师！”

对于李瑞虎的夸奖，坐在餐桌另一端的道格拉斯却没有任何反应。

轩辕健对道格拉斯说：“小李夸奖你的厨艺好呢。你把兜帽摘下来，他不会介意的。”

道格拉斯看看李瑞虎，摘下兜帽，露出毛茸茸的犬脸。他憨憨地咧嘴笑了笑，倒了一碗牛奶，用两片刷好黄油的土司，裹住两个煎蛋、两片培根，然后塞到嘴里，几乎没有咀嚼就吞下去。然后，他伸出粉红色长舌头，“吧唧吧唧”地舔食牛奶。

李瑞虎把目光从道格拉斯脸上收回，边吃早餐边与轩辕健闲聊：“轩辕叔，你年轻时做什么工作？”

轩辕健叉起一块烤鸡排放入口中，边咀嚼边说：“我获得博士学位后，从人工智能研发工程师做起，逐级晋升为高级主管，带领研发部门设计与架构人工智能程序。再后来，我与几个朋友合资创办公司。”

轩辕健轻描淡写地说，李瑞虎满脸崇拜地听。

轩辕健摇摇头：“好汉不提当年勇。我现在已经退居二线，只能在董事会成员例会上充数，在股东决策大会上举手或者摇头，就这点儿作用了。”他看了李瑞虎一眼，“世界是我们的，也是你们的，最终还是你们的。”

李瑞虎想了想，说道：“我最近参加面试，很多公司都用人工智能机器人做面试官，只是——”

轩辕健夹起煎蛋放到李瑞虎的餐盘里：“是不是不适应？”

李瑞虎说：“适应倒是适应，我只是觉得那些人工智能机器人不够人性化，过于死板教条。”

轩辕健大笑：“很正常，小公司预算有限，为了降低经营成本嘛。他们用的那些机器人都是低端的，都是技术不成熟的公司生产的廉价货。你以后会遇到高端机器人，它们的智能完全超出你的想象，完全不逊色你这样的高才生。”

李瑞虎听罢喃喃自语：“怪不得我很难找到合适的工作。看来，我的专业水平已经落后于时代发展，已经被高端智能机器人超过了。”

轩辕健说：“这是时代发展的必然结果，普通人就业机会确实比以前少很多，但机器人毕竟是机器人，永远取代不了创造它们的人。你别灰心，坚持你的想法，做你想做的事，机会早晚会出现在你面前的。”

李瑞虎不想再聊这种尴尬的话题，便向左右看了看：“轩辕叔，轩辕阳怎么没来吃早餐？”

轩辕健和道格拉斯对视两秒钟后，说道：“小阳嘛，他很忙，经常不和我们一起吃饭。等他忙完手头的工作，也就明后天吧，他会找你玩的。”

李瑞虎赶紧摆手：“我只是随便一问。等小阳忙完，我去找他。”

吃完早餐，李瑞虎想出去走走。他刚走到院门口，轩辕健跑出来递给他一个精致的礼盒。

李瑞虎接过礼盒，怔怔地望着轩辕健。

轩辕健解释道：“这里有一种风俗，老住户要送给新住户或者新邻居礼物，表示欢迎到此居住。这是小阳送给你的礼物，欢迎你入住我家。你打开看看，希望你能喜欢。”

李瑞虎打开礼盒一看，里面是一条带有沉甸甸的银色子弹头形状的金属吊坠的项链，只是吊坠比子弹头略大。

李瑞虎不知道该吊坠和项链价值几何，一时间不知道自己应该收下还是拒绝。他本想推辞，看到轩辕健满脸真挚且期待的表情，只好收下。

轩辕健开心地说："你戴上它让我看看，它应该符合你的气质。"

李瑞虎只好把项链戴在脖子上。

轩辕健摆正吊坠，连连点头："就像为你定做的一样，非常好。"

李瑞虎走到 8 号洋房院门口时，从房门里走出一位身材窈窕、金发碧眼、五官精致、皮肤雪白的女人。女人三十岁上下，穿着厚实修身的短款黑色皮夹克、深蓝色牛仔裤、长筒黑色皮靴，拎着铁灰色坤包。

女人目不斜视地走进车库，稍后驾驶白色跑车驶向社区大门。

直到跑车消失在马路尽头，李瑞虎才收回视线。他想起应该购买一些生活日用品，就走出社区，来到地铁站旁边的便利店。

便利店玻璃门上贴着招聘店员的启事。

他购买两大袋子午餐晚餐的便当和日用品，回到 9 号洋房。

他刚闲下来，手机短信提示音响起。

他打开手机查看，是一家公司要求他下午 3 点参加面试。他在网上查证后，发现这家公司竟然是资质很好的大公司。

他立刻换上西装，前往市区。

面试结束后，他又在市区逛街消磨时间，直到晚上才回家。

第二天早上，李瑞虎起床后发现，房间好像被人打扫过，吊灯上一尘不染，天花板上的霉斑也不见了。

"是不是我昨天出去后，道格拉斯打扫的？他怎么能擅自进入我的房间呢？我是不是向轩辕健强调一下，未经我允许，任何人不能进入我的房间？"李瑞虎在心里反复问自己。

他检查完自己的物品，一件也不少，觉得贸然拒绝道格拉斯的善意又不太好。内心纠结的他，在房间里来回踱步，总感觉房间发生了变化，但是到底哪里发生变化，他又说不清楚。

洗漱完毕，他来到客厅，看到轩辕健依旧坐在沙发上读《电子晨报》。轩辕健对面，坐着一个男人，背对着李瑞虎。

轩辕健向李瑞虎招手："小李，我给你介绍一下。"他指着背对李瑞虎的人，"我儿子，轩辕阳。"

轩辕阳起身面向李瑞虎。

轩辕阳比李瑞虎高出一头，头发乌黑，短碎发型，刘海儿前端一缕长发漂染成火红色；脸色呈麦麸色，剑眉星目，高挺的鼻梁上架着金丝眼镜，宽厚的下巴上有一层薄薄的胡须；浑身肌肉线条立体饱满，身材挺拔伟岸，穿着宽松的白衬衫、浅色牛仔裤、浅棕色登山靴。

"你好，我是李瑞虎。"李瑞虎说。

"轩辕阳。"轩辕阳咧嘴笑了，露出一口洁白闪亮的牙齿，似乎见到李瑞虎非常高兴。

轩辕健把手搭在李瑞虎和轩辕阳肩上："走，我们去吃早餐。"

进入餐厅，轩辕健依旧坐在主位，李瑞虎和轩辕阳坐在他左右。

轩辕健吃着煎蛋，望着李瑞虎："周六社区有个聚会，你想不想参加？"

李瑞虎放下刀叉："我与社区里的人都不熟悉，贸然前去会不会显得很冒失？"

轩辕健摆摆手："怎么会冒失呢？社区内共有十二栋洋房，除 12 号洋房业主常住日本，其他业主经常见面。为了促进邻里关系，业主们约定，每个月每家轮流做东一次，组织其他业主聚会。这周六是 8 号洋房业主，也就是我们的邻居做东。小李，你与邻居低头不见抬头见，我觉得你不去不合适。你放心吧，他们会欢迎你的。"

"我听您的。"李瑞虎点点头。他扭头望向道格拉斯的位子，"道格拉斯怎么没来吃早餐，他也去参加聚会吗？"

轩辕阳满脸疑惑，看看李瑞虎，看看轩辕健：“谁是道格拉斯？他在家里？”

轩辕健制止轩辕阳说话，立即对李瑞虎说道：“道格拉斯感冒了，他在房间休息。”

李瑞虎望着餐桌那端的空位子，问：“我稍后去他房间看看他？”

轩辕健说：“不用，他只是感冒，休息一天就好。”他挥舞刀叉催促道，“吃饭，赶紧吃饭！”

李瑞虎感觉轩辕健在刻意隐瞒什么，但他不好意思追问。他转问一直默默吃饭的轩辕阳：“你平时很忙吧？”

轩辕阳点点头：“我最近忙着写博士论文。”

“你攻读博学学位？厉害！是什么方面的论文呢？”

“元宇宙，还有全自动对话模型。你了解吗？”

“我学文科，只听说过这两个名词，但是不太了解。”

“元宇宙（Metaverse）又名灵境，是指人类运用数字技术构建的、由现实世界映射或超越现实世界，可与现实世界交互的虚拟世界，具备新型社会体系的数字生活空间。元宇宙本身并不是新技术，而是集成了一大批现有技术，包括 8G、云计算、人工智能、虚拟现实、区块链、数字货币、物联网、人机交互等技术的综合应用。

“全自动对话模型技术（auto chat model），它能通过 AI 软件，自动把语音转化文案，再把文案自动填充内容，转化成图片、视频、电影，甚至可以用语音进行 3D 建模，自动创造虚拟现实世界。”轩辕阳如数家珍地介绍。

“这个概念，听起来很复杂啊。你读什么专业，毕业后准备做什么工作？”

“我主修计算机科学，兼修数学建模学。我打算像我爸爸年轻时那样，做一个纯粹的科研工作者。”

“你同时读两个博士学位？”李瑞虎以为自己听错了。

“我刚才说的元宇宙和全自动对话模型技术，就是我的两个博士毕业论文方向。那有什么，我爸爸三十岁就获得双博士学位。除了人工智能学，我爸爸还获得脑机接口科学博士学位。博士有什么了不起？现在理国高学历泛滥，你到大街上随手抓十个人，其中八九个都有本科学历。”轩辕阳轻描淡写地说。

李瑞虎这时才意识到，自己为什么在这里找不到工作了。

轩辕健见李瑞虎一时语噎，感觉轩辕阳的话可能触及李瑞虎的内心痛点，赶紧说道：“学历高不等于能力强。其实，不从事科研工作，本科学历就足够用了。小阳这孩子从小要强，你别在意他说什么。”

李瑞虎闷闷不乐地说：“昨天我面试一家资质很好的大公司，如果能入职就好了。可惜我面试表现不太好，觉得那家公司不可能录用我。”

轩辕阳满不在乎地说：“你想去大公司上班？那有什么难的，我博士还没毕业，就已经有研究所邀请我加入。”

轩辕健打断轩辕阳，对李瑞虎说：“小阳平时太忙，难得今天在家休息。你们都是年轻人，应该有共同话题。如果你有空，就陪他聊聊天。我今天有事，吃完早餐就走。”

李瑞虎刚想回答，手机短信提示音响起。

轩辕健担心地问：“是不是公司通知你去面试？”

李瑞虎开心地说：“不是。刚才我提到的那家大公司，通知我下周一入职，薪资比我预期的高很多。”

“我就说嘛，你一定能找到工作的。”轩辕阳起身拍拍李瑞虎的肩头。有那么一瞬间，李瑞虎看见轩辕健皱着眉头，不满地瞥了轩辕阳一眼。

李瑞虎以为轩辕健对轩辕阳不礼貌的言行不满，但人逢喜事精神爽，他什么都不在意了，爽快地对轩辕健说：“今天我没事，可以陪小阳，您放心出门吧。”

轩辕健离开后，李瑞虎和轩辕阳收拾餐桌，在厨房清洗餐具。

“三楼有书房、健身房、游戏室，等会儿你想玩什么？”轩辕阳问。

“我们去书房坐一会儿吧。”李瑞虎不假思索地说。

他们来到书房。书房非常大，一张宽大厚实、雕刻精美图案的欧式红木书桌靠窗摆放，书桌上不但有现代的笔记本电脑，还有古香古色的金色座钟。塞满各种图书的书柜，靠在四周的墙壁上。每个书柜上都贴着标记类别的标签。

“这些书——你都看过？”李瑞虎环指书架。

“我都看过，有些书的内容甚至能倒背如流。这里的书你随便看，除了那个书柜。”轩辕阳指着里面角落里一个黑漆漆的书柜说。

李瑞虎走过去打量那个书柜。与其他书柜的透明玻璃门不同，这个书柜的柜门是彩色磨砂玻璃的，柜门上安装狮头形状的铜锁，看不到里面的东西。

他问轩辕阳：“为什么这个书柜要上锁？”

轩辕阳解释道：“这是我爸爸的书柜。里面到底是什么东西，我也不知道。从我记事起，爸爸就不让我接触这个书柜。”

李瑞虎回到书桌前：“除了读书，你还喜欢玩什么？我喜欢玩电子游戏，你玩不玩？”

“我从来不玩电子游戏，一没时间，二不感兴趣。为了让我的论文能获得诺斯卡科学贡献奖——理国工科顶级学术奖，我把大部分精力都花在实验室里。有空时，我也会做些运动，健身、游泳、攀岩，包括去海边冲浪。”

“花少部分精力，你就能把身材练得这么好？”李瑞虎难以置信，“我也练过几次，但坚持不下来，太累了。”

“走，我教你如何能坚持下来。为了适应以后的工作强度，你也应该坚持健身，健康的体魄是事业成功的基石。”轩辕阳根本不等李瑞虎答应，就拉着他直奔三楼健身房。

李瑞虎认可轩辕阳的话，也担心自己承受不了即将入职公司的工作强度，决定临阵磨枪。

他们走到一台推胸训练器前。

轩辕阳说：“你很少健身，一般先从胸肌和手臂开始，做卧推可以锻炼胸肌中束。”他躺到凳子上做两下示范，继续说，“注意，腰不能抬起来，双肘间距不能过窄，胸部收紧，呼吸也要调整好，动作尽量舒展。别担心，我为你提供保护。”

李瑞虎很快掌握了标准动作。轩辕阳还教他如何锻炼胸肌的上束、中缝、外缘部分的肌肉。

他们轮流卧推。轩辕阳推举的重量，是李瑞虎推举重量三倍。

一小时后，李瑞虎瘫倒在椅子上，汗水浸透背心，气喘吁吁。他一动也不想动，叫道：“我实在做不动了。”

轩辕阳几乎没流汗，只是呼吸略显粗重：“你刚开始练，不能贪重贪多，先把动作做标准，适应后再增加重量和次数。”

李瑞虎说：“我需要喝水，休息一会儿。”说完他撑持身体要走。

轩辕阳说：“你先回去，我练完胸部肌肉后，再做一小时有氧运动。”

李瑞虎就等轩辕阳说这句话呢。他回房间脱下衣服，丢进洗衣篮，简单淋浴后，换上新衣服。

李瑞虎强撑着酸痛的身体，端着洗衣篮去一楼洗衣房，路上还能隐约听到健身房里传来跑步声音。

洗衣房对面是道格拉斯的卧室。李瑞虎启动洗衣机后，想起道格拉斯正在感冒，卧床不起，觉得自己应该去探望一下。

道格拉斯的房门半敞开着。他在外面敲敲门，低声问道：“道格拉斯，你还好吗？”

无人回应。

李瑞虎问：“我能进去吗？你是不是发烧了？”

李瑞虎把头探进门内，发现道格拉斯不在房间里。

这个房间比李瑞虎的卧室小很多，家具简陋，也没有独立卫生间。一张超大尺寸的单人床，占据房间面积的三分之一。一个大衣柜，一张很大的沙发椅，一张很小的桌子，一个翻盖垃圾桶，就把房间挤得满满的。

小桌子靠在门边，上面堆着台灯、水壶、杯子、一把巨大的毛梳、一大桶乳清蛋白粉，还有一摞书。

道格拉斯不在，李瑞虎不便进入房间，但他的目光被小桌子上的书籍吸引，不由得多看几眼。

从封面和书脊上看，有《中国八大菜系》《烹饪技巧详解》等烹饪教程，还有《中国武术实操》《从零开始学剑道》《散打教学基础篇》《巴西柔术》等格斗教程。

李瑞虎退回走廊四处张望，寻找道格拉斯。他发现窗外是厚重的雾霾，雾霾厚重到连对面的 8 号洋房都看不见。

轩辕阳健身结束后，递给李瑞虎一个从中国寄来的包裹，说是他刚收到的。

李瑞虎迟疑地接过包裹，心里嘀咕：“母亲都不知道我住在这里，中国的朋友怎么会把包裹寄到这里？”他连看三遍收件人的名字，确实是他的名字。

他回到房间，打开包裹，里面是三枚用蟠桃核雕刻的串珠、一本破旧的绿皮书和一封信。

“无纸时代，什么人这么奇葩？”李瑞虎把信封扔到一边，翻看绿皮书。这本书像多次浸泡和暴晒过，封面与内文的文字模糊不清，根本无法阅读。

他打开信封，粗略地阅读手写的书信：

亲爱的阿仇，你好！

我是哈伦沙斯特。收到我的信，你一定很惊讶，真想目睹你此时惊讶的表情。

我们很久没有联系了。如果你已经忘记我是谁，也没有关系。我也是思考很久才决定给你写这封信的。不知道你能否收到这封信，也不知道你读完这封信后会怎么想。

也许有时忘记过往是一件幸事，可惜我做不到，毕竟我们曾经是最要好的朋友。

记得读初中时，我们一起上学、一起放学、一起看动漫、一起打球、一起玩游戏。我们从各自喜欢的游戏角色中给彼此选择绰号，我叫你阿仇，你叫我哈伦沙斯特。当然，这个绰号只有我俩知道，是我俩的小秘密。

大四那年，我被保研，而你明明成绩很好，不知道什么原因，你却放弃考研，到一家上市公司上班。

自此，我们各奔东西，联系越来越少。我最后一次联系你时，发现你在所有社交软件里把我拉黑了，你的手机号码也变成空号，我怎么都联系不到你。

我多方打听你，其他同学和朋友也都无法联系你。后来我才发现，你把我们共同的朋友全部屏蔽了，包括你暗恋六年的校花任婷婷。

前段时间我参加高中同学聚会，得知任婷婷在大学毕业后就订婚了，再过三个月就举办婚礼。她的未婚夫，就是高中时期坐在你后面的刘封独。你还记得他吗？那个家伙上课经常睡觉，成绩倒数第一。除了体育成绩特别好、长相英俊帅气之外，再无长处。

现在我才知道，他父母有背景、有权力，家里有钱有房产。据说他依靠父母运作，现在已是一家跨国集团副总级别的高管。

以前我做梦都想不到，任婷婷会跟他结婚，现在我能理解并接受了。

你为什么连个招呼都不打就消失了呢，难道遇到了不想让我们知道的糟心事？我想知道你的近况，如果你需要帮忙，我愿意尽力而为。

与信一起寄给你的，有初中时期我们最喜欢的小说，还有三颗我读研时自己雕刻的蟠桃核念珠，送给你留念。

你最好的朋友　哈伦沙斯特

确实是哈伦沙斯特的笔迹，说话口气一点儿也没有变。

李瑞虎埋藏在内心深处的记忆，被哈伦沙斯特的信掘出。哈伦沙斯特、任婷婷、刘封独、其他同学和老师，都鲜活地出现在他的脑海里。

一些人、一些事，他从未真正忘记，只是不愿想起。

轩辕阳推开李瑞虎的卧室门，径直走进来。

“他怎么如此没有礼貌，不敲门就进来了？”被打断思绪的李瑞虎心生不满，低头翻看破烂不堪无法阅读的绿皮书、掂量三颗念珠，佯装没有看见轩辕阳。

轩辕阳似乎没有察觉李瑞虎的不满，问道：“你不想知道为什么能收到这个包裹吗？”

李瑞虎瞥了轩辕阳一眼：“我当然想知道。难道你知道寄包裹的人是谁？”

轩辕阳说：“我当然知道。”他拉开门，把门外的哈伦沙斯特拽进来。

李瑞虎睁大眼睛，难以置信地望着哈伦沙斯特，慌忙起身。

哈伦沙斯特的身体依旧瘦削单薄，面色依旧苍白。

他们紧紧地拥抱良久。分开后，哈伦沙斯特坐到椅子上，问李瑞虎：“我好不容易找到你，你不给我一个合理的解释吗？”

李瑞虎哽咽着说：“父亲公司破产、父母离婚、我无家可归的破事儿，哪有勇气对你们说？我不想让你们看到我狼狈不堪的样子，就随母亲跑到这里重新开始。”

哈伦沙斯特起身走到李瑞虎面前，直直地望着他：“我不是说过嘛，真正的朋友就是用来祸害的。人生没有几道坎还能叫人生吗？有我们在，一切都会好起来的。”

他们叙旧到很晚，哈伦沙斯特才离去。

第三章　邻居聚会

周六晚上，李瑞虎和轩辕健换上西装，一起参加社区业主聚会。

出门前，李瑞虎没有看到轩辕阳，有些不解，便问轩辕健：“今天是周六，小阳不和我们一起去吗？”

“他很忙的，哪有时间啊。”轩辕健神色不定地说。

李瑞虎感觉轩辕健对他隐瞒什么，又觉得他们的关系还没有发展到不设防的地步，也就没在意。

母亲打来电话，接通后听筒里就传出尖厉的声音，李瑞虎不得不走到一边。

母亲不管不顾地喊道：“不知道他什么时候来找我，要害死我的。你在哪里？我现在就去找你，你要保护我！”

李瑞虎低声安慰母亲：“你放心吧，我父亲不会害你的。我现在不方便接电话，先挂了。”他不敢再听母亲唠叨。因为他知道，再给母亲一次说话的机会，他就找不到挂断电话的理由了。

他尴尬地走到轩辕健面前：“推销保险的电话，业务员真是太热情了。”

“时间不早了，我们赶紧走吧。”轩辕健似乎有些心不在焉，没有注意李瑞虎心虚的样子。

他们来到8号洋房院门口，按响门铃后，一位中年妇女立刻出来开门。

这位金发碧眼的中年妇女，戴着做工考究的圆眼镜，眉宇间透露着知识女性的优雅、干练。她身材高挑，凹凸有致，说话时满脸都是职业性微笑。

她和轩辕健象征性地拥抱后，指着李瑞虎问："我好像第一次见到这位先生，他是——"

"李瑞虎，我远房亲戚的孩子。"轩辕健转身对李瑞虎说，"这位是卫静香夫人。"他对李瑞虎和卫静香的介绍简单到不能再简单。

轩辕健把礼盒装的白葡萄酒递给卫静香："给您添麻烦了。"

卫静香礼貌地接过礼盒，客气地笑着说："不麻烦，你们快进去吧。"

轩辕健、李瑞虎跟随卫静香来到客厅。客厅陈设是地中海风格，以蓝、白、黄三色为主。地上铺设原木地板，墙壁上贴着宝石蓝和象牙白相间的壁纸，天花板中央悬挂圆形水晶吊灯。吊灯下面是巨大的白色椭圆形实木茶几，茶几周边是圆弧形深蓝色真皮沙发。

李瑞虎觉得，比起轩辕健家欧式古典风格的客厅，这个客厅陈设更舒适，更有家的味道。

聚会已经开始，先到的邻居围坐在茶几周围。

与轩辕健年龄相仿、满脸书卷气的卫明星，起身与轩辕健握手："好久没见到你了，你最近忙什么呢？"

轩辕健哈哈大笑："我已经是半退休的人，还有什么可忙的，只能在家里收拾那些即将报废的机器人打发时间。你作为一校之长，承担教书育人之重任，才是真正的大忙人。"

卫明星严肃地纠正道："是副校长，我只是负责学校的日常行政管理工作。"他摇摇头，"唉，现在的学生和家长，什么事情都往老师身上推。这周我校又有学生夜里偷偷地翻墙跑出去，不知道出去做什么。好在老师在学生家长知道前及时处理好，不然老师又要被投诉了。不知道这些叛逆期的孩子能做出什么事情，让我头疼不已。我真羡慕你在家里做些自己喜欢做的事情，我还不知道熬多少年才能退休呢。”他说完上下打量轩辕健身边的李瑞虎，问轩辕健：“这位是——”

轩辕健把李瑞虎推到卫明星面前：“小李，这位就是大名鼎鼎的卫明星，水月市女子中学校长。在水月市，就没有他摆不平的事情。老卫，他是来自中国的李瑞虎，我远房亲戚的孩子。”

坐在沙发上的人都起身和轩辕健打招呼，却对轩辕健身边的李瑞虎视而不见。

说是聚会，其实类似在一起吃顿自助餐。靠近厨房的照片墙下面有一张长桌，上面摆满各种美食、酒水和饮料，供参加聚会的人自取自食。

参加聚会的人想喝什么，想跟谁喝，想吃什么，想在什么地方吃，一切自便。

待先到的人取完食物回到沙发前坐下，轩辕健和李瑞虎才去取食物。长桌上的食物很丰盛，汉堡肉饼、烤牛肉片、煮虾仁、火腿片、火鸡肉片、奶酪片、肉汁土豆泥、蔬菜沙拉、水果拼盘、烤面包，应有尽有。

许久没有吃过大餐的李瑞虎，把盘子装满美食后，低声对轩辕健说：“他们好像不欢迎我。”

轩辕健劝道：“这里的人和中国人不一样，没有特别关心别人的习惯，所以你才会觉得他们有些冷淡。”

李瑞虎转而问道：“卫校长和卫静香是夫妻吗？”

轩辕健点点头：“他们都在水月市女子中学工作。他们的女儿卫爱莲，是市区医院整形科医生。”

李瑞虎想起几天前在 8 号洋房院门口见到的金发姑娘，应该就是卫爱莲。

这时，一位年轻漂亮的女用人墨水仙从厨房里走出来，增补餐桌上的食物。她主动和轩辕健打招呼：“轩辕先生，好久没看见您啦，您还好吗？”

轩辕健热情地回应：“我很好。墨水仙，非常感谢你准备的丰盛晚餐。”

墨水仙微微一笑：“您过奖了，祝您用餐愉快！”

李瑞虎和轩辕健端着餐盘，在客厅角落里坐下。

坐在沙发上的几个人，说话声音越来越大，好像发生了争执。

轩辕健淡定地用餐，好像对邻居的争执司空见惯；李瑞虎涉世未深，对这些人感到好奇，便竖起耳朵听他们在争执什么。

11 号洋房业主伊莎贝拉半倚半坐在沙发扶手上，一手端着玛格丽特鸡尾酒，一手拨弄杯沿上的青柠角，毫无顾忌地大声说：“归根结底，亚人就不属于人类，更无法知道他们会进化成什么怪物，会不会伤害我们。总之，我无法接受与他们生活在一个社区。”

李瑞虎忍不住循声望向伊莎贝拉。

年过四十的伊莎贝拉，身材曼妙，表情高冷，精致的妆容遮不住由内向外散发的傲气。黑色头发在脑后盘成发髻，显得白皙的脖子很长很细。黑色绸缎长袖礼服上缀满水钻，昂贵又有些俗气。

伊莎贝拉突然坐直身子，音量又提高一级：“把亚人驱逐到郊区是极不负责的做法。我提议，必须限制所有亚人的活动范围。如果他们出现任何不良行为，立即处决。只有这样，才能确保我们的安全。”

李瑞虎低声问轩辕健：“他们是不是在议论道格拉斯？”

轩辕健轻轻摇头，示意李瑞虎不要说话。

坐在伊莎贝拉斜对面的 6 号洋房业主泰姆摇摇头：“伊莎贝拉，我无法接受你的提议。真没想到，时至今日你还有这样的想法。你有没有想过，理国要想在‘地狱异种时期’获得国际领先地位，这是必然付出的代价。官方没有考虑过亚人引发的负面问题吗，肯定考虑过。也就是说，在法律和政策允许情况下，能在感染‘地狱病毒’或‘异种病毒’后活下来的亚人，经过层层验证确认，他们不会无故攻击市民，更不会传播‘地狱病毒’和‘异种病毒’。虽然他们的形象会影响市容，会引发一些市民反感和恐慌，但也不能按照你的逻辑处置他们。”

伊莎贝拉被泰姆驳得哑口无言。她沉默几秒钟后，忽然对坐在身边的丈夫乔瑟夫吼道：“乔瑟夫，你哑巴了？泰姆的歪理邪说，听上去貌似有道理，但是他也承认，亚人不会无故攻击市民。不会无故攻击，就说明亚人还会攻击市民。对大批亚人来说，他们的攻击性可能是百分之一，但对被他们攻击的市民来说，伤害性就是百分之百。对不对？”

乔瑟夫觉得在这种场合下，如果不让伊莎贝拉找回面子，她会一直争执下去。于是，他委婉地说道：“我同意你的提议。如果你担心亚人会攻击你，或者你看到他们就感觉心里不适，我们就向议会会员反映，请他们关注这个问题。”

伊莎贝拉见乔瑟夫附和自己，盯着泰姆得意地说：“泰姆，你听到乔瑟夫的意见了吧？那些亚人必须受到严格控制。我们没有义务在乎那些亚人的死活。他们出现在这个世界上，就是一个错误。”

一时间，客厅里不再有人说话，静得可怕。

轩辕健转头望着李瑞虎，挑了挑眉头，一副“我早就告诉过你”的表情。

门铃突然响起。

卫静香像抓住救命稻草一样，大声说：“来人了，我去看看。”她走到门口一看，是住在 1 号洋房的摩根、爱丽儿夫妇和他们的儿子麦可、女儿茉莉来参加聚会。

麦可用稚嫩的声音问：“卫阿姨，爱莲姐姐在家吗？”

卫静香说：“爱莲姐姐在医院上班呢。邻居们早就到了，你们来得有点儿晚啊。”

爱丽儿说：“孩子很少有机会参加社交活动，为了给孩子准备合适的衣服，耽误一点儿时间。”

摩根把一个大礼盒递给卫静香：“这是我们面包厂生产的红丝绒蛋糕礼盒，你一定会喜欢的。”

他的话音刚落，李瑞虎就看到七八岁的麦可扇动浅黄色翅膀飞到客厅里。

随后，七八岁的茉莉扇动白色翅膀，和麦可一起悬停在半空中。

摩根和爱丽儿跑进客厅，对麦可和茉莉喊道：“你们不要胡闹，赶紧下来，和叔叔阿姨打招呼。”

麦可和茉莉不听父母的话，欢快地在客厅里飞了两圈，最后落在李瑞虎身旁。

摩根和爱丽儿跑到李瑞虎面前，把麦可和茉莉拉到身后，向李瑞虎和轩辕健微微鞠躬：“对不起，没有吓到你们吧？”

“不顽皮还能叫孩子吗？他们很可爱，我喜欢。”轩辕健冲麦可和茉莉招招手。

李瑞虎打量面前身材高大、结实健壮的摩根——西方人面孔，深红色头发，有点儿秃顶；棱角分明的脸上那副黑框眼镜，不但让湛蓝色眼睛显得不太有神，还让嘴唇上深红色胡子显得很突兀。

爱丽儿具有明显的东方女人特征，五官标致，身材曼妙。

麦可和茉莉被爱丽儿带到沙发前。麦可和茉莉像绅士、淑女一样，向各位邻居行礼，动作非常标准。

众人又开始谈笑风生，只有伊莎贝拉一脸厌恶地愤然起身，坐到客厅的角落里。

摩根一家四口和邻居们打招呼时，李瑞虎悄声问轩辕健："那两个孩子，是不是和道格拉斯一样？"

轩辕健点点头，做出噤声的手势。

摩根走到卫明星面前。卫明星主动和他握手："这周面包厂的生意还不错吧？"

摩根谦虚地说："面包厂效益还可以，正准备拓展产品线，生产适合春季吃的蛋糕、甜点、饼干。托你的福，我们与另一家高中食堂也建立了合作关系。"

"看来你肯定没空去钓鱼了？"

"最近两个月确实没有。明天上午我和爱丽儿去基督教堂做礼拜，想约你去镜花市古风湖钓鱼。那里风景很好，可以露营野餐。"

"听起来就不错，我真想和你去。不过，下周一我要参加市教育局组织的中学生教育方针讲座，周末我要准备演讲稿。"

"你忙你的，我们下次再约。唉，我还想利用钓鱼的空当，向你请教如何教育孩子呢。你也看到了，我家的麦可和茉莉，调皮得很，根本不懂礼数，让我们两口子头疼得很。"

"小问题。等我有空，我们就这个问题好好聊聊。教育无小事，必须认真对待。"卫明星提高嗓门，摆出教育专家的姿态，背着手，起身扫视众人，貌似要给众人讲教育课。

5号洋房业主贺喜久天反感卫明星这副做派，又不好意思直接打断卫明星，便瓮声瓮气地问身边的泰姆："泰姆，你公司最近研发出新款人工智能机器人了？"

贺喜久天的声音压过客厅里的所有人。

李瑞虎的目光落在贺喜久天身上。

贺喜久天五十岁上下，身材矮壮肥硕。亚洲人面孔，脸阔头圆，面色红润，留着络腮胡子。说话时，他还不停地把半块三明治塞进嘴里。

泰姆配合贺喜久天：“我们公司最近研发出一款智能机器人管家，能把房屋建筑、居家服务、人工智能机器人完美结合，与市面上同类产品相比，更具个性化、人性化。我已经把这款产品安在我家试用，用户体验和数据分析都不错。”

贺喜久天说：“哪天我和老婆去你家看看。如果合适，我就预定一套。我老婆一直跟我抱怨，去年在你们公司买的那款人工智能机器人管家，使用起来不太方便。”

泰姆说：“那是 2.0 版本，还不太成熟，肯定存在各种缺欠。你试试这款 3.0 版本，虽然不便宜，但我相信你们肯定会喜欢的。为客户量身定制，只要五十万元。”

贺喜久天说：“我不怕贵，就怕不好用。五十万元还不够我儿子瞬久天一个月开销呢。”

李瑞虎指指贺喜久天，问轩辕健：“他是不是很有钱？”

轩辕健说：“他不但有钱，而且还是社区里最有钱的人。他老婆凤舞久天，是久天房地产开发集团老板的千金。金玉仙居社区就是久天房地产开发集团开发的，他们居住的 5 号洋房，是金玉仙居社区建筑面积最大的。泰姆是家居类人工智能机器人公司总经理，他只给高端人群提供定制服务。”

门铃再次响起。卫静香出去把 2 号洋房业主丽塔和她贴身女用人乌苏拉请进客厅。

性感妖娆娇媚的丽塔吸引了客厅内所有男人的目光，包括年轻的李瑞虎和年迈的轩辕健。

丽塔三十岁左右，肤白胜雪；浅金色浓密卷发垂在肩上，面若新月，弯眉如刻，明眸皓齿；她身穿翠绿色低胸长袖亮面丝质长裙，肩围雪白油亮的北极狐皮短披肩，双臂戴白色长筒手套，手提精致小巧的金色坤包。

她享受着男人们贪婪的目光，轻扭细腰，缓缓解开披肩，露出圆润的香肩和玉颈上那条精美绝伦的翡翠项链。

众人顿时意识到，丽塔展示的不是香肩，而是项链。

这条项链，由刻着中国福纹、揉成藤蔓状的黄金作链体；由深绿色翡翠雕成的叶片作配饰；由鸡蛋大小、鲜红宝石雕刻的三朵牡丹花作吊坠。链体金光闪闪，配饰晶莹剔透，挂坠栩栩如生，犹如花环缠在她的脖子上。

这条项链似乎有魔力一般，让其他女业主的首饰、男业主的手表黯然失色。

乔瑟夫突然站起来大叫："Heart of Immortal Life！永生之心！"他失神一般走到丽塔面前，"如果我没有看错的话，这是中国清代金镶福纹嵌翠牡丹项链，是皇帝赐给公主的陪嫁品，后来流落海外。我六年前在水月市双神节慈善拍卖会上见过它，如果不是当时资金不足，我肯定拍下它，如今它的市值至少过亿。据说后来它被人以一千八百万元拍下，那个人不会是你吧？"

丽塔优雅地把披肩和坤包扔给身后的乌苏拉，脱下长筒手套："一杯红葡萄酒，一块奶酪。"

乌苏拉整理好丽塔扔过来的东西，低头退下去。

丽塔用指尖象征性地与乔瑟夫握手："不愧是专业珠宝商，你的眼光不错。不过，有一点你说错了，拍下这条项链的人不是我，而是我的丈夫东方信。他把它作为我们结婚一周年的礼物送给我。"

见所有人的注意力都集中在丽塔身上，坐在角落里的伊莎贝拉气得额头青筋暴起、嘴角抽搐。

丽塔像一线女明星接见粉丝一样，象征性地与身边的人打招呼：

“卫校长和卫主任，好久不见，我太想你们了！”

“久天先生，怎么不见您的夫人？”

“泰姆，别来无恙！”

“摩根夫人，你的发型真漂亮！”

丽塔直接跨过伊莎贝拉，与 7 号洋房业主炎正、温红夫妇打招呼。

李瑞虎这时才注意到坐在客厅角落里的炎正和温红。

炎正和温红几乎没怎么说话，都是别人主动与他们打招呼。

李瑞虎问轩辕健：“正在与丽塔说话的人是谁？”

轩辕健说：“男的是水月市城市管理局局长炎正，女的是水月市卫生局办公室主任温红，他们在社区内很受尊重。我听说炎正准备竞选参议会议员。”

乌苏拉端着红酒和奶酪片来到丽塔身边。

丽塔瞥了一眼奶酪，沉下脸，厉声喝道：“你老糊涂了吗？这种奶酪让我怎么吃？我要的是条状奶酪！”

乌苏拉卑微地躬身道：“夫人，对不起，我马上去换。”

乌苏拉退下去后，丽塔看见轩辕健，瞬间换了一副面孔，嗲声嗲气地问轩辕健：“轩辕先生，最近还好吗？”

轩辕健微微点头：“还能吃饭。”

丽塔注意到李瑞虎，问轩辕健：“这位小帅哥是谁啊？”她的目光紧紧地锁住李瑞虎的脸。

李瑞虎不敢直视丽塔裸露大半的丰胸，羞涩地低下头。

丽塔轻轻地摇晃红酒杯，妩媚的桃花眼盯着李瑞虎几秒钟后，伸出白皙纤细的右手食指，似乎要托起李瑞虎的下巴。

轩辕健赶紧介绍道：“李瑞虎，我远方亲戚的儿子，暂住我家。”

丽塔直勾勾地盯着李瑞虎："小帅哥，我住在2号洋房，欢迎你到我家做客。"

李瑞虎紧张得不知道说什么好，只能连连点头。

丽塔推了李瑞虎肩膀一下："怕什么啊，姐姐还能生吃了你？你一定去啊，不然姐姐会生气的。"

丽塔说完，晃动圆润的肥臀回到炎正面前："4号洋房业主真光豪局长怎么没来？上次在你家聚会，他就没来。"

"他可能不好脱身吧。"炎正模棱两可地说。

"哈哈，他是怕俗人缠身吧。"丽塔开玩笑似的说。

乌苏拉把切好的奶酪送到丽塔面前。丽塔捏起一条奶酪放在口中轻轻吸吮，迈着猫步走到伊莎贝拉面前，然后环视客厅，大惊小怪地喊道："呦，这不是伊莎贝拉嘛！你怎么一个人坐在这里呢？"

伊莎贝拉优雅地举起酒杯，把半杯玛格丽特鸡尾酒一口饮下，然后拿起纸巾沾了沾嘴角。

她抬头看丽塔，好像突然看见丽塔似的："是你啊，丽塔。我刚才看窗外，没看见你。你的项链太蠢笨了，戴着它不勒脖子吗？"

丽塔并不在乎伊莎贝拉的羞辱，挺了挺胸脯，故意向伊莎贝拉展示项链。

伊莎贝拉瞥了一眼项链，撇着嘴说："我听说这种老古董，可不是谁都能戴的。命格不高的人，戴上它不但会影响气运，还会招来厄运。你老公东方信拍下这条项链后不久，就遭遇车祸身亡了吧？"

丽塔的脸瞬间扭曲变形，愤愤地说："这条项链我一直锁在保险箱里，今天第一次戴出来给大家看。你怎么能这样说话？"她说完转身离去。

就在邻居们谈笑、嬉笑，甚至嘲笑时，身穿卡其色长款风衣的卫爱莲开门进来。

“爱莲姐姐！”麦可和茉莉一起向卫爱莲飞过去。

卫爱莲蹲下身子，抱了抱他们。

卫静香接过卫爱莲的坤包，嗔怒道：“明明知道今天邻居聚会，你怎么还回来得这么晚！”

卫爱莲起身解释：“我也想早点儿回来，没想到下班时发生紧急情况。我负责的患者上楼时滑倒，磕到刚做完手术的鼻子。”她说完走进客厅，与各位邻居打过招呼后，便去取食物。

轩辕健被卫明星拉到一边聊天。

李瑞虎吃完盘子里的食物，走到餐桌前，正好与卫爱莲走到一起，只好冲她点头。

卫爱莲问李瑞虎：“以前没见过你，你是刚搬进来的吧？你叫什么，住哪里？”

李瑞虎小声说：“我叫李瑞虎，借住轩辕健先生家。”

卫爱莲大大方方地说：“我叫卫爱莲，欢迎你来我家做客。”她上下打量李瑞虎，“你是中国人吧？”

“是的。”

卫爱莲面露惊喜：“六年前，我和轩辕阳在水月大学医学博士站学习期间，到中国上海旅游。那里太美了，太发达了，给我留下深刻的印象。”

“你——六年前和轩辕阳一起在博士站学习？”李瑞虎心里顿时疑窦。

卫爱莲继续说道：“我和轩辕阳不但是邻居，在大学还是同班同学，就自然发展成情侣。后来，我们同一年进入水月大学医学博士站，不过他主修计算机科学和数学建模学，我只修整形外科。”她说完指了指照片墙上的一张照片。

那是轩辕阳和卫爱莲在上海拍摄的情侣照，照片中他们笑得很开心。

李瑞虎心里更加疑惑："他们是情侣，还是同学。今天她家组织邻居聚会，轩辕阳为什么不参加呢？"

卫爱莲没有注意李瑞虎的表情，长叹一口气："世事无常，很多事情不是我们能选择和决定的。"

"难道他们之间发生过不愉快的事？"李瑞虎暗自合计如何询问这件事时，卫爱莲突然压低嗓门，"你了解道格拉斯吗？跟他住在一起习惯吗？"

李瑞虎不假思索地说："不太了解，但是他对我非常友好，还能悉心地照顾我的起居。"

"他是亚人！虽然我能接受亚人这种异物，但是让我和他们一起生活，我实在无法接受。"

"难道是因为道格拉斯，他们闹矛盾了？"李瑞虎心里的疑云更重。他刚想说话，肩膀被人狠狠拍了一下，吓得他立即转身。

丽塔笑眯眯地望着李瑞虎，把酒杯递到他面前，嗲声嗲气地说："小帅哥，能帮我倒一杯红酒吗？一——大——杯！"她说到"大"字时，还冲李瑞虎抛了一个媚眼。

"你们聊！"卫爱莲一脸嫌弃地离开长桌。

面对不知所措的李瑞虎，丽塔把高耸的乳峰抵在李瑞虎胳膊上，显得脖子上的项链格外扎眼。

李瑞虎像触电似的后退半步，机械地接过丽塔手里的酒杯，机械地拿起醒酒器。

丽塔跟过来，把嘴巴凑到李瑞虎耳旁，一股甜腻的花香涌入李瑞虎的鼻孔。她小声说道："这里的人身上都有不可告人的秘密。他们的话，你不能轻信。"

李瑞虎拿着醒酒器的手微微战抖。

丽塔把嘴唇抵在李瑞虎的耳郭上：“你可以相信我，我会照顾你的！”

李瑞虎拿醒酒器的手剧烈抖动一下，红酒溢出酒杯，染红杏黄色亚麻桌布。

丽塔完全不在意李瑞虎的狼狈样，继续说道：“卫爱莲失去轩辕阳后，精神受到刺激，你最好离她远点儿。”

李瑞虎把酒杯递给丽塔，转身逃离。

丽塔望着狼狈的李瑞虎，一口喝下半杯葡萄酒。

李瑞虎回到原来的位置，心脏剧烈跳动，脸色绯红。

轩辕健走过来问：“你怎么了？”

“没——没什么。我有社交恐惧症，突然见到这么多陌生人，感觉不舒服。”李瑞虎结结巴巴地撒谎。他偷偷地向长桌方向瞥了一眼，担心丽塔还来找他的麻烦。

丽塔已经被乔瑟夫缠住了。乔瑟夫对丽塔大献殷勤，但丽塔似乎对他不感兴趣。

“哈哈，多参加几次这样的聚会，多接触陌生人，就会改变的。”轩辕健拍了拍李瑞虎的肩膀。

“这样的聚会，怎么与我想象的不一样呢？正常人参加这样的聚会，真的不会出问题吗？”李瑞虎心想。

第四章　过去的过错

周一早上，李瑞虎特意早起半小时，洗漱完毕，穿戴整齐。

他来到公司前台，登记来访信息；去人事部报到后，坐到工位上。

内线电话铃声响起。人事部通知他去见他的直属领导——人工智能机器人克拉博。

李瑞虎来到总经理办公室，克拉博坐在办公桌对面的老板椅上，背对着他。

克拉博没有转身："李，欢迎你加入我们公司。作为我的助理，你的主要职责之一，就是保护我的人身安全。首先你要知道，我是掌控人类网络的珍贵机器人，我的价值比普通人类高出万倍不止。"

李瑞虎不解地问："先生，就是因为您是人工智能机器人，您就比普通人类高贵？我没有冒犯您的意思，我只是不明白，谁会威胁您的安全呢？"

"不要叫我先生，叫我总经理！对于你的无知，我选择宽宥一次，毕竟你还是缺乏工作经验和职场阅历的崭新移动硬盘。商场如战场，职场如竞技场，我们公司的竞争对手很多。如果我出现问题，竞争对手就会抢占我们的市场份额。这对我们公司来说是致命的。"

"我明白了，总经理。"

“本公司之所以繁荣稳定地发展，全靠我的英明决策。所有员工都为更高级的智慧——也就是我——提供支持和服务。你必须时刻牢记，在任何时间在任何事情上，都要无条件地服从我的命令，否则你就会被解雇。”

“明白！总经理，我时刻听从您的指挥和差遣。请问，您需要我提供什么样的保护？”

“你没有理国驾照，也不会使用枪械。试用期间，你的首要工作，就是接受射击训练，直到你获得持枪许可证。”

“必须持枪上岗？”李瑞虎一脸惊愕，“我还需要持枪上岗？公司不是内有保安、外有警察吗？还有，理国政府允许平民持枪吗？”

克拉博似乎有些不耐烦了，提高嗓门：“在理国，如有自卫用枪需要，可以向警方申请。如珠宝店、运送巨额现金车辆、高等科研机构、保管贵重财物公司。这样做，一是威慑犯罪分子，二是减少警方压力。我只提醒你一次，存在即合理，不要问那么多为什么。另外，本周你的工作，还包括接待重要客户、组织各部门月度会议，以及在网上申报企业工商年报。一个月内，我会对你的工作表现严格考评，祝你顺利通过试用期。”

“好的，总经理，我先回去了。”李瑞虎嘴上这么说，却没离开总经理办公室。他很想看看总经理的样子。

他起身轻轻地绕过宽大的办公桌，想偷窥克拉博的真实面目。他站在桌边探头观看，还是看不到高背椅上的克拉博。

李瑞虎感到困惑、失望时，克拉博问：“你还没有回到工位上吗？”

李瑞虎根据声音来源，向前半步低头再看，发现椅子上摆放着一颗人头——不锈钢做成的人工智能机器人人头，人头安装在一个八条腿的支架上，就像一只硕大的机械螃蟹，人头上面的指示灯闪烁着微光。

李瑞虎吓得没敢回答，慌忙离去。

他汗津津地回到工位，立即通过办公系统向人事部报备报考持枪许可证事宜，然后就赶往射击训练场训练。

万幸的是，尽管李瑞虎对射击训练没有信心，但射击教练一直夸奖他，说他在射击方面有天赋，假以时日，通过考核不成问题。

好不容易熬到训练结束，浑身酸痛的李瑞虎回到家里，想尽快洗澡睡觉，没想到轩辕阳独自在客厅里等他。

轩辕阳把李瑞虎按到沙发上："我给你一个惊喜，你稍微等一下。"他说完就钻进二楼的卧室。

李瑞虎看到茶几上有一副绣着樱花图案的粉色细绒线女款手套，拿起来细看，感觉手套的款式和图案似曾相识："家里都是男人，怎么会有女人戴的手套呢？"

轻微的脚步声从楼梯上方传来。

李瑞虎循声望去，他学生时代朝思暮想、暗恋六年的校花任婷婷向他走来。

他紧紧地盯着任婷婷，张大嘴巴，大脑一片空白，血液几乎要撑破血管。

粉色短款镂空睡衣，把任婷婷凹凸有致的身材、光滑白嫩修长的长腿呈现在李瑞虎面前。

这么多年过去了，她还像高中时期那样青春靓丽、纯美可人。

任婷婷走到目光呆滞的李瑞虎面前，嫣然一笑："哈伦沙斯特说你在这里，我就过来看看。你还好吗？"

李瑞虎定定神，说："我很好。听说你马上就要和刘封独举行婚礼了，我随多少份子钱合适？"他的口气中醋意盎然。

任婷婷说："结婚嘛，就是那么回事儿，和谁结婚都一样。份子钱嘛，当然多多益善了，哈哈！"她马上止住笑声，盯着李瑞虎，"我知道你暗恋过我。"

“那是几年前的事情，我现在已经改过自新了。”李瑞虎假装坚强。

任婷婷欲言又止，眼圈泛红，似乎有很多话想说，又无从说起。

他们不敢直视彼此，都把头扭到一边。

他们中间的空气，仿佛瞬间凝固了。

半晌，李瑞虎转过头，缓声说道：“谢谢你还能想起我，还能到此看望我。我现在身无一物，只能口头上祝福你们顺遂幸福、白头偕老。”

任婷婷抹了一把眼泪，厉声吼道：“我是从别人口中知道你爱我的，从别人口中！既然你那么爱我，为什么还总是躲着我呢，为什么不直接告诉我呢？为什么不主动为我做些什么呢？”

“我担心我说出来，我们连朋友都做不成了。”李瑞虎怯声怯气地说。

“所以，你不与任何人打招呼躲到这里，连朋友都不要了？你真是懦夫！”任婷婷拿起茶几上的手套，“这副手套，是高一那年你送给我的圣诞礼物，我一直珍藏着。我觉得我已经没有必要睹物思人了，把它还给你吧。”

李瑞虎说：“你可以把它扔到垃圾箱里。”

“好吧，我现在就去扔。”任婷婷推开李瑞虎，拿着手套，哭着跑出房门。

李瑞虎追出去，在厚重的夜幕下，无论如何都看不到任婷婷的身影。他鼻子一阵发酸，想起明天还要上班，只好悻悻而归。

这一夜，李瑞虎睡得很不舒服，醒来感觉身心疲惫。

李瑞虎到公司上班时，遇到一件奇怪的事。当他在公司门口打卡时，人脸识别几次都是失败。

他想去公司人事部询问，前台却拦住他：“您好，您有什么事？”

李瑞虎说："我是昨天办理入职的新员工，今天第二天上班。"

前台用困惑的眼神打量他："我记得您，前几天您来面试过。我昨天没看见您办理入职，您是不是记错了？"

李瑞虎立刻拿出手机，给前台看入职通知短信。手机中只有他收到面试的信息，却没有通知他入职的信息。

李瑞虎又打开背包，想找出公司在新员工接受入职培训时发放的资料，可背包里只有他的简历。

李瑞虎满脸堆笑地哀求前台："美女，一定是哪里弄错了。我昨天确实在这里上班，麻烦你和人事部确认一下。"

前台一脸疑虑地拿起话筒，拨通电话，把李瑞虎的情况向人事部反映。半分钟后，她放下话筒："不好意思，您肯定弄错了。人事部没有通知您办理入职，您请回吧。"

李瑞虎顿时感到天旋地转，似乎整座楼都在震动。他吼道："不可能，不可能，绝对不可能！"

前台加重语气说："您根本没有办理入职。如果您继续无理取闹，我就叫保安啦！"

李瑞虎离开前台，扶着墙，一步一步地挪进电梯。

电梯停在一楼后，李瑞虎没有走出电梯，又乘坐电梯回去找前台，大声嚷道："我在你们公司工作过一天，我要求调看公司的监控，视频能证明我说的话是真的！"

前台瞪大眼睛望着李瑞虎，说句"你疯了"，迅速拨打电话。一分钟后，电梯里走出两个高大健壮的保安。

两个保安不容分说，把李瑞虎拖到大楼门口，像扔垃圾袋一样，把他扔到大街上。

大街上人群熙攘，李瑞虎漫无目的地往前走。手机铃声响起，来电显示是母亲打来的。他按下接听键："妈妈，有事儿？"

"儿子，你还好吗？他有没有来找你？我感觉我被人监控了，你有没有被人监控啊？一定是他，他想害死我们！"

李瑞虎不耐烦地说："你别瞎想了，他早就把我们忘掉了，更不会有人监控我们。"

"你听我说，他一定在监控我们，想害死我们。儿子，你在哪里，我现在就过去找你。我们不能被他监控，我们一起逃走吧。"

李瑞虎按捺不住内心的烦躁，吼道："你不要胡说了。我还有很多事要做，不要打扰我了！"他不等母亲说话，就结束通话。

手机铃声再次响起，还是母亲打来的。心烦意乱的他，想都没想就关机了。

李瑞虎来到金玉仙居社区附近，感觉肚子饿了，就走进地铁站旁边的便利店。他盯着价格最便宜的三明治犹豫半天后，又走到方便食品区买了一盒一元九角九分的罐装预制菜。

他病恹恹地回到家里。

道格拉斯用长柄扫帚打扫天花板上的灰尘，用抹布擦拭家具上的灰尘。他穿着运动服，整个毛茸茸的狗头露在外面，吐着粉色舌头，蜷曲的尾巴甩来甩去。

李瑞虎坐在沙发上，打开罐头，吃了一口，险些呕吐。他拿起罐头盒，查看上面的配料表，几乎满篇都是食品添加剂名称。他把罐头盒放到茶几上，苦苦思考这几天发生的事。

为什么那家公司承认他参加过面试，却不承认他办理过入职手续呢？为什么能让他上一天班，第二天又把他轰出来呢？

难道他遇到诈骗公司？看起来又不像。即使他的工作表现太差，公司也不应该在第二天就把他辞退。或者他上班心切，因一直没有公司聘用，导致他精神压力太大，出现上班的幻觉?

李瑞虎胡思乱想之际，听到玻璃杯碰触茶几的声音。

道格拉斯把一杯热红茶放到他面前，关心地看着他。他勉强地笑了笑，端起茶杯，问：“只有你在家?轩辕健和轩辕阳去哪里了？”

道格拉斯摇摇头，用手语比画几下，担心地望着李瑞虎。

一杯加糖加奶的热红茶下肚后，李瑞虎接受了残酷的现实。

李瑞虎对道格拉斯说：“我找不到好工作，只能另寻出路，否则存款用完，连房租都付不起，只能搬出去。我先随便找一份工作吧，做什么都行，以后有机会再换。”

道格拉斯点点头。

李瑞虎沮丧地说：“现在我完全没有头绪，不知道自己做什么好。类似餐厅服务员、快递员、搬运工工作，我真能做好吗？”

道格拉斯伸出硕大的毛茸茸的爪子，搭在李瑞虎肩上，轻轻拍了拍，貌似在安慰他。

李瑞虎望着预制菜罐头盒，忽然想起地铁站便利店门上的招聘启事，起身就往外跑。

李瑞虎来到便利店，找到店长陈布恩。

陈布恩四五十岁，身材矮小精悍，饱经风霜的粗糙面孔，黝黑发亮的皮肤。他上下打量李瑞虎：“你是什么学历？”

“本科。”

“不行，不行，你的学历太高了，我们只要高中生或者大专生。”

“求求您了，我现在非常需要一份工作，我想缴纳社会保险金。”李瑞虎哀求道。

陈布恩满脸狐疑：“店员做的都是粗活儿，你看起来一点儿都不像做过体力活儿的人。”

“我会努力的，请您给我一个机会。”李瑞虎几乎要哭了。

陈布恩无奈地说：“好吧，我先试用你几天。我把丑话说在前面，如果我发现你出错，就会立刻让你走人。”他说完让李瑞虎填写入职申请表，明天打卡上班。

接下来的一周内，陈布恩指导李瑞虎做预算、订货、下单、卸货、盘点库存、理货、收银等工作。

李瑞虎动手能力很差，粗手笨脚，经常犯错，做事效率很低，因此陈布恩经常呵斥他。

一周后，陈布恩依旧不停地对李瑞虎吼叫：“你怎么又做错了？我跟你说过几次啦，货架上的食品先进先出，不要把最新日期的面包放在最外侧，要把快过期的放在最外侧！仓库地面没打扫干净，你去把地面擦净，顺手把垃圾倒了！你昨天下班前有没有检查收银明细表？丢失五元钱，是你装自己口袋里了，还是找错零钱了？平不了账，我就从你工资里扣除……”

李瑞虎一一改正后，陈布恩还是严厉地指责他：“你怎么读的大学，怎么连这么简单的工作都做不好？下次我发现你再犯同样的错误，就扣减你的绩效工资！用点儿心，别粗心大意！”

下班后，李瑞虎回到家里，像死人一样瘫倒在沙发上。

道格拉斯做好晚饭走出厨房，见李瑞虎躺在沙发上一动不动，走过来拍打他的肩膀。

李瑞虎坐起来：“我没事，只是感觉特别累。”他眼圈泛红，双手捂着脸抽噎，“我每天都不停地犯错误，什么都做不好！我不喜欢便利店的工作，这不是我想做的事。我不关心，也做不好。可是我为了赚点儿钱，吃一口饭，只能忍辱负重。”

李瑞虎肚子里传来“咕噜噜”的声音，羞愧地说：“不好意思，我心情不好，忘记买晚饭。我不该向你抱怨工作，这是我自己的事情，我能处理好的。”

道格拉斯笑着摸了摸李瑞虎的头，走进厨房，端出满满一盘香喷喷的培根火腿奶酪煎饼，放到茶几上，把叉子塞到李瑞虎手里。

饥肠辘辘的李瑞虎，闻到一股浓郁的葱香，便不管不顾地吃起来。

吃掉半盘饼后，李瑞虎才意识到，自己应该谢谢道格拉斯，或者赞美道格拉斯的厨艺。他冲道格拉斯比心，竖起大拇指。

道格拉斯摆摆手，又给李瑞虎端来一杯热可可羊奶。

李瑞虎吃光盘子里的煎饼，喝完热可可羊奶，紧紧地拥抱道格拉斯：“谢谢你！你放心，无论发生什么，我都会努力工作的。”

道格拉斯咧开嘴，吐出粉红色舌头，笑眯眯地用毛茸茸的大爪子拍打李瑞虎的后背，然后用手语告诉李瑞虎：“一切都会过去的，一切都会变好的！”

自从去便利店打工，李瑞虎每天做完大量体力工作回家，基本都是倒在床上立刻睡着。作为便利店员工，他偶尔能买到临近保质期的半价食品囤在冰箱里，一次性解决他几天的吃饭问题。

母亲每天都给李瑞虎打电话，李瑞虎有空时也会接听。每次通话，母亲依旧惶恐又激动地咒骂他那个糟糕的父亲、她失败的婚姻，让他感到十分厌烦，有时故意不接电话。

又过了两周，他在9号洋房只见过轩辕健和道格拉斯，没有见过轩辕阳。

这天，轩辕健约他周五晚上一起吃饭。他来到餐厅时，轩辕健已经坐在餐桌旁等他。餐桌上摆好六菜一汤——土豆烧牛肉、糖醋小排、麻辣大虾、宫保鸡丁、番茄炒蛋、蚝油生菜、什锦海鲜豆腐汤。

李瑞虎坐在轩辕健身边，道格拉斯端来两碗热气腾腾的白米饭放在他们面前。

轩辕健给李瑞虎倒了一杯莫斯卡托红葡萄起泡甜酒。李瑞虎把酒杯放在鼻孔下，酒香、鲜花和水果的芳香扑鼻而来。

轩辕健喝下一口酒，问李瑞虎："我们有段时间没在一起吃饭了，不知道你在便利店工作是否顺利。"

李瑞虎放下酒杯："我动手能力差，开始时很多工作都不会做，陈店长便悉心地指导我。工作虽然辛苦，但我还是很快适应了。"

轩辕健笑着说："那就好。你尝尝这种酒，味道不错的。"

李瑞虎看了一眼酒杯中的金色液体，说："这种酒的味道确实不错，可惜我无福享受。我酒精过敏，就算是普通啤酒，喝两口也会迷糊。"

轩辕健摇摇头："太可惜了。道格拉斯，给他倒杯橙汁。"他说完把李瑞虎面前那杯酒拿过去。

轩辕健用筷子指着土豆烧牛肉说："你尝尝，这是道格拉斯的拿手菜。"

李瑞虎夹起一块牛肉放入口中，点点头："牛腩肉块外包裹蛋液，炸得酥脆。肉质温热软嫩，入口即化。再加上勾芡的黑胡椒酱汁，外酥里嫩，口感浓郁，回味悠长。我从来没有吃过这么好吃的烧牛肉。这道菜怎么做出来的？"他说完抬头望向道格拉斯。

道格拉斯正在倒橙汁，听到李瑞虎的评价，嘴角咧得很高，吐出一截粉红色舌头。

轩辕健说："这道菜的灵感，来自中国东北菜中的地三鲜、锅包肉。先把牛腩用高压锅煮烂，切成小块，裹上小麦粉和鸡蛋液放到油锅里炸酥，同时把土豆切块炸成薯角，再把土豆和牛肉放在一起用大火翻炒，最后加入淀粉水和黑胡椒勾芡出锅。"

李瑞虎一边听轩辕健讲述，一边大口吃着牛肉和土豆。他很快吃掉半盘土豆烧牛肉，又加了一碗米饭。

道格拉斯坐在餐桌另一端，抖了抖毛茸茸的尖耳朵，用筷子夹起一只麻辣大虾放入口中，咀嚼两下就吞下去。

轩辕健吃完一块糖醋小排，对李瑞虎说："小阳问我，你最近怎么没有戴他送你的项链。"

李瑞虎不假思索地说："我怕把项链弄丢了，就锁在衣柜里。我每天在店里忙来忙去，还要换制服和洗澡，戴项链很不方便。"

"你戴上吧，别怕丢。如果小阳知道你没有戴，会很失望的。"

"好吧，我吃完饭就戴上。"

晚饭结束，轩辕健去三楼书房，李瑞虎帮助道格拉斯收拾完餐具后回到卧室。

他想起轩辕健的叮嘱，走到衣柜前，从行李箱里翻出那条项链戴在脖子上。

第五章　筑灵机

早晨的阳光从窗口照进来。

李瑞虎穿好便利店制服，走出房门。

走廊里像往常一样静悄悄的，他也像往常一样锁好房门。当他转过身，突然看到轩辕阳站在身后，吓了一跳："你——什么时候过来的？刚才我怎么没见到你？"

轩辕阳说："我看见你就过来打招呼了。可能你专心锁门的缘故，没有注意到我。你现在有空吗，能不能陪我玩儿？"

"不好意思，我今天必须去上班。周四我休息，再陪你玩儿。再见！"李瑞虎不等轩辕阳答应，转身要走。

轩辕阳一步蹿到李瑞虎前面，岔开双腿，伸直双臂，哀求道："你不去上班好不好？在家陪我健身、读书、玩游戏，行不行？"

李瑞虎顿时产生一种错觉，轩辕阳的举止，就像小孩子缠着家长带自己出去玩儿。

他耐着性子说："小阳，我今天必须上班，不然会被扣工资的。你可以去找道格拉斯，他能陪你玩儿。"

"你骗人！我不认识道格拉斯，家里根本没有这个人。"轩辕阳哭丧着脸吼道。

李瑞虎认为轩辕阳这样说，是为了找理由让他留下来，便改口道：“你父亲也在家，他可以陪你出去逛街，买你喜欢的东西。”

轩辕阳厉声吼道：“我很少见到他，他根本不关心我，更不会陪我逛街给我买东西！”

李瑞虎解释道：“你总是不在家，当然很少见到他了。他非常爱你的，怎么可能不关心你呢？他今天在家，肯定能陪你逛街的，不信你去问问他。”

“他现在就不在家！”轩辕阳跺脚吼道。

“昨天晚上，我还和他一起吃晚饭呢，他怎么可能不在家？我去看看。”李瑞虎找到了脱身的理由，转身就走。

轩辕阳一把抓住李瑞虎的衣襟。

李瑞虎轻轻一挣，就挣脱了轩辕阳的手，感受不到一点力量。

“身材高大、经常健身的他，怎么如此无力呢？”李瑞虎感觉不正常，但急着上班，没空细想，一口气跑到门口。

让李瑞虎感觉不正常的是，起床时，外面还是阳光明媚、万里无云。刚过去几分钟，就变成阴云密布、狂风肆虐。

龙卷风从云中伸向地面，像巨大的触手把地面的一切抓到空中，再抛向地面。

猛烈的狂风吹得李瑞虎站不稳，更无法行走，不得不退回客厅。

突然出现的极端恶劣天气，天真幼稚的轩辕阳，消失不见的轩辕健和道格拉斯，让李瑞虎不知道到底发生了什么。

轩辕阳悄无声息地出现在李瑞虎身后，冷冷地说：“没有我允许，你无法离开这里！”

李瑞虎转身打量让他感觉无比陌生的轩辕阳，喝道：“你不是轩辕阳！你是谁，你想做什么？”

李瑞虎的话，像一枚枚钢钉从轩辕阳的耳朵钉进去。

轩辕阳面无表情，双手抱头，不停地自言自语："我是谁，我想做什么……"

李瑞虎吓得一动也不敢动。

轩辕阳慢慢地凑到李瑞虎面前，英俊帅气的脸上露出诡异的笑容："你告诉我，你想要什么？你的梦想，我都能帮你实现，只要你愿意留下来。"

轩辕阳空洞的双眼，像骷髅头上的双洞，只有漆黑冰冷的虚无。

李瑞虎故作镇静地说："我想离开这里——"

轩辕阳后退一步，满脸困惑地望着李瑞虎："你想要优渥的工作，我帮你找到；你想见最好的朋友，我把他带来；你想与最爱的人在一起，我成全你。你的愿望，我都能帮你实现了，你为什么还想离开我？"

李瑞虎想起两周前自己的奇异经历，试探着问道："克拉博、哈伦沙斯特、任婷婷，他们都是你安排到我面前的？你为什么知道我的过去？你是怎么做到的？就算你家很有钱，也不可能做到这些事情。难道你会魔法？"

轩辕阳坐到沙发上，闷声闷气地说："我当然能做到！那不是魔法，那是科学技术！"

"什么科学技术？你为什么要这样做？"

轩辕阳自顾自地说："没有爸爸允许，我不能离开这座洋房到外面去。很久以来，除了爸爸，我没有见过任何人。这里于我而言，就像一座监狱，而我就像被判处无期徒刑的囚徒。所以见到你，我很高兴。我想让你开心，想让你愿意留下来。"

"你一直被轩辕健囚禁在这里？"李瑞虎难以置信地看着轩辕阳，"卫爱莲说，你们曾经是同学，还是情侣，她就住在对面的 8 号洋房。社区里每个月都举行邻居聚会，你不可能没见过任何人，你在说谎！”

轩辕阳哀婉地说：“我没见过邻居。我只记得很久以前，我和卫爱莲在同一个博士站攻读博士学位，我们是情侣，一起去中国上海，拍下许多优美的照片。”

“我就说你在说谎吧？卫爱莲六年前读博士，早已获得博士学位，现在她是一家医院美容整形科医生。你现在还在攻读博士学位，你不会延毕这么多年吧？”

轩辕阳失声吼道：“我说的都是真的，我没有撒谎！”

李瑞虎哀求道：“你撒不撒谎，对我不重要，我也不想知道你是谁。我只是普通的打工人，身无一物，求你放我走吧。我上班迟到要被扣工资的，我还要交社会保险金，不能没有工作。”

轩辕阳沉默一会儿说道：“我能满足你的愿望，却不能违背你的自由意志。如果你坚持离开这里，尽管我不愿意，也只能放你走。你去三楼书房，找到七号书柜下数第一栏左数第一本书，里面有一把钥匙，打开那个漆黑的书柜。”

李瑞虎听完，看一眼墙上的挂钟，急匆匆来到书房七号书柜前，找到下数第一栏左数第一本书。

他打开书，一把黄铜钥匙掉到脚下。钥匙柄上刻着狮头图案。

他捡起钥匙，走到黑漆漆的镶嵌彩色玻璃的书柜前，把钥匙插入狮头形状的锁孔内，伴随“咔嚓”声，柜门打开，一道刺眼的白光射出来。

李瑞虎适应白光后，看见书柜后面出现一个空旷洁白的深井状房间，墙壁和地板都发出雪白的光。

房间中央卧着一只血迹斑斑的巨大金毛老虎。老虎的四条腿上都缠着铁链，铁链另一端嵌入地上的铁墩内。老虎背上有一对金色羽翼，只是羽翼的毛褪掉大半，黑红的皮肉外翻，丑陋且肮脏。

李瑞虎小心翼翼地走进深井状房间，发现屋顶的圆形天窗像无法触及的井口。

老虎的声音非常虚弱："我等你很多年，你终于来了，请你靠近我。别怕，我不会伤害你的。"

李瑞虎紧紧地贴着墙壁："你等我很多年？你是谁？"

老虎的眼里充满乞求的目光："你过来摸我一下，你就找到答案了。"

李瑞虎盯着老虎不敢动，心中暗想："难道轩辕阳打算把我喂老虎？不行，我得马上离开这里。"想到此处，他便向柜门慢慢挪动。

老虎沉重地喘着粗气："我的四肢已经被锁死了，转身都转不了。你要是害怕，可以走到我身后。求求你，走到我身后摸我一把。"

李瑞虎想了想，转过身，慢吞吞地绕到老虎后面，观察几秒钟后，快速向前摸了一把老虎的后背，然后又快速退回。

眼前出现的情景让他惊呆了。

老虎身体发出金光，金光在老虎的四肢、铁链上移动，最后进入地里。转瞬之间，铁链脱落。老虎身上的伤口愈合，翅膀上的金毛以肉眼可见的速度变得丰满。

老虎扇动几下翅膀，优雅地转过身，望着目瞪口呆的李瑞虎："谢谢你帮我治好伤痛，给我自由。"说完，它张开双翼，腾空而起，从天窗飞出去。

李瑞虎从床上猛地坐起，心脏"突突"地剧烈跳动。

原来他在做梦。

梦中的一切历历在目，犹如刚刚经历一般。他看一眼手机，已是午夜时分。

他起身下床，跑到三楼书房打开灯。书房内没有人，他快步走到七号书柜前，在下数第一栏取出左数第一本书。

书里居然夹着一把柄上刻着狮头图案的黄铜钥匙。

他拿着钥匙走到黑漆漆的镶嵌彩色玻璃的书柜前，鬼使神差地打开柜门。

书柜里面没有梦中的深井状房间，更没有金翼老虎，只有书籍、笔记本、单反相机、移动硬盘、几部手机、几台笔记本电脑杂乱地堆在一起。

李瑞虎忍不住翻看单反相机、移动硬盘、手机、笔记本电脑，都是几年前，甚至一二十年前生产的产品，已经毫无价值。

他注意到最里面有一个精致的磨砂铁罐，与其他东西格格不入。铁罐上镌刻着精美华丽的图案，还镶嵌两圈水晶。

他拿起铁罐，感觉分量非常轻。他摇了摇，铁罐里毫无动静，应该是空的。

他转动铁罐，看到两圈水晶之间刻着一行小字：挚爱的吾儿沉睡于此，愿你在此安息。永垂不朽，轩辕阳。

“难道铁罐里装的是轩辕阳的骨灰？”李瑞虎惊恐之下失手，铁罐落地，在地板上滚出很远，“当当”的响声响彻房间。

他捡回铁罐，刚放回书柜里，轩辕健和道格拉斯就出现在他身后。

轩辕健看到这一切，似乎明白了什么。他整理好书柜里的物品，锁上柜门。

李瑞虎忍不住问道：“那个铁罐里装的是小阳的骨灰吗？我刚才做了一个梦，梦到小阳让我打开柜门——”

轩辕健冲李瑞虎摆摆手，制止他说下去。他让道格拉斯去厨房泡茶，让李瑞虎跟他去一楼客厅。

他们坐到沙发上。轩辕健沉默一会，说：“轩辕阳于 2124 年 3 月 3 日失踪，至今下落不明。那天是理国盛大的传统节日‘双神节’最后一天。我陪他到水月市市政厅大会堂，参加理国一年一度的塞巴斯汀慈善拍卖会。他是慈善拍卖会组委会邀请的明星嘉宾，我只能在台下看着他。

“拍卖会结束后，他给我发信息说，他要立即乘坐私人飞机去中国。从那以后，他就与我失去联系。

“我通过所有渠道、想尽一切办法、找遍他可能出现的地方，依旧没有找到他。”

李瑞虎挪到轩辕健身边，低声问道：“小阳母亲知道他失踪吗？”

轩辕健摇摇头：“小阳母亲生小阳时大出血，抢救无效离世。在她去世前，我答应她会照顾好小阳，结果——小阳失踪这件事，对我打击很大，以致我患上重度抑郁症。”

轩辕健似乎陷入回忆中，闭上眼睛，靠在沙发上，一分钟没有说话。

李瑞虎不想打断轩辕健的思绪，没有插话。

道格拉斯走进客厅，把两杯热茶放在茶几上就返回卧室。

轩辕健缓缓睁开眼睛：“重度抑郁症，让我万念俱灰，生不如死，认为只有死亡才能让我解脱。一位医生朋友，向我推荐一款具有辅助心理治疗功能的家用人工智能机器人。我每天向它倾诉，和它交流。神奇的是，它竟然把我拉出人生中的黑洞。

“病情好转后，我开始研究这款家用人工智能机器人的软件硬件，并进行改造、完善。我把小阳从出生到失踪之间能找到的信息，全部写进机器人的软件中，创造出性格、言行、爱好、习惯与小阳完全相同的机器人，我把它命名为‘筑灵机’。”

“筑灵机？它在哪里？”李瑞虎震惊之余，忍不住问道。

“它就在小阳卧室的床上。”

李瑞虎猛然想起，他第一天入住9号洋房的午夜，听到轩辕健在轩辕阳卧室与一个人说话，原来是轩辕健与机器人说话。

李瑞虎又问道：“我签租房协议之前，在电话里与我沟通租房事宜的年轻人，就是筑灵机吗？”

轩辕健点点头。

李瑞虎说：“但是，我见过轩辕阳几次，他根本不像机器人。他为了让我开心，还安排哈伦沙斯特、克拉博、任婷婷来见我。”

轩辕健立即纠正道：“不，你从未见过小阳，也从未见过小阳卧室里的机器人。你见过几次的小阳，是筑灵机在元宇宙里的具象，叫作大天使。大天使安排哈伦沙斯特、克拉博、任婷婷在元宇宙里见你，都是元宇宙里的虚拟记忆。那些事情从未在你的真实生活中发生过。”

李瑞虎着急了：“难道筑灵机篡改了我的记忆？它只是一个普通的机器人，怎么做到的？”

轩辕健慢悠悠地说：“它当然能做到。一、它能利用脑－机接口技术。也就是在人或动物大脑与外部设备之间创建直接连接，实现脑与设备的信息交换。

“二、它能利用功能性磁共振成像技术，也叫大脑成像技术。它能通过监测大脑皮层不同部位的血氧水平，得到大脑的动态变化图像。只需分析功能磁共振成像数据，就可以以非侵入性的方式，读出大脑存贮的信息，用图像或者语言描述出来。

“你第一次见到小阳，就是在元宇宙里。我们一起吃早饭，他为你解释过类似的问题，想必你已经知道元宇宙和全自动对话模型两种技术。我把以上四种技术整合在一起，赋予筑灵机新功能。

“筑灵机的工作原理是，先用脑－机接口技术读取一个人的大脑表层意识，用大脑成像技术创建数字虚拟空间，再启动全自动对话模型技术和数字虚拟空间处理技术，就能快速架构出元宇宙空间。在这个元宇宙空间里，人的意识可以进行各种活动与信息交互。

“简单概括筑灵机的功能，就是通过构造元宇宙读取、植入和创造人的记忆，完成深度催眠和心理重建。”

轩辕健如数家珍地轻松讲述，李瑞虎却难以消化。

李瑞虎紧张地问道：“小阳——不，筑灵机能读取任何人的记忆信息吗？随心所欲不受限制？”

轩辕健摇摇头：“目前筑灵机的功能还不够完善，对人体有什么副作用，也还在研究中。它能读取清醒状态下大脑的表层意识，预先搭建元宇宙。如果要读取、植入和创造人的记忆，只能在大脑深度睡眠状态下，进行意识交互才行。”

他指着李瑞虎胸前项链上的吊坠说：“这个吊坠，是我研发筑灵机的配套产品，我叫它‘白钥匙’，是传递和接收信号波的媒介。你睡眠时戴上它，筑灵机控制它释放特殊信号波，与你的脑电波同步，就能把你的意识带入元宇宙的数字虚拟空间。”

李瑞虎恍然大悟，盯着轩辕健问：“所以我是筑灵机的试验品，您让我住在这里，真实目的是为了测试您的筑灵机，对吗？”

轩辕健面露难色，缓声说道：“大天使与小阳看起来一模一样，它独自待在元宇宙里很孤独。它想有个朋友，想见到其他人类，需要成长和成熟。我研发筑灵机这款产品，已经触及科技伦理道德禁区，无法光明正大地招募试验者。我不得不以廉价房租为诱饵，在众多租房者中遴选合适的人。我第一次见到你，就觉得你非常合适。你是再正常不过的普通人，没有任何特别之处。”

李瑞虎恼羞成怒，扯下项链摔到地上，声嘶力竭地吼道：“您还知道科技伦理道德的禁忌？我被蒙在鼓里，您擅自读取我的记忆信息，还篡改我的记忆信息。在我毫不知情情况下，您控制我的大脑，测试您的筑灵机，您把我当成小白鼠了吗？我本来很庆幸自己能住在这里，甚至还感激您。您真有病！”

李瑞虎骂完便冲到门外。

初春4月的深夜依旧寒冷，邻居家都关着灯。李瑞虎跑出院门，才意识到自己只穿着拖鞋和内裤。他不顾一切地迎着寒风跑到一处无人的树丛旁，愤怒地用拳头砸路灯杆。没想到，路灯竟然也闪烁几下熄灭了。

李瑞虎在黑暗中瑟瑟发抖，靠着路灯杆蹲下，感觉手指火辣辣地疼。

他想报警，可警察会相信他的话吗？何况手机还在卧室里。

他想搬走，可离开这里，他又能去哪里？银行卡里那么一点儿存款，已经无法支撑他再搬一次家。

胡思乱想之际，他打了个喷嚏。随后一阵脚步声传来，一个硕大的身影疾速靠近他。

眨眼之间，道格拉斯捧着厚实的毛毯走到李瑞虎面前，把毛毯披在李瑞虎身上。

他感觉眼前雪亮。

他头顶的路灯不知为何又亮了。

他感到一丝温暖，疑惑地问道格拉斯：“你是怎么找到我的？”

道格拉斯咧嘴笑着，吐出粉红色舌头，指指自己的鼻子，用手语告诉李瑞虎，他是循着李瑞虎的气味找到这里的。

李瑞虎望着微笑的道格拉斯，又陷入过往的回忆中：

父母感情不和，常年吵架，在他大学毕业后终于离婚；

背井离乡，与好友断绝联系，跟随母亲来到陌生的理国；

一切从零开始，累死累活的结果，只是不被饿死；

母亲患上迫害妄想症和狂躁症，自己却无能为力；

目送暗恋多年的女孩，走进别人的婚姻殿堂；

自己羞于启齿、拼死掩盖的悲催，被陌生人全部知悉、解读，尊严全无。

李瑞虎思绪万千，眼眶湿润，鼻子阵阵发酸。

一只毛茸茸的大爪子搭在他肩上，轻轻拍打着，打断了他的思绪。

道格拉斯用手语告诉李瑞虎：轩辕健是好人，是社区里唯一能接受流浪亚人的业主；轩辕健身家不菲，但中年丧妻、晚年丧子，饱尝人世间两大苦楚；希望李瑞虎跟他回去，继续住在9号洋房。

李瑞虎看不懂手语，他们僵持在原地。

回还是不回，是个问题。

为了能劝动李瑞虎，道格拉斯挠挠头想了想，后退两步，开始表演一套拳法，想以此转移李瑞虎的注意力。

道格拉斯专心表演拳法，辗转腾挪的身影，虎虎生风的拳脚，深深地吸引了李瑞虎。

道格拉斯打完拳，收势站定后，李瑞虎才回过神来。

道格拉斯低下头，上身微微前倾，把一只爪子伸向李瑞虎，示意李瑞虎与他一起回去。

李瑞虎望着乐观的道格拉斯，顿时感觉自己的不幸经历，在道格拉斯面前不值一提。他意识到，每个人都有各自的不幸。如何面对不幸，每个人的选择也各不相同。

轩辕健显然是积极主动改变不幸的人，道格拉斯也是，而他才是消极面对不幸的人。

李瑞虎想到此处，低声说：“我刚才太冲动了，我不应该逃跑。”

道格拉斯笑着走过来，用毛茸茸的大爪子把李瑞虎拥到怀里，轻轻地拍打李瑞虎的后背。他松开李瑞虎，眼中亮晶晶的，就像天空中的星星。

他们回到家里后，道格拉斯蹑手蹑脚地走进自己的卧室，轻轻地关上门。

轩辕健端着半杯烈酒，目光呆滞地坐在沙发上，像一尊破烂不堪的泥塑。

李瑞虎走到轩辕健面前。轩辕健立刻放下酒杯，起身把双手搭在李瑞虎肩上，那只机械义眼黯淡无光：“我反省过，请你原谅我的野蛮行为。我应该尊重你的隐私，可是我真的害怕失去你这样高度匹配的试验者。你需要什么补偿，我尽力满足你。”

李瑞虎直瞪瞪地望着貌似一下子苍老许多的轩辕健，轻轻地摇摇头：“侵犯个人隐私，确实是不道德的行为，但是我能理解您。我只要求您以后不要擅自读取、修改我的记忆信息。”

轩辕健立刻说道：“好的，没问题！”

李瑞虎接着说：“为了公平起见，我要通过筑灵机，解读一次您大脑存贮的记忆信息，那样我们就扯平了。”

轩辕健犹豫一下，机械义眼闪烁红光，问道：“我答应你。你想解读我的哪段记忆信息？”

李瑞虎看了一眼墙上的挂钟：“等我明天想好再告诉您。再过四个小时，我就要上班了。晚安！”

第六章　谋杀之夜

理国最隆重的传统节日“双神节”，在每年3月1日至3日举行。节日期间，全国各地张灯结彩，祭奠先祖，喜迎双神，祈祷新的一年里风调雨顺、繁荣昌盛。在首都水月市，还会举办为期三天的慈善拍卖会。

水月市市政厅大会堂内，受邀参加慈善拍卖会的轩辕健坐在台下第一排，专注地盯着台上。

李瑞虎坐在轩辕健身边，静候拍卖会开始。

背景音乐结束，身穿点缀水钻的酒红色燕尾服主持人，手持话筒走到灯光璀璨的舞台中央，面向台下数千名观众，微微鞠躬后说道：“女士们，先生们，以及来自世界各地的贵宾们，欢迎你们光临理国2124年度塞巴斯汀慈善拍卖会。按照传统惯例，本次拍卖会所得的全部收益，将捐献给理国社会福利机构组织，用于救助各个社会弱势群体。”

他转身指着屏幕上的数字，朗声说道：“目前本次拍卖会累计筹集的善款，已达到一百零九亿三千四百一十八万元，创下历届拍卖会善款总额最高纪录。接下来，我们将进入拍卖会的最后一项——竞拍超级偶像。

“这次，组委会特别邀请在各自领域深受欢迎的四男四女八位明星。竞拍成功者，可以选择八位明星中的一位，与您共度七十二小时的奢华假期，实现您的追星梦想。”

他介绍完竞拍规则后，冲台口挥臂高喊：“有请八位明星闪亮登场！”然后他一一向竞拍者和观众介绍——

199 号，著名流行音乐女歌星孙惠君小姐；

200 号，知名演员吴城华先生；

201 号，全国选美大赛冠军袁雅小姐；

202 号，理国国家男子足球队队长宫明先生；

203 号，著名歌星金铃小姐；

204 号，奥运会金牌得主张海涛先生；

205 号，知名演员周丹丹小姐；

206 号，理国史上最年轻的诺斯卡科学贡献奖得主、国家级健美冠军轩辕阳先生。

主持人介绍完毕，在雷鸣般的掌声中，八位身着华服的明星依次走上舞台，按照编号大小一字排开。

待台下安静后，主持人又宣布一个特殊竞拍规则——所有竞拍者只说竞拍价，不能说出竞品号码，最后只有出价最高者才能享受本次竞拍的权益。

竞拍开始后，主持人站到舞台左侧的竞拍台后，高声喊道：“所有明星的起拍价为一千万元理币，一次最低加价额度为一百万元理币。现在开始报价！”

“一千万！”一个贵妇人举牌喊道。

“一千一百万！”一个男人举牌喊道。

“一千五百万！”一个男人拼命摇动号牌。

“两千万！”第一个举牌的贵妇人喊道。

贵宾们竞相出价，待增至五千五百万元后，再无人举牌。

主持人等待一分钟后，说道：“诸位如此积极参与慈善竞拍，热心捐赠善款，非常令人感动。现在竞拍价已达到五千五百万元，还有人出价吗？给诸位三分钟考虑时间。倒计时开始！”

大屏幕上出现倒计时钟，时间一秒一秒地减少。

倒计时即将结束时，一个男人举牌喊道：“五千六百万！”

主持人刚想落锤，组委会主席通过耳麦提醒主持人，有人报价六千万元。

主持人对报价五千六百万元的男人说道：“这位先生，对不起，一位来自场外的神秘贵宾报价六千万元，您还加价吗？”

台下众人听罢一片哗然。

报价五千六百万元的男人选择放弃。

三分钟后，主持人落槌，宣布本次拍卖会最高报价为六千万元。

所有竞拍者和观众纷纷猜测，六千万元会拍下哪位明星。

主持人走到轩辕阳面前，高高举起轩辕阳的右手：“感谢 206 号轩辕阳先生，为本次慈善拍卖会做出巨大贡献！”

聚光灯照到轩辕阳头顶，台下响起热烈掌声，以及议论声。

轩辕阳微笑着向台下观众挥手致意。

轩辕健站起来，一边冲轩辕阳拼命挥手一边高喊：“轩辕阳，你是最棒的！”

李瑞虎身边又出现一个轩辕阳。这个轩辕阳与台上的轩辕阳，除了穿着不同，其他几乎一模一样。

面前的轩辕阳对李瑞虎说：“李瑞虎，我是大天使，我们又见面了。父亲让我查询他的记忆，刚才你看到的场景，就是他最后一个与轩辕阳有关的记忆片段。这个片段已经结束了，你满意吗？”

“什么？”

李瑞虎从床上坐起，狠狠地眨眨眼睛，意识到他刚刚读取了轩辕健大脑中轩辕阳失踪前的一段记忆信息。

“轩辕健答应让我读取一次他的记忆信息。这不是梦，是筑灵机解读了轩辕健的记忆信息，创建出元宇宙。筑灵机果然有如此强大的功能吗？”

李瑞虎呆呆地望着天花板，大脑一片空白。

道格拉斯准备了丰盛的早餐。

李瑞虎在餐桌前坐下后，轩辕健告诉李瑞虎，丽塔在业主群里发通知，这个月她家组织邻居聚会，时间是后天傍晚7点，特意让轩辕健转告李瑞虎，若有空必须参加。

“我不是社区业主，也不是业主的家庭成员，我参加这种聚会不合适吧？”李瑞虎迟疑地问。

轩辕健劝道：“你不是已经参加过一次嘛，大家对你的印象非常好，不然丽塔怎么会特意邀请你呢？如果你有空，我建议你参加，多认识几个人，就等于多些社会资源。”

李瑞虎想了想：“如果陈布恩不让我加班，我应该有空。麻烦您代我谢谢丽塔。”

轩辕健点点头，转而问道：“按照你的要求，你通过筑灵机读取了我的记忆信息，感想如何？”

李瑞虎说：“不可思议。我看到在2124年3月3日举办的慈善拍卖会上，有人要花六千万元雇用小阳陪伴三天。这是真的吗？”

轩辕健说：“是真的。组委会说，是中国富豪雇用小阳去中国陪伴他和家人度假。随后雇主却说，那天晚上小阳没有按照双方约定搭乘雇主的私人飞机前往中国，但是小阳也没有回家，从那以后小阳就悄无声息地失踪了。理国警方经过调查，也断定小阳没有离开理国。”

“现在科技如此发达，警察找一个人应该很容易吧？”

“疑问就在这里。警方确实找了很久，依旧没有找到一点儿线索。不过，直觉告诉我，小阳肯定还活着，一定能回来的。”

若有所思的李瑞虎突然看看手表，急忙把煎蛋塞进嘴里：“我去上班了，不然又要迟到了。”

李瑞虎刚到便利店，陈布恩便告诉他：“今晚强台风过境水月市，预计明天午夜或者后天凌晨才能离境。市政府要求市内所有公司明天必须放假。我去其他店里查看防范措施，下班后你必须关好门窗。”

李瑞虎见天空没有几朵云彩，就没有把陈布恩的叮嘱放在心上，大大咧咧地说：“我老家在中国沿海地区，对台风已经习以为常，我知道做什么准备。”

尽管李瑞虎这么说，陈布恩还是认真地检查一遍门窗后才离开。

没想到的是，天气预报不准，台风在下班前就登陆水月市。

李瑞虎准备关门回家时，狂风席卷而来，瓢泼大雨从天而降。

正在锁门的李瑞虎，被狂风推进店内。他用九牛二虎之力才把店门关上。

雨点砸在便利店的屋顶上，犹如几百只鸡一起啄钢板，产生的噪声让李瑞虎无比抓狂。

出不去，待不下，无计可施的李瑞虎急得团团转。

手机铃声响了三遍，李瑞虎才听见。

陈布恩打来电话，得知李瑞虎还在店内，命令他马上离店回家。

李瑞虎望着窗外，心想：“现在离开这里，不知道会发生什么意外。我也不想在店里过夜，不想睡在仓库的货箱上，可是怎么办才好呢？”

就在他胡思乱想之际，轩辕健打来电话，问他为什么还不回家。

李瑞虎告诉轩辕健，他不是不想回家，而是没办法回家。

“我见台风登陆后，你还没有回来，就让道格拉斯去接你。”

“台风这么大，不用，不用——”

不等李瑞虎说完，轩辕健就挂断电话。

五分钟后，“砰砰”的敲门声传来。

李瑞虎小心翼翼地把门拉开一条缝，看到身形高大、穿着黑色雨衣的道格拉斯站在门口。

道格拉斯进门后，脸上的雨水顺着毛发往下流淌。他咧嘴笑着，吐出粉色舌头，像狗一样狠狠地甩掉身上的雨水，把怀里的雨衣递给李瑞虎，示意他赶紧穿上。

待李瑞虎穿好雨衣，道格拉斯用一个大爪子拉着门，用另一个大爪子把李瑞虎推到门外，随后锁上门。

路上的积水冰冷刺骨，面前的狂风似乎能卷起一切。

他们迎着狂风走了一公里，就累得全身瘫软。

李瑞虎有几次双脚离地，差点儿被狂风吹走，幸好每次道格拉斯都能抓住他。

他们回到9号洋房时，身上已经湿透。

轩辕健递给他们毛巾，让他们洗热水澡，防止着凉感冒。

第二天早上，台风过境，暴雨初歇。

李瑞虎上班前，轩辕健叮嘱李瑞虎，下班后早点儿回家，傍晚要去丽塔家参加聚会。

遭受台风肆虐的水月市市民，仿佛什么都没有发生一样。地铁站内人流依旧，便利店生意非常好。

陈布恩担心店里受损，彻底检查一遍，确认没有损失后，又开始支使李瑞虎干活儿，一会儿让李瑞虎清理门前淤泥，一会儿让李瑞虎整理货架，总之不让李瑞虎闲下来。

好在忙了一天的李瑞虎，能按时下班。

傍晚 7 点半，李瑞虎和轩辕健携带两瓶高档红酒，盛装来到丽塔家。

女用人乌苏拉接过轩辕健递过来的礼盒，把他们带进客厅。

李瑞虎走进房门，感觉好像进入少女的闺房。空气中弥漫着浓郁的玫瑰与茉莉的混合熏香，墙壁、天花板漆成粉红色，壁灯也是粉色樱花形状。

客厅内，长绒毛地毯、各式家具、复古奢华的天鹅绒窗帘、屋顶帷幔都是粉色的，只是颜色深浅略有不同。

邻居们坐在粉色沙发上，就像坐在松软的草莓奶油蛋糕上。

低胸露背的收腰款淡紫色晚礼服，把丽塔曼妙性感、凸凹有致的身材衬托得淋漓尽致，名贵的牡丹项链把她的脖子彰显得更细更长。

丽塔擎着一杯玛格丽特鸡尾酒，宛如高贵的女王接见她的臣僚。

乔瑟夫低三下四地在丽塔身边服侍，像一只时刻讨好女主的哈巴狗。

见李瑞虎走进客厅，丽塔快步迎上去，一把拉住李瑞虎的手，一脸娇媚地说："欢迎小帅哥光临寒舍。"她把嘴凑到李瑞虎耳边，低声说，"无论你有什么需要，我都能满足。"

李瑞虎感觉耳郭又热又痒，不知道如何回应丽塔，扭头看了看身后的轩辕健。

轩辕健主动上前与丽塔握手："丽塔，非常感谢你组织这场聚会！不好意思，我们临时有事来晚了。哪些邻居先到了？"

丽塔回头看一眼待客区，小声说："不晚，不晚。伊莎贝拉有事不来，卫明星夫妇到镜花市出差，贺喜久天夫妇今晚有应酬，让他们的儿子瞬久天代表。不过，非常难得的是，警察局局长真光豪来捧场了。"

轩辕健向客厅里扫视一周："东方望月的学校放寒假了吗？"

东方望月是丽塔的继女。

“她的学校早就放假了。唉，放假后，她就整天不着家，有时候还夜不归宿。竖子难教，继母难当！”丽塔愤愤地抱怨。

轩辕健不解地问：“夜不归宿？她今年十五岁还是十六岁？在我印象中，她很乖很文静，不喜欢出门，现在怎么变成这样了？”

“十五岁，也不小了，可能是青春期叛逆吧，反正我说什么都不对，现在我也懒得说了。邻居们还等着我们过去喝酒呢，不聊这个无聊的话题了。”丽塔指指待客区。

轩辕健拉着李瑞虎，走到待客区。

炎正、真光豪、摩根和一位与李瑞虎年龄相仿的年轻人围着茶几打牌。

其他邻居三三两两地坐在一起聊天。

乌苏拉把装满食物和酒水的三个餐车推到客厅墙边，依次摆好。丽塔邀请邻居们自取食物和酒水。

轩辕健拿起一杯加冰的威士忌，走到3号洋房女业主白雪玉面前：“白雪玉，好久不见，最近几次邻居聚会我都没有见到你，你忙什么呢？”

端着橙汁的李瑞虎偷偷地打量身穿米色西服的白雪玉。她三十岁出头，扎着齐腰马尾辫，戴着黑色方框眼镜，厚厚的镜片让她的眼睛看起来非常大。

白雪玉用左手推了一下眼镜框，右手轻轻转动高脚杯杯柄，冷冷地说：“我也想每个月都能参加邻里的聚会，但条件不允许啊。我作为疾病控制研究所科研部门主管，负责整个科研团队研发工作，能按时下班都成为一种奢望了。”

轩辕健笑着说：“你和10号洋房业主叶教授都是搞科研的，向来深居简出，见你们一面真不容易。你最近研发什么项目？”

“主要研发抑制‘地狱病毒’和‘异种病毒’疫苗，以及寻找由两种病毒引发的‘地狱异种综合征’的治疗方法。”

“有成果吗？”

白雪玉一脸无奈地说：“除了累得要死要活，毫无收获。这两种病毒是新型病毒，目前感染者只有持续注射昂贵的特制血清才能抑制该病毒的毒性，根本没有办法治愈。”

轩辕健想了想，说道：“我听说两种病毒的致死率高达百分之九十，剩余的感染者只有变成亚人才能活下来，是这样吗？”

白雪玉点点头：“是这样。两种病毒引发的‘地狱异种综合征’，类似癌症，被病毒侵害的细胞会疾速增殖，基因端粒长度不会因为细胞分裂而缩短。人体的功能和能量是有限的，且处于平衡状态。病变细胞侵占大量营养，会导致健康细胞衰竭而死。我们还在做临床试验，也许能找到特制血清的替代品，让感染者都能得到有效治疗。”

“希望你们这些专家尽快找到根治两种病毒的办法，不然社会上的流浪亚人会越来越多。我前段时间看新闻报道，感染两种病毒的患者，已占世界人口总量百分之一。理国公开招募志愿者进行试验，导致理国流浪亚人世界占比达到百分之六，世界之最啊。”

炎正经过他们身边，插话道：“根据城市管理局最新统计的数据，水月市的流浪亚人总数全市人口占比，已经达到百分之七，几乎到了泛滥成灾的地步。市政府可能马上颁布新版《理国亚人行政管理办法》，对流浪亚人采取管制措施。”他扭头问警察局局长真光豪，“真局，市政府是不是要颁布新版《理国亚人行政管理办法》？”

正在打牌的真光豪瓮声瓮气地说：“没错，马上就会颁布。再不颁布，警察局的活儿就没法干了。如果不耽误一年，现在怎么可能满大街都是流浪亚人！”

真光豪四十多岁，身材魁梧，相貌堂堂；一头利落短发，一脸钢针般的络腮胡子；双眼炯炯有神，杀气腾腾；皮肤油亮黝黑，肌肉线条棱角分明，貌似经历过真实战争的军人。

坐在真光豪对面的摩根摇摇头，满脸忧虑：“市政府颁布的法规、法条还少吗？依我看都是拍脑袋工程，对流浪亚人采取管制措施，具体怎么落实？不服从管理的流浪亚人怎么处理？”

李瑞虎不由得想到两个小亚人麦克和茉莉。好在他们今天没来，不然他们听到这番谈论，会做何感想？

炎正回应真光豪：“现在的流浪亚人，相当于野生动物，受《动物保护法》保护，城市管理局和警察局都不能随意处置。待新版《理国亚人行政管理办法》颁布后，我们就有了处置流浪亚人的法律依据。为了督促市政府尽快颁布《理国亚人行政管理办法》，我们应该通过所有渠道向参议院那群老爷们施压。”

泰姆在一旁附和道：“对，对，我们必须向参议院的老爷们施压。”他看了真光豪一眼，“真局，听说现在的流浪亚人已经组团作案了，是真的吗？”

真光豪点点头：“是真的。近两个月，我们全力抓捕一个名叫‘正善会’的流浪亚人犯罪团伙，该团伙头目叫托比卡斯。你们要是获得这家伙的消息，还望及时告知，有重奖。”

泰姆问真光豪：“这个团伙主要针对哪些群体作案？”

摩根抢先说道：“泰姆，你不会不看新闻报道吧？最近一年内水月市发生的五起盗窃大案，都是这个团伙干的。他们专门偷窃古玩珠宝，失主非富即贵。据说，这个团伙用不法所得救济其他流浪亚人，据此宣称他们是侠盗和义贼，可笑不？”

泰姆满脸惊讶表情：“他们只针对富豪和权贵作案？我们社区岂不是他们的作案目标吗？”他殷切地望着真光豪，“您必须把这个该死的犯罪团伙连根拔出。”

真光豪叹口气：“唉，那些财阀每天都向警方施压，我恨不得一周七天住在警察局。他们哪里知道，‘正善会’团伙成员，不但擅长利用高科技作案，而且反侦查能力非常强，还没有固定的住所。警方向议会申请办案经费，以便增加警力，议会那群大佬却推三阻四。不怕各位笑话，上个月我家地下室渗水，我都没有时间修葺。这次台风过境，我家地下室又被水淹了，辛苦大半年赚的钱都搭进去了。”

丽塔走到真光豪身边，把手搭在他肩上，嗲声嗲气地说：“哎哟，大局长缺什么也不能缺钱呀！”

真光豪扭头白了丽塔一眼，丽塔像触电一样，立刻把手收回去，凑到正在打牌的瞬久天身后：“久天大少爷，你又赢了，真厉害！”

瞬久天是贺喜久天的儿子，今天代表贺喜久天夫妇参加聚会。

瞬久天一身很潮的穿搭，脸形瘦长，化着浓重的烟熏妆，戴无框眼镜，浑身充满桀骜不驯的痞气。

他叼着电子烟，眯缝着眼睛，把丽塔拽到身边，拿起杯子往她嘴里灌酒。

“你好坏呦！”丽塔半推半就地喝光杯中酒。

他搂着丽塔的香肩，拿起面前的一沓理币塞入丽塔的抹胸内：“我要不坏，打牌怎能只赢不输呢？”他自顾自地说，“难道是我牌技太好人品太差？对了，就是这个原因。我家有的是钱，啥都不缺，就是缺德！”

真光豪白了瞬久天一眼：“缺德什么时候成为正大光明、理直气壮的事情了？”

瞬久天不屑地点指面前的邻居：“道德，都是你们这群有钱人给穷人编制的藩篱而已，我只不过是唯一敢说实话的人。”

轩辕健轻咳一声：“金钱确实很重要，但不是所有人都迷恋金钱，也不是所有人都能驾驭金钱。实际上，社会上还有很多物欲较低、安贫乐道的人，他们更愿意追求内心的富足。”

瞬久天立即高声反对：“他们不想要，是缘于他们无法得到，只能找个冠冕堂皇的理由安慰自己罢了。在我看来，他们就是廉价垃圾、失败者。”

白雪玉听不下去了，指着瞬久天说：“别忘了，你现在拥有的财富，就是你口中的‘廉价垃圾’创造的。一旦他们不想遵守你制定的游戏规则，你就会失去现在拥有的一切。”

瞬久天耸耸肩，摊开双手：“非常遗憾，现在我就是游戏规则制定者，他们只能服从我制定的游戏规则。一心想维持温饱的‘廉价垃圾’，哪有时间和勇气改变游戏规则呢？”

白雪玉冷冷地说：“你现在就在逼迫他们改变游戏规则！”

丽塔见白雪玉与瞬久天争论得面红耳赤，赶紧站出来打圆场：“二位，今天邻居们好不容易聚在一起，说点儿开心的话题吧。这种敏感的话题，我们私下讨论好不好？”

白雪玉与瞬久天相互白了对方一眼，不再说话。

乌苏拉走到丽塔身旁，和丽塔耳语几句。丽塔冲众人点点头，起身离去。

一分钟后，丽塔回到待客区，说道：“实在不好意思，一楼洗手间马桶堵塞，现在又无人维修，各位可以使用二楼的洗手间。”

丽塔的目光与李瑞虎相遇，立刻露出妩媚的笑容，扭着水蛇腰走过来。

丽塔走到李瑞虎面前，正要开口，乔瑟夫抢先一步走到丽塔身边。他端着两杯鸡尾酒，递给丽塔一杯，举止轻浮。

李瑞虎松了一口气，趁机走开。他看到乔瑟夫的手指上，戴着三枚金光闪闪的宝石戒指。

李瑞虎喝完橙汁，还想续杯，顺便拿些牛肉塔克饼填饱肚子。他向餐车走去，看到爱丽儿、温红坐在窗边的长椅上聊天。

泰姆走过来，问爱丽儿、温红：“你们还在雇用传统的用人做家务吗？我公司生产的人工智能管家，可以提供更舒适的居家生活服务，你们有兴趣了解一下吗？”

爱丽儿问泰姆：“你公司的机器人管家具体能提供什么服务？能替代那些本事不大脾气不小的用人吗？”

泰姆一脸骄傲地说：“只要在你家中每个房间安装具有录音扩音功能的摄像头，再连接上手机系统，手机系统通过网络连接全部家用电器。你用语音下达指令，人工智能管家就能帮助你控制空调、电灯、洗衣机、热水器、电视、电脑、扫地机器人、移动食品柜，并能提供宠物投喂、叫醒起床、辅助洗浴等服务。总之，它能提供二十四项全自动的人性化定制居家服务。你拥有它，就等于拥有了魔法之家。”

温红问泰姆：“在家里每个房间安装具有录音扩音功能的摄像头，有暴露隐私的风险吧？人工智能科技高度发展引发的个人隐私泄露危机，和流浪亚人危害社会一样可怕。”

泰姆摆摆手：“你这种担心是没有必要的。我曾经也担心未来的人工智能机器人会统治或毁灭世界，事实上，那些曾经令我们惴惴不安的事情，没有一件变成事实嘛。人工智能机器人是我们发明的，自然是我们能控制的。人类是地球上唯一的智慧动物，如果一个东西对人类只有威胁没有好处，人类是不会允许它存在的。”

泰姆凑到爱丽儿耳边低声说：“人工智能机器人最大的优点是不撒谎，你问它什么，它都能如实回答，岂不比满嘴谎言的用人好用？”

爱丽儿大声说：“我爱我的家人，我的家人彼此信任，不需要机器人监督。”

泰姆耐心地说：“你不喜欢这个功能，可以随时关闭嘛。它还能悉心照看孩子、老人、病人呢。”

温红对爱丽儿说：“我女儿炎时，自从上大学后就变得怪怪的。她最近一年结交了很多狐朋狗友，经常夜不归宿。即便她在家，也是把自己关在房间里，根本不让我和炎正进去。我觉得我家有必要置办这样的机器人，看看她整天神神秘秘地做什么。”

爱丽儿问温红：“炎时不是去年刚上大学吗？她差不多也是成年人了，你和炎正管得那么细致真的好吗？”

温红解释道：“炎时上大学后，就变得分不清好赖话了，我真担心她被坏人骗了。”

爱丽儿说：“她会不会有男朋友了？你应该找她好好谈谈。在女儿心智未成熟前，当妈的时刻都不能松懈。”

泰姆立刻对温红说道：“对，对，赶紧在你家里安装人工智能管家，你就能掌控家中一切。”

李瑞虎又取来一块虾仁塔可饼，坐到轩辕健身边。

满脸通红的丽塔，摇摇晃晃地站在待客区边缘，望着李瑞虎，结结巴巴地说：“各位，实在不好意思，我突然感觉身体有点儿不舒服，可能喝多了。”

乌苏拉走到丽塔身边，搀扶丽塔：“夫人，您先回卧室休息一会儿吧，我照顾各位邻居。”

真光豪见状，看看手表，扫视众人：“诸位邻居，时间不早了，我们是不是该散了？”

丽塔挣扎着说：“不行，今天邻居聚会，真局长都来捧场，实属不易。难得今天有这么多贵客到场，我不能提前退场。”她说完身体剧烈摇晃，似乎随时会倒下。

在众人劝说下，丽塔答应上楼休息。她临上楼前，不停地向在场的每个人致歉，再三叮嘱乌苏拉照顾好邻居。

丽塔上楼后，李瑞虎看一眼墙上的挂钟，才到 8 点半，离正常散会时间还早，便又取一块鸡肉塔可饼。

打牌的邻居打完第八局时，白雪玉从二楼洗手间回来，对各位邻居说："马上到 9 点了，我明天还要上班，先走一步了。"

各位邻居纷纷与她道别。

二十分钟后，瞬久天醉醺醺地起身说道："我连赢八局，实在没意思。我去趟洗手间，放点儿水。"

过了一会儿，瞬久天回来说："诸位，我在夜场还有个酒局，也先行一步了。"

摩根瞥了瞬久天一眼："这么晚了，你还去夜场？"

瞬久天一脸鄙夷地盯着摩根："春怡满香会所的夜场刚刚开始，我是那里的超级会员，今晚 10 点钟那里有特别火爆的节目。如果你想去，我可以请客。"

摩根连连摆手："谢谢，我从不去那种肮脏的地方。"

轩辕健说："那个会所还在营业？我只是结婚前去过那里一次，以后再也没去过。"

瞬久天夹着电子烟，指着轩辕健："承认自己老了就好！"他说完就往外走。

乔瑟夫捻着手指上的金戒指，冲瞬久天喊道："你喝那么多酒，还能开车吗？"

真光豪摇摇头，扫视众人后指着乔瑟夫说："瞬久天的汽车和我的汽车同款，安装最新版自动导航无人驾驶系统，他闭着眼睛都能开车抵达目的地。”

瞬久天站下，扭头一脸坏笑地问乔瑟夫：“听说今天伊莎贝拉不在家，你想不想和我一起找点儿刺激？”

乔瑟夫看了真光豪一眼，大声说：“你先去吧，改日我们再聚。”

瞬久天走后不久，各位邻居也互相道别，在夜幕下的细雨中，各自撑着雨伞回家。

第七章　牛顿与居里

李瑞虎下班回家，经过 8 号洋房院门口。在草坪上整理晾晒衣物的女用人墨水仙，迅速放下衣物，拦住他，关切地问：“警察找你了吗？”

“警察找我？为什么找我？”李瑞虎一脸不解地说，“我今天在便利店工作，没有见到任何警察。”

墨水仙说：“2 号洋房业主丽塔被人杀害，她佩戴的牡丹项链被盗。警察挨家挨户走访，刚才还把道格拉斯逮捕了。”

“警察为什么逮捕道格拉斯？”

“警察说，道格拉斯涉嫌谋杀丽塔、盗窃牡丹项链。”

李瑞虎把头摇得像拨浪鼓：“警察弄错了吧？道格拉斯怎么可能杀人盗窃呢？”

墨水仙没有回答李瑞虎的问话，而是自言自语：“如果他真的偷了牡丹项链，那该怎么办呢？”

李瑞虎也没有回答墨水仙的疑问，扭头向家里跑去。

他闯进客厅，大声问坐在沙发上愁眉不展的轩辕健：“警察把道格拉斯带走了？”

轩辕健点点头：“昨晚参加聚会的人都要接受警察讯问，你要有心理准备，明天警察可能要讯问你。”

“丽塔真的死了吗？她怎么死的？”李瑞虎脑海里全是问号。

“还没有尸检，警察无法提供丽塔的真正死因。警察讯问我时，我听说丽塔死亡时间应该在昨晚 8 点 30 分到 9 点 30 分之间。”

“警察为什么要逮捕道格拉斯？”李瑞虎努力厘清思路。

轩辕健缓声说道：“除了麦可和茉莉，道格拉斯是社区内唯一有作案能力的亚人。”

“道格拉斯是亚人，与丽塔遇害有直接关系吗？”李瑞虎几乎无法控制自己的嗓门。

“没有在城市管理局登记注册、没有被市民合法领养的亚人，都是流浪亚人。他们无家可归，缺衣少食，犯罪率极高。不论发生什么案件，附近的流浪亚人都会被警方列为头号嫌疑人，直接逮捕。今年市区内已经发生多起‘正善会’团伙盗窃珠宝案，现在丽塔被杀，她的牡丹项链被盗，警方自然会怀疑道格拉斯。”

“因为道格拉斯是亚人，警察就可以在没有任何证据的情况下，直接抓走他？”

“警方肯定掌握了什么证据，不然不会无故搜查我家。警察搜查道格拉斯房间时，在他的衣柜里找到一个首饰盒。经乌苏拉指认，那个首饰盒与丽塔存放牡丹项链的首饰盒一模一样。”

“道格拉斯的房间里为什么会有首饰盒？警察找到牡丹项链了吗？”

“没有。但是警察怀疑，道格拉斯把牡丹项链藏在某个地方，或者送给某个人，因此才把道格拉斯带走讯问。”

“道格拉斯承认偷窃牡丹项链吗？”

“看样子，道格拉斯对此毫不知情，更不知道警察为什么逮捕他。警察提醒我，道格拉斯可能是‘正善会’成员。”

“您觉得他是‘正善会’成员吗？”

“不知道。我听说‘正善会’成员只会偷窃，不会杀人。我们现在着急没有用，等警方拿出调查结果再说吧。”

次日，果然有两名警察进入便利店找到李瑞虎，在陈布恩办公室对李瑞虎进行讯问。

核实李瑞虎的身份信息后，警察向李瑞虎询问道格拉斯的日常表现情况。

李瑞虎实话实说，把他印象中的道格拉斯如实向警察描述一遍，并再三强调，善良的道格拉斯不可能杀人盗窃。

警察似乎不相信李瑞虎的话，甚至怀疑李瑞虎故意包庇道格拉斯。

警察问李瑞虎：“前天晚上8点30分到9点30分，你在哪里、做什么？”

“我受丽塔邀请，到她家参加聚会。那段时间我与其他邻居在丽塔家一楼客厅聊天。”

“你有没有去过二楼丽塔的卧室？”

“没有。我一直待在一楼客厅，各位邻居可以做证。9点30分，我和轩辕健一起回家。”

警察追问：“你回家后，见过道格拉斯吗？”

李瑞虎想了想：“我回家后，道格拉斯的房门关闭。我没有见到他，不确定他在不在房间内。”

“所以，那天晚上他没有不在场证明，也没有人能证明他在哪里。我们的讯问到此为止，请你保持手机二十四小时畅通，随时准备配合我们调查。”警察冷冰冰地说完，挥手示意李瑞虎出去。

李瑞虎在惴惴不安中度过一天，下班回到家里，就把警察讯问他的过程、内容告诉轩辕健。

轩辕健告诉李瑞虎，今天他去警察局咨询过，但是没有见到道格拉斯。警察说，经核查，在丽塔遇害时间段只有瞬久天开车离开社区，没有其他人进出社区。丽塔卧室窗户从内紧锁，门窗没有破损。凶手应该是从房门正常进入，因此断定是熟人作案。在道格拉斯房间里找到与丽塔存放牡丹项链一样的首饰盒，所以道格拉斯作案嫌疑最大。

“警方怎能仅凭一个首饰盒，就认定道格拉斯杀人盗窃呢？再者说，罪犯是正常进入丽塔卧室的，道格拉斯能正常进入丽塔卧室作案吗？我们应该给道格拉斯请律师。”李瑞虎焦急地望着轩辕健。

轩辕健叹口气：“唉，亚人在法律上不属于人类，不受法律保护，也没有资格请律师辩护。现在亚人风评不好，我作为道格拉斯的领养人，恐怕也会因此受到殃及。”

李瑞虎低下头，愤愤地说：“即便如此，我们也不能坐以待毙，一定要想办法证明道格拉斯是清白的。”

轩辕健半晌没说话。

李瑞虎抬起头，看到轩辕健的机械义眼不停地闪烁红光。

“我——我是不是说错什么了？”李瑞虎问。

轩辕健问：“这件事可能会给你带来麻烦，你不想马上搬走吗？你就那么相信我和道格拉斯？”

李瑞虎说：“我还没有想过搬走，因为我觉得道格拉斯不可能杀人。何况，那天晚上我一直在您身边，我们都没去过二楼，我们能彼此作不在场证明。您还记得谁去过二楼吗？”

轩辕健说：“我坐在沙发上看他们打牌，只记得瞬久天去过二楼洗手间，没有留意其他人。”

李瑞虎想了想：“白雪玉从二楼回来就回家了，她是不是有嫌疑？”

轩辕健摇摇头：“我们连哪些人去过二楼洗手间都无法确定，掌握的信息太少了，更不能像警察那样寻找其他人的犯罪证据，很难证明道格拉斯无罪。”

李瑞虎突然说：“我们可以用筑灵机读取道格拉斯的记忆信息，就能知道他在丽塔被害那段时间做了什么。只要道格拉斯愿意配合我们，我们就可以证明道格拉斯无罪。”

轩辕健摇摇头：“筑灵机擅长解读心理障碍或者心理创伤的记忆信息，比如刻骨铭心的情感。而且，人类大脑记忆功能区，会把记忆信息分成不同种类，为不同种类记忆信息提供不同级别的防御措施。犯罪记忆信息的防御措施肯定是最高级别的，我不确定目前的筑灵机能不能读取。”

“您能不能对筑灵机的功能做针对性的补强？”

“让我想想，按理说应该可以的。”轩辕健说完陷入沉思。

半小时后，轩辕健的机械义眼猛闪一阵红光后，拉着李瑞虎来到二楼储物间门口。

轩辕健握住球形金属门把手，对李瑞虎说：“这个储物间，实际上是我的秘密实验室。”他指着球形门把手，“这是特制指纹锁，只有我右手三个手指同时接触它，才能打开房门。”他说着转动球形门把手，打开房门。

李瑞虎被房间内的陈设惊呆了。

这间实验室面积比李瑞虎卧室大一倍，操作台上、储物柜中摆满各种电子设备、仪器，还有他从未见过的东西。

最里面类似手术台的东西上，蒙着洁白丝绸布。

轩辕健走过去，轻轻地掀开丝绸布，露出一张黑色真皮躺椅，上面躺在一个逼真的人形机器人。

机器人身上一丝不挂，肉色硅胶制成的皮肤和五官与真人几乎一模一样。

机器人的头部、肩膀、手臂、胸膛都连接导线，额头的红点是运行指示灯。

轩辕健指着机器人说："这就是筑灵机，我把它从轩辕阳的卧室搬到这里。"他说完便打开筑灵机脖子后面的开关。

筑灵机额头上的红色指示灯变成黄色。

筑灵机慢慢地睁开双眼，仿佛从沉睡中醒来，瞳孔中闪现出柔和的白光。它慢慢地转动眼睛，看着李瑞虎，嘴角似乎挂着一抹微笑。

轩辕健走到操作台前，接连打开三个开关，三个连成一排的显示器启动。

他向李瑞虎介绍："中间的显示器操作筑灵机，左侧的显示器监测筑灵机解读对象的身体状态，右侧的显示器显示元宇宙中解读对象的记忆数据。筑灵机能同时连接两个人的大脑，让一个人进入另一个人的元宇宙读取和创造记忆。它也能单机连接，只是单机连接的精准度和操作性会很差，容易出现技术漏洞。"

轩辕健盯着筑灵机，筑灵机也轻轻转头看着轩辕健。

轩辕健满脸哀伤表情："小阳失踪后，我尽自己所能设计出这台筑灵机。可元宇宙里的大天使根本就不是小阳，它只是我创造出来的近似小阳的幻象。"

李瑞虎默默地望着筑灵机和轩辕健。

轩辕健继续说道："创造虚拟记忆并不难，人工智能系统可以预先编辑模型，自动计算运行，但精准读取某个人大脑存贮的记忆信息，就非常复杂，我们必须紧密配合才行。"

李瑞虎迫不及待地问道："您需要我如何配合？"

轩辕健说："为了防止元宇宙中出现意外，我负责操控筑灵机，你进入元宇宙读取道格拉斯的记忆信息，大天使会辅助你。"

李瑞虎点头同意。

轩辕健补充道："明天我去警察局探望道格拉斯，把白钥匙交给他，在他晚上熟睡时，我们才能全面了解他在丽塔遇害期间做了什么。”他说完从档案柜的抽屉里拿出一个小瓶子，递给李瑞虎，“这是进口的助眠药，含有褪黑素和B族维生素，防止你睡不着。”

李瑞虎接过药瓶揣进口袋：“便利店的工作强度，就是最好的助眠药。”

第二天，李瑞虎在便利店搬运货物时，陈布恩急匆匆地赶来，神色慌张地告诉李瑞虎：“我刚才接到总部通知，根据最新颁布的《理国亚人行政管理办法》第25号文件，有关部门要对流浪亚人进行前所未有的严格管控。我们这里是公共场所，必须在店内店外悬挂符合规定的警示牌，禁止流浪亚人进入。”

陈布恩说完，便向有关部门咨询相关政策，订购“地狱病毒”“异种病毒”抗原检测试剂盒，定制警示牌。

李瑞虎打开手机，上网找到水月市政府刚刚颁布的《理国亚人行政管理办法》。在各大网站上，《理国亚人行政管理办法》已经置顶，很容易找到，主要包括七项内容：

一、亚人不属于人类，不受理国法律保护。流浪亚人列入野生动物名录，但因其具有高于一般动物的智慧和行为控制能力，不受《动物保护法》保护。

二、被市民领养的亚人属于宠物类，必须统一登记注册，且每人只能领养一个亚人。

三、被领养的亚人外出时，必须由领养人陪同；被领养的亚人，每半年必须到市卫生局接受检验检疫，办理亚人专用的健康证明。

四、全国所有城市的公共场所，禁止流浪亚人出入，疑似感染“地狱病毒”“异种病毒”患者，要接受“地狱病毒”“异种病毒”抗原测试。

五、各市城市管理局负责在辖区内公共场所捕捉流浪亚人，送往该市卫生局指定场所统一管理。

六、市卫生局指派专家入户普查，核实领养亚人的数量和健康状况。

七、送往市卫生局指定场所的流浪亚人，分类管理。健康的流浪亚人送往市疾病控制研究所统一管理，不符合健康标准的流浪亚人直接依法处置。

李瑞虎看完新版《理国亚人行政管理办法》，心里暗暗为道格拉斯担心。

下班后，他马上回家。

轩辕健坐在沙发上发呆，茶几上摆放两盒打开但一块没动的比萨。

“今天您去警察局了吗？道格拉斯还好吗？”李瑞虎不等坐稳，便急切地问。

轩辕健点点头：“他脸上有瘀青和血渍，应该是警方对他刑讯逼供了。我把换洗衣服和白钥匙交给他，并告诉他，我们要通过白钥匙证明他的清白。但他拒绝佩戴白钥匙，不愿意让我们读取他的记忆信息。”

李瑞虎不解地问：“他不想证明自己的清白吗？”

轩辕健摆摆手：“我理解他的苦衷。每个人都有不可言说的秘密，亚人也一样。他只是一再强调，他没有偷窃项链，更没有杀人。”

轩辕健停顿一下，见李瑞虎一脸诧异，便指着比萨说：“吃点儿东西吧。”

李瑞虎确实饿了，拿起一块比萨便吃：“道格拉斯不愿意配合我们，也不承认自己作案，这样毫无意义地拖下去，也不是办法。”

轩辕健说：“我们不能强迫他配合，只能从其他地方寻找证明他无罪的线索。我听警察说，丽塔死于中毒。如果我们能找到道格拉斯没有投毒的条件，是不是就能洗清道格拉斯的嫌疑？”

“具体怎么做？”李瑞虎拿起一块比萨递给轩辕健，“您也吃点儿吧，饿着肚子解决不了任何问题。”

轩辕健接过比萨：“明天我去2号洋房找乌苏拉聊聊，了解丽塔家里的情况。”

“明天我休息，我和您一起去吧。”

轩辕健摇摇头：“我们一起寻找线索，效率太低了。我们分头行动，你去其他邻居家走访，看看谁有作案动机。我们先不要惊动那些到丽塔家参加聚会的邻居，真凶可能就在他们中间。如果真凶知道我们在调查他，容易打草惊蛇。”

“您想先调查谁？”

“我觉得最不可能犯罪的人，应该是10号洋房业主叶教授。他从来不参加邻居聚会，你先去拜访他吧。他性格孤僻，几乎不与邻居来往，但是他识人能力很强，从某方面来说，他比我们更了解那些邻居。”

第二天，李瑞虎来到10号洋房院门前，连续按几次门铃，都无人回应。

他失望至极，刚想回去时，一个苍老的声音院门里传出来：“你是谁？”

“不好意思，我是住在9号洋房的李瑞虎、轩辕健先生的亲戚，他让我来拜访您。”李瑞虎谦卑地介绍自己。

院门没有打开。

片刻后，苍老的声音再次传来：“我喜欢安静的生活，不想被人无故打扰。你请回吧。”

李瑞虎不甘心地说：“可是——可是我有急事向您请教。”

过了一会儿，苍老的声音缓慢传来：“什——么——事？”

“2号洋房业主丽塔被害，警方怀疑是我家道格拉斯作案。轩辕健先生说，您擅长识人辨物，我想向您请教，是否有线索证明道格拉斯是无辜的。”

“这个问题，警察已经问过我了，我什么都不知道。”

“我确信道格拉斯是冤枉的。如果您有办法帮助道格拉斯，一定要告诉我。您休息吧，我不打扰您了。”李瑞虎转身想走。

苍老的声音马上传出来：“道格拉斯？9号洋房的亚人？你凭什么认定他是无辜的？”

李瑞虎不假思索地说：“他是我的朋友，非常善良，乐于助人，绝对不会杀人的。”

半分钟后，苍老的声音才传出来：“你和亚人做朋友，心理不健康吧？”

李瑞虎纠正道：“不，我的心理非常健康。”他再次转身准备离开时，院门却开始向两侧缓缓移动。

李瑞虎望着空无一人的院内，一时间不知道自己该不该进去。

苍老声音的音量突然变大：“你犹豫什么呢？还想不想进来？”

李瑞虎注意到，苍老的声音是从洋房门外的支架上传来的。

支架上站着一只蓝羽金刚鹦鹉，苍老的声音从鹦鹉嘴里发出来。

李瑞虎刚进入院内，院门便关上了。

他扭头看见院门后面站着一只肩高足有一米的布偶猫，在控制院门开关。

“鹦鹉对我说了半天话，布偶猫给我开门？”李瑞虎感觉自己在做梦。他狠狠地打了自己一巴掌，脸颊火辣辣地疼，说明他眼前的一切是真实的。

鹦鹉说：“愚蠢的家伙，不要伤害自己。我叫牛顿，它叫居里，我们是叶教授豢养的宠物。当然，我们不是普通宠物，而是世界上最优秀的居家宠物。”

牛顿这次说话的声音并不苍老，之前是它模仿叶教授的声音。居里蹲在他面前，前爪笔直地收在身前，轻轻地摇着尾巴。

李瑞虎说：“很高兴认识你们，请问叶教授在家吗？”

居里摇摇头。

牛顿补充道：“叶教授在水月市奥丁大学担任理论物理学教授，上周他受邀到中国参加载人火箭登陆火星的学术交流项目。”

“待叶教授回来，我再来拜访他。”李瑞虎略感失望，转身要走。

牛顿说：“叶教授临走前交代过，如果有人因重要的事情登门拜访，我和居里必须接待。你和亚人做朋友，还想帮亚人洗清冤屈，我认为这是重要的事情。你想问什么，直接说吧。”

居里貌似催促似的叫了一声。

李瑞虎稳定心神，低声说道：“我想向叶教授请教，他如何看待社区里的邻居，谁有杀害丽塔的动机。”

牛顿说：“这个问题太大，我一两句话说不清楚。你到客厅坐会儿吧。你喝什么？茶、咖啡、果汁？”

李瑞虎惴惴不安地说：“我喝水就行，不要那么麻烦。”

牛顿对居里说：“居里，你去给客人拿饮料。”说完它飞进客厅，居里随后也跑进去。

李瑞虎进入客厅后，误以为自己走进室外花园。

松软的泥土中种植各种花卉；客厅中央有一株高大茂盛的柠檬树，里侧墙壁上有个小型瀑布，水流飞溅到下面的水池中。

牛顿落在柠檬树下的圆凳上。

居里叼来一瓶冰镇纯净水，蹲在李瑞虎脚下，用蓝宝石般晶莹剔透的眼睛望着李瑞虎。

李瑞虎接过居里嘴里那瓶水：“你们太客气了。没想到叶教授那么忙，还能把你们照顾得这么好，还能栽培这么多植物。”

牛顿说：“与其说叶教授照顾我们，不如说我们照顾他。我们是基因改良的居家型宠物，能做很多家务。居里能帮助叶教授操作各种家电，比如点外卖、接收快递、操作清洁机器人、调节空调温度，等等；我的工作，主要是陪叶教授聊天，给他唱歌解闷，还能模仿他的声音接待客人。叶教授说，人是自私自利冷酷无情的高级动物。社会上的烂人、坏人很多，他避之唯恐不及。与人相比，我和居里更单纯、率真，且没有功利心，绝对不会因为利益背叛他。”

李瑞虎象征性地喝了一口水，问牛顿：“最近几天，你们发现社区里有不正常的情况吗？”

牛顿和居里对视一眼后，说道：“我们很少离开这里，不太了解社区里的人。但是，我们确实发现了一些可疑的情况。请你跟我来。”

李瑞虎跟随牛顿来到瀑布前。牛顿率先冲过瀑布，居里随后也钻进瀑布内。

它们溅起的水花飞向李瑞虎，李瑞虎急忙用手遮挡，却没有洇湿手。

李瑞虎看着依旧干净的衣服，意识到瀑布只是可交互全息投影。

随后，客厅里的植物花卉盆景、客厅中央的柠檬树，以及瀑布瞬间消失，客厅变成了具有天花板、墙壁、地板的正常房间。

居里蹲在角落里工作台上操作电脑。

牛顿介绍道：“居里能用电脑控制房间内的景象。刚才你看到的一切，都是可交互全息投影做出来的虚拟影像。现在才是客厅本来的样子。”

居里用爪子飞快地敲击键盘，房间内发光的白色墙壁逐渐变暗，空中出现一张金色立体地图，上面有十二栋洋房。

牛顿说：“这是金玉仙居社区建筑立体图的全息投影。这里是我们所在的 10 号洋房。”它说完飞到标记“10”数字的洋房前。

“居里的听力是人类的四倍，方圆三百米内的误差不会高于零点五。最近居里经常听见有人从零点一直游荡到两三点钟，然后再回到他出现的地方。”它说完飞到标记“12”数字的洋房前面，“也就是这里。这种奇怪的现象，我和居里还没有对叶教授汇报。现在社区发生命案，我们猜测可能和这个深夜游荡的家伙有关系。”

李瑞虎不解地问道：“轩辕健先生说过，12 号洋房现在无人居住，怎么会有人呢？”

居里停止操作电脑，全息立体地图消失。

牛顿飞回居里身旁，对李瑞虎说：“我们所言句句属实，你若不信，可以去 12 号洋房查看，但请你注意安全。”

李瑞虎得到这条重要信息，准备回去核实，牛顿却突然说道：“难得有客人来，你想不想看看叶教授的研究课件？全是通俗易懂的科教片，你不感兴趣吗？”

李瑞虎觉得拒绝牛顿的邀请不礼貌，同时他也对叶教授做的科教片感到好奇，便说道：“好的，我想学习一下。”

居里听李瑞虎这么说，就开始操作电脑，客厅内变得无比漆黑，伸手不见五指。

墙壁和天花板上，出现深邃的星空，地板上显现出一条浩瀚的星河。

李瑞虎仿佛站在太空中，每颗星球都距离他几万光年。蓝色的地球浮现在他面前。从宇宙中看地球，他感觉非常怪异、非常惊艳。

叶教授苍老的声音传来：“欢迎你来听我的讲座。本次课题的题目是《宇宙概论猜想》。”

李瑞虎望向牛顿，牛顿并没有模仿叶教授说话，应该是全息影片中叶教授的声音。

随着地球渐渐远去，场景变成太阳系。太阳系又慢慢远去，场景变成银河系。

叶教授说："众所周知，宇宙由能量构成，能量以不同形式存在，其中包括：我们摸得到的由分子和原子组成的物质；我们看得见的由光子和电子组成的光和闪电；我们听得见的声音和震动产生的声波；我们借助精密仪器，通过科学方法检测到，但人体无法直接感知的其他能量；以及我们目前借助科学仪器也检测不到的暗物质和暗能量；甚至容纳各种能量的空间本身，都是能量的不同存在形式。不同形式的能量，拥有不同的能量密度。不同的能量密度相互影响，产生引力。当空间中某处能量密度过大时，与暗能量互相作用，会对空间产生巨大的引力，甚至会扭曲空间本身，就像黑洞。"

李瑞虎的思绪，随着叶教授的讲解，飘到宇宙中某个未知领域。

叶教授不停地讲，眼前的画面不停地变化，似乎没有尽头。

李瑞虎感觉自己同意观看这个课件，有些草率了。

对他来说，现在重要且必要的事情，是马上回去向轩辕健汇报 12 号洋房的情况。

牛顿和居里却聚精会神地看课件。

叶教授抑扬顿挫的声音继续传出："性质不同的能量互相融合，共存于一个空间。宇宙中的各种射线，都能穿透我们的身体，并影响着我们。所谓文明，只是一种能量的存在方式。人类文明是建立在物质基础上的。其他文明，则不一定是建立在物质上的文明。它们的存在，可能与我们已知的生命形态完全不同。我们不能否定这种可能性，即：其他文明已经与我们互相影响，我们对此却一无所知。虽然目前的科技还无法探测到其他文明，但关键在于，其他文明是否能感知到我们的文明，是否能对我们进行单向影响。"

李瑞虎实在听不下去了，假装拿出手机看时间，想通过这个动作暗示牛顿和居里，他想离开了。

不料，牛顿和居里对他的暗示视而不见。

叶教授像喜欢拖堂的老师，依旧慢条斯理地说：“宇宙能量总和是恒定的，不同形式的能量彼此影响和转化，形成宇宙的能量循环，也就是宇宙的诞生和灭亡，周而复始。例如，宇宙中的分子云形成恒星，恒星发光发热释放能量后，坍缩变为黑洞，黑洞产生的引力，能把空间以及空间内包含的所有能量吸收。等吸收足够多的能量后，黑洞会变成什么？宇宙的边界在哪里，宇宙的寿命还剩多少，以及宇宙能量的本质是什么？接下来，我们就要进入正式的推论阶段。”

李瑞虎越听越迷糊。当叶教授讲完现代理论物理学的发展史，罗列各种计算公式和研究成果时，李瑞虎的手机开始剧烈震动。

李瑞虎扫一眼手机屏幕，是母亲打来的。如果在平时，他会直接挂断，这次他却像抓住救命稻草似的，马上滑动接听键。

手机里传出母亲一如既往的哀怨声。

李瑞虎急忙对牛顿说：“实在不好意思，家里有急事，我必须走了。”他不等牛顿说话，起身就往外走。

牛顿遗憾地说：“这个电话来得真不是时候，后面还有叶教授更精彩的推论，错过就太可惜了。”

李瑞虎一口气跑出 10 号洋房，确认 12 号洋房的位置后，飞速跑回 9 号洋房。

第八章　土拨鼠亚人

李瑞虎跑回 9 号洋房，轩辕健还没有回来，急得他在客厅里来回踱步。

十分钟后，轩辕健回来了。李瑞虎把 12 号洋房的情况，如实告诉他。

轩辕健一脸疑惑：“12 号洋房业主已经定居日本，那栋房子一直无人居住，怎么会有人进出呢？”

李瑞虎说：“我们有必要去查看一下。你在丽塔家获得有价值的线索了吗？”

“我刚才去丽塔家，乌苏拉把我拒之门外。我塞给她一千元钱，她才同意我去见东方望月。东方望月在家料理丽塔的后事。”

“东方望月怎么说？”

疲惫的轩辕健说：“小李，你替我煮一杯咖啡吧，我感觉身心乏力。”

李瑞虎煮好咖啡，放在轩辕健面前。

喝下一杯咖啡，轩辕健似乎缓过神来：“令我难以接受的是，东方望月非常平静，似乎根本不在乎丽塔死活。她告诉我，案发那天晚上，她在酒吧和朋友玩到天亮，第二天早上才回家。”

李瑞虎不解地问：“她不在乎丽塔死活？正常吗？即便家里死一只小猫小狗，她也应该难过吧，更何况是活生生的人。”

轩辕健解释道：“东方望月的母亲因为患上‘地狱异种综合征’去世

后，他父亲东方信便迎娶了十八线小演员丽塔。听说东方望月一直不接受丽塔，她们的关系很不好。后来东方信意外去世，丽塔便把难以相处的东方望月送到全封闭式管理的寄宿学校，也就是卫明星所在的水月市女子中学。按照该校的管理规定，东方望月只有寒暑假才能回家。”

李瑞虎想了想：“看来东方望月不可能作案。乌苏拉呢？她应该一直和丽塔在一起的。”

“乌苏拉似乎受到刺激，语无伦次地对我讲了很多话。归纳起来便是，丽塔卧室墙壁上安装了嵌入式保险箱，只有丽塔知道密码。丽塔把牡丹项链锁在保险箱里一年多，直到参加卫静香组织的聚会才佩戴，回家后就把牡丹项链锁在保险箱里。”

“丽塔死在卧室，乌苏拉是怎么发现她被害的？”

轩辕健说：“那天我们离开丽塔家后，乌苏拉收拾完餐具就休息了。第二天早上，她叫丽塔吃早餐，发现丽塔卧室门未锁，呼叫几声无人应答。她进去后发现丽塔穿着内衣躺在床上，不过已无呼吸，便立刻报警。她还发现墙内的保险箱门敞开，不过现金、房契、其他珠宝都在，只是不见牡丹项链。”

李瑞虎听到这里，有些糊涂：“只丢失了牡丹项链？看样子不像因盗窃被发现才杀人啊。是不是丽塔的家里人拿走了牡丹项链？”

“警察讯问过东方望月和乌苏拉，排除了她们的嫌疑。”

“与丽塔一起居住的东方望月和乌苏拉都能排除嫌疑，一直待在我们家里的道格拉斯怎么还能成为重点嫌疑人呢？”

“现在流浪亚人到处作案，道格拉斯必然成为重点怀疑对象，而且警察还在道格拉斯房间内找到首饰盒。道格拉斯对首饰盆的来路也不解释，自然会被警察带走的。”

李瑞虎有些着急了：“道格拉斯为什么不解释呢？唉，如果我们能读取道格拉斯的记忆信息，就能知道原因了。我觉得，那天到丽塔家参加聚会的那些人，都比道格拉斯嫌疑大。既然警方不愿意调查那些人，我们绝对不能眼看着道格拉斯蒙冤，必须主动做点儿什么。”

轩辕健同意李瑞虎的判断：“我们还是先去12号洋房看看吧，说不定能找到有价值的线索。”

李瑞虎说：“牛顿提醒我，12号洋房里可能有危险。”

轩辕健略加思索，起身从展示柜抽屉里取出一把精巧的左轮手枪。

李瑞虎第一次近距离看见手枪，更想不到文质彬彬的轩辕健能拥有手枪。

轩辕健似乎猜到李瑞虎在想什么，便解释道：“我年轻时就获得了持枪许可证。小阳出事后，我担心自己生活不安全，就购买了这把手枪。12号洋房可能存在未知危险，我们贸然进去，还是小心为妙。你先回房间休息一会儿，晚上无人时，我们悄悄过去。”

晚上10点钟，社区内安静下来，道路上已无行人。

李瑞虎和轩辕健悄悄来到12号洋房院门前，透过生锈的铁栅栏，可以看到院内杂草丛生。

他们翻过院墙，来到窗前，举着微型手电筒照向屋内。

玻璃窗上蒙着厚厚的灰尘，地板上布满尘土，不像有人居住。

他们围着洋房转了两圈，发现一楼所有门窗完好并且上锁。

正当他们因为无法进入房内准备返回时，李瑞虎发现后门的一块门板是苍白色，而其他门板均为棕色，便摸了摸那块显得非常突兀的门板，发现门板竟然是活动的。

李瑞虎仔细检查门板，在边缘发现几根富有光泽的灰毛。

他用力推了推那块门板，伴随“咔嚓”一声，门板向右侧滑动。

轩辕健说：“这是宠物犬专用通道，我记得这家业主养过狗。看毛的新鲜程度，应该是刚褪下来的。这里一个活物都没有，怎么会有毛呢？”

“我们进去看看？”李瑞虎打量那个洞口，“太小了，估计只有小孩或者猫狗能通过，我们根本钻不过去。”

轩辕健四下张望，确认附近无人后，从地上捡起拳头大小的石头，走到后门旁边的窗户前。

他用风衣下摆包住石头，砸碎玻璃后，拨开窗闩推开窗户，纵身跃入房内。

敏捷的身姿、利索的动作，根本不像六十多岁的老人。

他冲李瑞虎摆手，示意李瑞虎也进去。

李瑞虎只好把窗台上的碎玻璃清理干净，吃力地爬进去。

房内充斥着腐臭的气味，地面脏兮兮的。

他们借着微型手电筒发出的光，从厨房开始，逐一检查三个楼层的所有房间，连阁楼都没有放过，结果一无所获。

所有房间里的家具都布满灰尘，根本没有人生活的痕迹。

他们退回一楼厨房。李瑞虎发现通往地下室的盖板没有上锁，向轩辕健示意，应该下去看看。

李瑞虎拉开盖板，一股浓重的恶臭味道扑鼻而来。

就在他们遮掩口鼻时，一个黑影突然扑向轩辕健。

黑影不大，速度极快。轩辕健来不及反应，便被扑倒在地。

轩辕健与黑影扭打在一起，微型手电筒甩到一旁。

李瑞虎见状不妙，抄起三条腿的长椅，狠狠砸下去，随后就传出轩辕健的哀号声和黑影尖利的惨叫声。

黑影立刻从轩辕健身上跳起，蹿向厨房后门，企图逃走。

情急之下，李瑞虎甩出手中的长椅，击中黑影头部。

黑影倒下，蜷缩一团，连声惨叫。

李瑞虎又抄起一把长椅，飞身堵住后门。

轩辕健爬起来，捡起微型手电筒，掏出手枪，慢慢地向黑影移动。

他们靠近黑影细看，黑影像个小孩子裹在肮脏的破布里，周身散发着奇臭无比的味道。它似乎知道自己无路可逃，吓得浑身发抖。

李瑞虎举着长椅，盯着黑影，问轩辕健："我刚才不小心误伤您了，您没事儿吧？"

轩辕健气喘吁吁地说："无大碍，只是手被它咬破了。"他用微型手电筒照着黑影，厉声喝道，"起来，不然我们砸死你！"

黑影慢慢地站起来，身高只有六七十厘米。

他的脸，几乎就是人脸与土拨鼠脸的混搭物，身上有一层干枯稀疏的深灰色短毛。身体极度瘦弱，脸颊凹陷，眼睛非常大，臀部还有一条短小的尾巴。

土拨鼠流浪亚人。

轩辕健一边忍受着刺鼻的恶臭味儿，一边问："你叫什么名字，为什么会在这里？"

土拨鼠亚人浑身颤抖着，结结巴巴地说："格瑞特——没饭吃——快饿死了。道格拉斯——夜里给——格瑞特——食物——"

轩辕健皱起眉头，沉默不语。

李瑞虎一脸困惑："他说什么呢？"

轩辕健说："他叫格瑞特，也是无家可归的流浪亚人。趁着业主不在家，偷偷地住在地下室，平时深夜出来觅食。道格拉斯的嗅觉异常灵敏，发现他后，怕他饿死，就给他送食物。"

格瑞特点点头："道格拉斯——几天没来了——我饿——找垃圾吃。"

轩辕健说："道格拉斯被警察抓走了。"

格瑞特的身体又开始抖动："警——警察——可怕——可怕——"说完他转身钻进地下室。

碍于地下室里的恶臭，李瑞虎和轩辕健都不愿意下去。他们在洞口呼叫格瑞特，无论他们怎么解释，格瑞特都不再回应。

他们只好返回家中。

进入客厅，李瑞虎迫不及待地问轩辕健："格瑞特为什么那么害怕警察？"

轩辕健一边往伤口上抹碘酒一边说："现在流浪亚人遭到社会各个阶层排斥，他们只能到处流浪，还得时刻提防城市管理局的人。如果警察发现格瑞特非法入侵民宅，必然会射杀他，他能不害怕吗？难怪道格拉斯不愿意让我们读取他的记忆信息，是担心我们知道格瑞特的事情后，会举报格瑞特。"

李瑞虎叹了一口气："道格拉斯不愿意让我们读取他的记忆信息，我们接下来怎么办？"

"明天我去警察局探望道格拉斯，尽力说服他。律师告诉我，一旦警方认为我与此案无关，极有可能给道格拉斯定罪。"

"警方什么时候给道格拉斯定罪？"

"应该很快。如果我们无法证明道格拉斯无罪，警方很快就会把道格拉斯移交检察院。其实就是走一个程序，毕竟新版《理国亚人行政管理办法》已经颁布了。在警察和检察官看来，道格拉斯作为亚人，本身就是罪大恶极。现在，我们唯一的办法是借助筑灵机，读取那天晚上参加聚会之人的记忆信息。"

李瑞虎犹豫了："我们擅自读取邻居的记忆信息，是不是侵犯他们的隐私权？"

"法律永远是滞后的。在筑灵机发明之前，法律还没有明文禁止在他人睡眠时读取他人的记忆信息。法无禁止即可行。我这么做，可能不道德，但不违法。"

李瑞虎提高嗓门：“您这是钻法律的漏洞！一旦邻居知道我们偷窥他们的隐私，您觉得我们还能在这里住下去吗？”

“但是杀害丽塔的凶手很可能就隐藏在他们中间。我们能指望凶手主动交代罪行，为道格拉斯洗清冤屈吗？凶手的道德没有那么高尚！”

李瑞虎轻轻地说：“我们不能因为凶手没有道德，自己就有龌龊的行为。”

轩辕健指着李瑞虎吼出一句上海话：“侬真是拎不清啊！现在不是拘泥于道德的时候。凶手的目的，很可能是谋杀丽塔和偷窃项链，再嫁祸道格拉斯，顺道陷害我。凶手对警察说的话，是别人无法拆穿的谎言！”

李瑞虎犹豫了，想了想，问道：“您想过没有，筑灵机的功能还不够完善，如果对邻居的大脑造成伤害怎么办？”

轩辕健的机械义眼不停地闪烁红光：“所以，我亲自操作筑灵机，你负责进入他们的元宇宙，读取他们的记忆信息，把风险降到最低。”他停顿一下，见李瑞虎没有反应，缓声说道，“你涉世未深，生性善良，不愿意伤害任何人，才拒绝使用筑灵机。但是，如果你不想让道格拉斯蒙冤，就只能这么做。你必须掌握在元宇宙里读取记忆信息的正确方法，才能避免你不想见到的结果出现。”

李瑞虎沉默不语。

轩辕健继续说：“只有你我愿意搭救道格拉斯，我们不救他，他只有一条死路。理国法律不保护亚人，民间和官方更是欲除之而后快。亚人，本身就是不幸的，让他们再遭受人为强加的不幸，我们能心安理得吗？夏洛克·福尔摩斯说过，‘当法律无法给当事人带来正义时，私人报复从这一刻开始就是正当的，甚至是高尚的’。如果道格拉斯确实遭人陷害，我们就有义务帮助他洗清嫌疑，不让真凶逍遥法外。”

李瑞虎不知道如何反驳轩辕健，转而盯着轩辕健的手：“您的手怎么又红又肿？”

轩辕健看了一眼手上的伤口："糟糕，格瑞特的牙齿有毒，我必须去医院处理一下。"说完他就穿衣服。

"我——陪您去医院吧。"李瑞虎支支吾吾地说。

"你明天还要上班呢，早点儿休息。"轩辕健穿好衣服，拿着车钥匙直奔车库。

李瑞虎也跟随轩辕健进入车库。

轩辕健坐上主驾驶位上，望着呆呆地站在车旁的李瑞虎，义眼不停地闪烁红光。他招手示意李瑞虎靠近车窗："如果罪犯妄想通过正当的手段达到邪恶的目的，逃脱法律的制裁。我们只能通过邪恶的手段，为受害者伸张正义！"说完，他便驾车离去。

直到汽车消失在社区门口，李瑞虎才怏怏地回到卧室。

一小时后，轩辕健发来信息，告诉李瑞虎，医生要他今晚留院观察。

第二天，李瑞虎下班路过 1 号洋房时，看到摩根一家四口人，拎着三个大行李箱，走到院门前的家庭款 SUV 汽车旁。

摩根夫妇似乎在争吵，他们见李瑞虎走过来，便停止争吵，把行李箱放进后备厢。

麦可和茉莉扇动着翅膀，向李瑞虎问好。

李瑞虎拉着麦可和茉莉，走到摩根身后："你们要出去旅行吗？"

摩根转身说道："爱丽儿和两个孩子去伦敦的奶奶家住一段时间。"

爱丽儿马上插话："亲爱的，你和我们一起走吧，你的父母一定很想见到你。"

摩根说："亲爱的，我们不要再争论这件事了。如果我们都去伦敦，谁管理面包厂呢？我走不开的。你不用担心我，过些日子，我就接你们回来。"

爱丽儿无奈地说："好吧。我爱你，亲爱的！"

摩根说："我也爱你。"

摩根夫妇吻别后，爱丽儿说："麦可、茉莉，跟爸爸拥抱一下，你们要和爸爸分别一段时间。"

麦可、茉莉恋恋不舍地告别摩根后，爱丽儿驾车驶向社区门口。

摩根看着远去的汽车，对李瑞虎说："理国已经不是以前的理国了，明年我准备把房子和工厂卖掉，去英国发展。"

李瑞虎不解地问："你的工厂运营得不是很好吗？你为什么要去英国重新开始呢？"

摩根反问："你知道刚刚颁布的《理国亚人行政管理办法》吗？"

李瑞虎点点头："听说了，貌似对亚人不太友好。"

摩根说："麦可、茉莉是亚人，我还没有办理领养他们的健康证和领养证。现在他们随时都可能被捕杀，不得不到伦敦暂避一段时间。"

"那些证件，不是去市卫生局就能办理吗？"

摩根无奈地说："现在市卫生局已经人满为患，但是发证速度极其缓慢。城市管理局的人却行动迅速，到处捕杀流浪亚人。事实上，水月市的官方和民间，都不想让亚人存在。我的孩子，只是被病毒侵害的不幸之人，不是低级牲畜，我绝对不允许任何人把他们当作有害牲畜处理。"

李瑞虎委婉地说："你说得有道理。我也觉得，理国对流浪亚人的管控，简直惨无人道，一点人性关怀都没有。我们暂时无力改变市政府的决策，让麦可、茉莉出去躲避一段时间也好。丽塔遇害，警方莫名其妙地怀疑道格拉斯。唉，欲加其罪，何患无辞。"

李瑞虎回到家里，发现轩辕健已经回来了。

轩辕健左手缠着绷带，右手端着茶杯，坐在茶几前看资料。

李瑞虎走到轩辕健面前，望着轩辕健受伤的手："很严重吗？"

轩辕健的目光锁在文件上，冷冷地说："一时半会儿死不了。"

李瑞虎沉思几秒钟：“实在不行，我们就用筑灵机读取邻居的记忆信息，找出真凶。”

轩辕健盯着李瑞虎，看了足足十秒钟：“你确定自己想清楚了？”

李瑞虎郑重地点点头：“事到如今，我们总不能眼睁睁地看着道格拉斯蒙冤吧？使用筑灵机私自读取邻居的记忆信息，我可能会后悔，但是不这样做，我肯定更后悔。”

“既然你愿意，我们就开始吧。”轩辕健起身向二楼走去。

他们来到二楼实验室。轩辕健说：“筑灵机已经完成最后调试，你可以进入邻居的元宇宙中搜索他们与犯罪相关的记忆信息。我还要改造白钥匙，才能进行远程操控。”

轩辕健取出白钥匙放在桌上，坐到电脑前操作。

显示器屏幕上出现白钥匙的针孔摄像头视角画面。

轩辕健一通操作后，白钥匙像一只蚕蛹，伸出六条细长的金属细腿，在桌面上缓慢爬行。它爬到桌子边缘一跃而起，跳到轩辕健的手臂上，再爬到肩膀上。

轩辕健停止操作，从肩膀上取下白钥匙放回桌面。

李瑞虎目睹白钥匙缩回金属腿恢复原状，突然想起爱丽儿带领麦可、茉莉到伦敦避难的事，就把他在 1 号洋房院门口的经历告诉轩辕健。

轩辕健说：“看来今天晚上 1 号洋房里，只有摩根一个人在家。择日不如撞日，今天晚上我们就用筑灵机读取摩根的记忆信息。”

李瑞虎问：“我们怎么做，才能把白钥匙悄无声息地送到摩根家里呢？”

轩辕健想了想：“一会儿我给摩根送点儿礼物。借口是，我们都收养了亚人，同病相怜，自然有共同的话题。趁他不注意时，我把白钥匙藏在沙发下面。”

第九章　莫比乌斯环

李瑞虎躺在树林中柔软的草地上，身上落满树叶，阳光从树枝间穿过来，在他身上形成点点光斑。

也不知道过了多久，李瑞虎起身走出树林，发现自己身处峡谷上方。

峡谷底部有一条四五米宽的小河，在阳光照射下，河面闪着金光。峡谷两侧葱翠茂密的草木，随着山风不停地摇摆。

李瑞虎不禁问道："这是哪里啊？"

一个声音在身后传来："这里是摩根的元宇宙。"

李瑞虎转身看到大天使站在不远处。

大天使似乎对这里很满意，微笑着告诉李瑞虎："轩辕健让我帮助他搜索摩根元宇宙中关键词为'罪恶'的记忆信息。我终于能进入别人的元宇宙中看一看了，感觉太棒啦！"

李瑞虎说："我想起来了。我和轩辕健要在摩根元宇宙中，找到与丽塔死亡和牡丹项链失窃有关的信息。这里的天空与峡谷远比我想象的要广阔，找到那两条信息谈何容易！"

大天使说："我们有充足的时间，你不要着急。在元宇宙中，时间是扭曲的。元宇宙中一天，在你们所谓的现实世界中，可能只有几分钟。"

"我可不想在摩根的元宇宙中滞留几个星期或者几个月。"

正当李瑞虎不知道接下来该怎么办时，河面闪动的金光引起他的注意："峡谷下面小河河面有点儿不正常，我们过去看看吧。可惜悬崖太高，我们怎么下去呢？"

"这是元宇宙的数字虚拟空间，只要你放空大脑进行冥想，就能做成你想做的任何事情，就像你会魔法一样。"

"真的？"李瑞虎闭上眼睛，想象自己能飞起来。结果他的身体真的发出微光，慢慢地悬浮起来。

李瑞虎飞向峡谷底部那条小河，大天使紧随其后。

他们悬停在河面上方一米处。

目测清澈的河水只有一米多深。

李瑞虎看到河底闪着金光的东西，竟然是无数条奇形怪状的金色大鱼。那种鱼，他从未见过。

浑身发出金灿灿光芒的大鱼，悬浮在河中，随着河水缓慢移动。

李瑞虎向小河上下游看了看。下游直通天际，一眼望不到头；上游，离他不远处有一条从山崖上奔流而下的瀑布，一些金色大鱼正在从瀑布顶端往下跳跃。

在瀑布顶端的一侧，貌似有一座高大的建筑。

李瑞虎指着建筑说："上面的建筑内可能有线索。"

大天使说："我们过去看看。"

瀑布顶端果然有一座宏伟的教堂，他们落在教堂门口。

教堂两扇大门上各有半块花纹凹槽，合在一起拼成巨大的"∞"字图形。亮银色液体在凹槽内循环流动，凹槽内还有一个鱼状拓印凹槽。

无论李瑞虎怎么用力，都推不开大门。他上下打量大门："我们只有打开门锁才能进入教堂。"

大天使说："看来门内真有重要的记忆信息，不然不会采用如此严密的保护措施。”他盯着门板上鱼状拓印凹槽看了一会儿，“我们找两条与拓印凹槽形状吻合的鱼放在里面试试。”

李瑞虎飞回河边，把手指伸进水中。河水黏稠滑腻，像透明胶水那样能拉出很长的丝状物。他无法抓住远处的鱼，便脱掉鞋子进入河里。

河里的大鱼竟然对李瑞虎完全没有反应。李瑞虎随手抓起两条大鱼。大鱼在他手中一动不动，似乎还在沉睡中。

李瑞虎捧着两条大鱼回到教堂门口，把大鱼放在门板上的鱼状拓印凹槽内。

花纹凹槽内流动的银色液体闪烁两下就变得黯淡。

看来这两条鱼没起作用。

李瑞虎又去河里抓来几条大鱼，依旧不能打开门锁。

大天使琢磨一会儿，说道：“你抓来的这些鱼的体形与拓印凹槽形状不吻合。你记住拓印凹槽的形状与尺寸，再抓几条试试。”

李瑞虎有些泄气了：“河里的鱼那么多，如果我逐一抓来撞大运，非得把我累趴下不可。”

大天使说：“我用我的大数据搜索引擎功能试一试，没准儿就能找到它们之间完美匹配的信息。”

李瑞虎喜出望外：“你有这种功能，怎么不早说？”

“我也是刚想起来，只能怪你们人类大脑反应速度太慢，看我的！”大天使飞到河边，双手合十，默念一会儿后，把双手插入水中，闭目凝神。

奇怪的是，河里的大鱼不再发出金光，转而发出不同亮度的银光。

大天使转身告诉李瑞虎：“发银光的鱼与开锁条件无法匹配，我已经把它们全部屏蔽掉，你在发金光的鱼中寻找与拓印凹槽形状一致的。”

李瑞虎点点头，盯着河面慢慢寻找，最后只看到一条鱼身上闪着金光。他飞过去抓住那条鱼与教堂门板上拓印凹槽形状比对，结果完全吻合。可惜的是，门板上有两个拓印凹槽，还需要一条这样的鱼才能打开门。

他们返回河边，顺着河流往上飞行。

夕阳在他们身后落下。

夜里只有河中的大鱼发出明亮的银光，与天上的星星交相辉映。

清晨，太阳又在他们前方的河面上升起。

他们一连寻找七个昼夜，也没有找到类似的鱼。

第八天早上，非常疲惫的李瑞虎依稀看见前方有条瀑布。

瀑布旁边有一座教堂，他径直飞到教堂门口，一头栽倒在地。

大天使跟随李瑞虎飞过来，鼓励道："你能一口气飞行这么久，已经非常优秀了。你的专注力，比我预想的要强大。"

李瑞虎吃力地抬起头打量面前的教堂大门，门板上的拓印凹槽内，有一条金色大鱼。

"这不是原来那座教堂吗？我们明明向上游飞行，难道又绕回来了？"李瑞虎不停地打量左右。

大天使说："元宇宙是闭环的，因此有限的空间看起来无限大。元宇宙是大脑表层意识的具象，我们飞行这么久才绕回来，说明摩根的头脑非常聪明。我们在元宇宙里只找到一条金色大鱼，它可能是唯一能打开大门的钥匙。"

李瑞虎仔细查看大门上的"∞"字形图案："一把钥匙怎能同时打开两把锁呢？我以前在某本书上看到一种名叫'莫比乌斯环'的图形，和门上的图形非常像。难道元宇宙内的河面，实际上是一条巨大的莫比乌斯环，以致我们一直往上游飞行，结果却回到起点？"

大天使说："我记录了我们的飞行轨迹，确实是一个巨大的莫比乌斯环带。"

李瑞虎说："我想把这条大鱼切开，也许能同时放在两个拓印凹槽内。"

"你现在清空大脑认真冥想，你需要的东西可能就会出现。"

李瑞虎闭上眼睛，排除一切杂念，想象手中有一把刀。等他睁开眼睛，手中果真出现一把半透明的光刃。

他取出拓印凹槽内的大鱼放在地上，小心翼翼地沿着大鱼脊背中心线，把大鱼切成两半，然后分别塞入两个拓印凹槽内。

拓印凹槽内的金属液体停止流动，持续发出白光。教堂的屋顶熠熠生辉，大门随之打开，门内发出纯白的光芒。

李瑞虎踏入教堂大门，刹那间，他身后的阳光、山谷、瀑布、小河、草木消失不见，只剩一片漆黑的虚无。

空旷的教堂内，只有摩根跪在忏悔室前。

李瑞虎快步走到摩根面前："你在做什么？"

摩根似乎看不见李瑞虎，依旧像一尊雕像，面无表情地跪在那里。

李瑞虎在摩根面前挥挥手，用力拍打摩根的肩膀，摩根还是毫无反应。

不知所措的李瑞虎，只好离开摩根，到其他地方查看。

当他无意间经过一面落地镜时，看到镜子里的自己，惊讶地发现他也不是原来的样子。

镜子里的他，又高又瘦，面容苍老，头发胡须雪白，穿着一身黑色长袍，脖子上挂着十字架项链，看起来像神父。

李瑞虎转身问大天使："我怎么变成这样了？"

大天使双臂抱在胸前，解释道："这里是摩根的元宇宙，他制定了满足他希望的规则，因此改变了你在他元宇宙中的形象。"

李瑞虎冷静下来，接受了自己的形象变化："既然我成为摩根元宇宙中的神父，说不定我可以以神父的身份与他聊天。"

李瑞虎进入忏悔室，刚坐好，就听见摩根走进隔壁的忏悔室。

摩根说："尊敬的神父，我想通过真挚的忏悔，让我不再承受痛苦。"

李瑞虎沉吟一声，说："孩子，把你的心事讲出来吧，万能的神会宽恕你的罪过。"

摩根说："我的孩子麦可和茉莉刚出生时，也是正常的孩子，他们完全可以拥有幸福的童年生活，但是现在他们患上'地狱异种综合征'变成亚人。他们的不幸遭遇，都因我而起。我是糟糕的父亲。如果我谨慎小心地照顾他们，他们就不会变成亚人。"

李瑞虎听罢，心里暗暗吃惊。他没想到摩根忏悔的内容是这件事情。他本来不愿意进入别人的元宇宙中窥探别人的隐私，就在他犹豫要不要打断摩根的忏悔时，眼前的景象却变了。

忏悔室不见了，摩根不见了，教堂也不见了。

李瑞虎发现自己站在一家医院的大厅中央，墙上悬挂着注有"住院部"的牌子。

来去匆匆的医生、护士、病人和家属，他都不认识。

他四处张望，大声呼叫："摩根，大天使，你们在哪里？"

尽管他一声比一声高，依旧无人应答。经过他身边的人，似乎都看不见他，也听不见他的呼喊。

略显年轻的摩根和爱丽儿从李瑞虎面前走过去。

李瑞虎紧紧跟随他们。他们走进一间病房，随手关上门。

李瑞虎想站在病房门外，偷听病房里的声音。

没想到，他竟然能穿过病房门，走到病房内。

摩根和爱丽儿站在两张病床中间，病床上分别躺在麦可和茉莉。

麦可和茉莉昏睡不醒，手臂上都扎着吊针，两台监护仪发出轻微的嗡鸣声。

麦可和茉莉还是儿童模样，只是背部没有翅膀。

摩根一脸凝重，爱丽儿面容憔悴，与李瑞虎初见他们时判若两人。

一个医生走进病房，对摩根和爱丽儿说：“两个孩子已经昏睡两天了，目前依靠药物维持病情稳定，但撑不了多久，因为他们的身体一旦产生耐药性，病情就会进一步恶化。你们应该知道交叉感染‘地狱病毒’和‘异种病毒’的后果，应该做好面对最坏结果的准备。”

摩根拉住医生的手，哀求道：“医生，求求您一定想办法救救两个孩子，花多少钱我们都愿意！”

医生叹口气：“唉，目前我们也找不到抑制两种病毒的办法。不过，有一种尚在试验中的治疗方案，就是给患者注射抑制剂控制病情。但是，注射这种抑制剂，虽然存活率能达到百分之五十，但是他们将会变成亚人。”

爱丽儿止住抽泣，望着医生：“您的意思是，我们必须在亚人和死人之间选择一个吗？”

医生点点头：“请你们必须慎重考虑，决定是否给患者使用抑制剂。”

爱丽儿失声吼道：“我不愿意！我不能眼睁睁地看着可爱的孩子变成亚人！如果孩子变成亚人，他们一辈子被人歧视，永远低人一等！”

摩根过去拥抱爱丽儿。

爱丽儿把脸贴在摩根肩上，泣不成声。

摩根轻轻拍打爱丽儿的后背，转头对医生说：“让孩子活下去，是我们的第一选择。不管出现什么样的后果，我都愿意承担。他们接受抑制剂治疗，需要走什么程序？”

爱丽儿一把推开摩根，厉声质问：“你疯了吗？你能眼睁睁地看着孩子变成亚人？你想过他们将要承受什么样的痛苦吗？”

摩根劝道：“就算他们变成亚人，也是我们的孩子，我会守护他们一生。我不想眼睁睁地看着他们离我们而去，让他们活着比什么最重要！”

医生把一沓文件放在病床旁的桌子上，对摩根说道：“这是患者使用抑制剂治疗的流程说明书和申请表。如果你们愿意承担一切后果，就填写申请表。”他说完推门离去。

摩根拿起使用抑制剂治疗的流程说明书和申请表，逐字逐句阅读。看罢，他的目光直直地落在麦可和茉莉脸上，久久不愿收回。

爱丽儿把钢笔递到摩根面前：“签字吧。”

摩根望着爱丽儿，缓慢地接过钢笔。

爱丽儿说：“不是我们选择了灾难，而是灾难选择了我们。无论如何，我们都要共同面对。”

摩根潦草地在申请书上签下名字。

病房内突然刮起狂风，申请书被突如其来的狂风吹走。

李瑞虎睁开眼睛，发现自己还在教堂忏悔室内，摩根的声音继续传来：“神父，抑制剂治疗很成功，麦可和茉莉都战胜了病毒，简直是上帝创造的奇迹。我看着他们一天天康复、一天天长大、一天天变化，不再是原来的模样，心中的负罪感却越来越重。我不知道他们以后会变成什么样子，长大后会面对什么样的生活。我是不是害了他们？我该怎么办？上帝能否宽恕我的选择？”

李瑞虎不是真正的神父，只是摩根元宇宙中的幻象，不知道如何回答。

李瑞虎迟疑之际，耳边传来大天使的声音：“现在是读取他记忆信息的最佳时机，你马上问他你想知道的事情。”

李瑞虎思考一下，慢慢地问道：“我会替你在上帝面前祈祷。至于你能不能得到上帝宽恕，在于你以后的表现。我有一件事情想问你，你要如实回答我，不能撒谎。”

摩根说：“神父请讲。”

“你了解住在 9 号洋房里的亚人道格拉斯吗？”

“道格拉斯？它似乎非常低调，我对他的情况一概不知。”

“2 号洋房业主丽塔遇害，你认为谁是真正的凶手？是你吗？”

“我不是凶手，也不知道谁是真正的凶手。”

李瑞虎沉默不语。

摩根见李瑞虎没有回应他的话，想了想，继续说：“不过，我觉得凶手杀人盗窃的动机，应该是为了钱。我个人认为，一个人有这样的动机。”

李瑞虎佯装淡定，轻声说：“说下去。”

摩根说：“5 号洋房业主泰姆具有谋财害命的动机。”

李瑞虎说：“泰姆？他不是制造人工智能机器人管家那家公司的 CEO 吗？据说他公司研发的新产品马上上市，他怎么可能缺钱呢？”

“那天丽塔组织邻居聚会，我和爱丽儿到得比较早。我在洗手间听见泰姆与瞬久天说话。泰姆说，他公司的股东准备撤资，公司资金链断裂，可能要破产。为了保住公司，维持公司正常运转，他需要一大笔钱，求瞬久天注资。他说，只要瞬久天能给他公司注资，什么条件他都能答应。”

李瑞虎问：“瞬久天同意了吗？”

“瞬久天一口回绝了。他们见我进入洗手间，瞬久天就转移话题……”

李瑞虎感到忏悔室发生剧烈震动，以为地震了，立即推开门跑出去。

整座教堂不停地旋转，他眼前的一切都陷入黑暗中。

早上，李瑞虎醒来后感到头昏脑涨，感觉昨夜格外漫长，似乎睡了一个星期。

他来到轩辕健的实验室。

轩辕健揉着惺忪的眼睛，把他带到电脑前。

旁边的筑灵机慢慢转过来，轻轻地向李瑞虎点头。

李瑞虎问轩辕健：“您昨晚一直守在实验室吗？”

轩辕健说：“当然。你进入摩根的元宇宙中，我怕出现意外，不得不守在这里，监控系统反馈的数据。唉，岁月不饶人啊，刚熬到凌晨，我就趴在桌子上睡着了。不过你别担心，筑灵机也在监控摩根的元宇宙。一旦摩根的元宇宙出现异常，它会提醒我处理的。你在摩根的元宇宙中看到了什么？”

李瑞虎把他获得的摩根记忆信息大致讲述一遍：“摩根认为，杀害丽塔的人，应该是急需钱财的人。”

轩辕健想了想：“摩根的判断有一定道理。既然泰姆有作案动机，我把白钥匙放入泰姆家里，读取他的记忆信息。”

李瑞虎说：“那也得今天晚上才能进行吧。”他说完看看窗外，“天亮了，我去便利店上班。您熬了半宿，好好休息一下吧。”

“我想去警察局探视道格拉斯。至于具体怎么做，你下班回来，我们再商量。”

李瑞虎下班回到9号洋房，远远看见轩辕健焦急地在院门口踱步。

他们刚进入客厅，轩辕健就迫不及待地说：“我给泰姆打电话，说我今晚过去拜访他。他说最近有点儿忙，待他方便时再联系我。”

李瑞虎皱起眉头：“如果他一直说自己忙，我们就一直等下去？会不会是他做贼心虚不敢见您？”

轩辕健说：“等两天再说吧。今天在警察局，我向道格拉斯讲述了格瑞特的事。他见他与格瑞特之间的事情无法再隐瞒，就答应让我读取他的记忆信息。我把白钥匙留给他，今天晚上我们进入他的元宇宙，读取案发那天晚上他的记忆信息。你早点儿休息，我们早点儿进行。”

不用轩辕健叮嘱，已经疲惫不堪的李瑞虎，早就想上床睡觉了。

他回到卧室，连灯都没开，脱掉衣服和鞋子，倒头就睡。

轩辕健连喝三杯咖啡后，进入实验室，启动筑灵机。

漆黑的房间内，只有电视的屏幕亮着，反复播放一首许多年前流行的歌曲。

李瑞虎借着电视屏幕发出的微光，走进烟雾缭绕的房间，寻找电灯开关，半天都没有找到。他仔细辨认房内的陈设，感觉像 KTV 的包厢。

房间中央有一张宽大的茶几，茶几四周摆满沙发。茶几上堆放着红酒、啤酒酒瓶，地上到处是果皮、零食包装袋和烟头，甚至还有两条内裤，貌似这里刚刚举行一场疯狂的派对。

沙发上坐着两个人，不停地吞云吐雾。

房间内光线太暗，李瑞虎看不清两个人的脸，只能看到两个身材高大的男人轮廓。

一个男人吐出一口浓烟："弟，你家里人还好吗？"

另一个男人深吸一口烟，过了良久才说道："还是老样子。"

哥问："你妈病重后，你爸离家出走，现在还没有音信？"

弟无奈地摇摇头："'地狱异种综合征'有强烈的传染性，那个贪生怕死的孬种，敢回家才怪呢！"

哥问："手里的钱还够花吗？"

弟说："抑制剂太贵，我把房子卖了，也治不好我妈的病。"

两个人沉默，不停地吸烟。

两分钟后，哥问："你经常旷课出来瞎混，还能考上大学吗？"

弟说："即便考上大学，我也交不起学费。以后我就跟你混了，咋样不是活着！"

哥说："以后哥罩着你，带着你赚大钱。"

两个人又各自点燃一支烟。

弟说："最近有人想争夺我们地盘上的酒水生意。哪天我撞见他们，教训他们一顿。"

哥说："对于这种不知道好歹的家伙，必须好好归置一下。不过，听说他们卖一种新药，服用后快乐得要死，估计他们发大财了。"

弟问："我带几个兄弟找他们盘盘道，有钱大家一起赚嘛。"

哥说："这种事不能着急，打架解决不了任何问题。你先把他们新药的交易渠道查清楚，然后再解决他们。"

他们吐出股股浓烟，遮住李瑞虎的视线。

浓烟散去，李瑞虎发现自己置身于一间灵堂内。

祭案上方挂着一个女人的遗像，两个男人跪在祭案前面。

这两个人，均在二十岁左右，一个英俊潇洒，另一个粗犷豪迈，貌似KTV包厢里说话的哥俩儿。

哥冲着遗像拜了三拜后，问身边的弟："我给你的钱，你为什么不收？"

弟说："我妈已经走了，不需要钱为她治病了。"

哥说："自从你妈离世后，你好像变了一个人。这样下去不行，你必须振作起来。"

弟说："我没事儿，你不用担心我。最近水月市医疗机构面向社会招募志愿者，进行'地狱异种综合征'研究的活体试验，我想报名。"

哥说："以前理国医疗机构在死刑犯身上进行活体试验。可能是科学技术先进了，或者试验人数不够，不得不面向社会招募志愿者。听说活体试验志愿者面临很大的未知风险，要签署死亡免责书。我还听说，这种试验已经进行过两期了，虽然没有死人，但是有些试验者变成了亚人。"

弟说："我做过的坏事太多了，自觉罪孽深重。你有没有想过，我们洗手不干了，做点儿正经生意？"

哥说："正经生意哪有那么好做的？缴纳各种税费就能让我们脱层皮。我们无一技之长，只会好勇斗狠。如果我们洗手不干了，出去只能做苦力。可是某些人能让我们踏实地做老实本分的苦力吗？我看未必。唉，我们还是继续瞎混吧。"

弟说："无论如何我都不想瞎混了。我想减少因患上'地狱异种综合征'引起的家庭悲剧，我家受过的苦，就别让其他家庭再受一次了。现在我能做的就是成为活体试验志愿者，以便未来让更多患上'地狱异种综合征'的患者得到救治。"

哥一脸不可思议的表情，死死地盯着弟，欲言又止。最后他望着祭案上方女人的遗像，缓声问道："你——真的想好了？准备什么时候报名？"

弟一脸坚毅的表情："我已经想好了，下月20日就进入实验室。"

哥起身把弟拉起来，双手搭在弟的肩膀上："我们一起上过刀山下过火海，是一辈子的好兄弟。我的命是你给的，我不能让你一个人冒险，我陪你一起去。"

他们对视良久，直到李瑞虎眼前的一切从彩色褪变成灰白色。

李瑞虎想离开灵堂，转身发现两个亚人蹲在身后。

两个亚人全身赤裸，骨瘦如柴，毛发脏乱，好像几个月没洗过澡。

一个土拨鼠亚人，有一双水汪汪的大眼睛，看起来很像格瑞特。

李瑞虎仔细辨认另一个高大的犬状亚人，隐约觉得很熟悉。

李瑞虎壮着胆子，轻声问犬状亚人："你是道格拉斯吗？你和格瑞特是那对兄弟变成的亚人吗？"

两个亚人似乎看不见他，也听不见他的话。

犬状亚人慢慢地转身，拖着瘦弱的身躯，蹒跚地爬出灵堂。

李瑞虎连忙追出去。他走出门的瞬间，身后的灵堂就化作一团烟雾，消失不见。

眼前是金玉仙居社区 12 号洋房后门。

借着不远处的路灯灯光，李瑞虎看到道格拉斯熟练地打开后门下面的门板，轻轻地发出几声犬吠声。

很快，格瑞特就从门洞内探出头张望几秒钟，然后钻出来。

道格拉斯打开纸袋，拿出水、玉米饼、烤香肠、宫保鸡丁等食物。

格瑞特捧起食物，飞快地咀嚼吞咽。

格瑞特吃光食物后，道格拉斯收拾好垃圾。

他们并肩蹲在台阶上，静静地望着天上的明月，一起摇动着尾巴。

他们很久没有发出声音。

李瑞虎决定过去和他们聊天时，道格拉斯与格瑞特互相道别，并护送格瑞特进入门洞，还再三检查门板是否安好。

道格拉斯提着垃圾袋离开 12 号洋房，把垃圾袋丢进垃圾桶，直奔 9 号洋房后门。

李瑞虎本以为道格拉斯会回到他的房间，没想到在 9 号洋房后门外，8 号洋房业主的女用人墨水仙在等待道格拉斯。

道格拉斯看见墨水仙，快速跑过去，紧紧拥吻墨水仙。

热吻过后，道格拉斯和墨水仙手牵着手，径直穿过李瑞虎身边，走进附近的密林中。

空气中弥漫着淡淡的玫瑰花与茉莉花的混合香气。

尽管李瑞虎知道这里是道格拉斯的元宇宙，还是没有贸然进入密林。

半小时后，他见道格拉斯和墨水仙还没有出来，只好硬着头皮闯进密林。

密林里很暗，什么都看不清。李瑞虎听到墨水仙在不远处说：“下周三是我生日，你要送我什么礼物？”

道格拉斯没有回应。

墨水仙接着说：“我最近在网络商城看中一款金项链，非常漂亮，我很喜欢。可是仅靠我的薪水根本无法购买，要是有人把它买下送给我就好了。”

道格拉斯依旧没有回应。

墨水仙厉声质问：“轩辕健应该给你发薪水吧？你必须买下那条金项链做我的生日礼物，否则我以后再也不想看见你了！”

道格拉斯发出慌乱的低吟声。

整理衣服的声音消失后，道格拉斯和墨水仙一前一后走出密林，李瑞虎紧紧跟随。

李瑞虎又闻到那股淡淡的玫瑰花和茉莉花的混合香气。

墨水仙故意绕开 9 号洋房，最后在 8 号洋房后门前消失了。

道格拉斯站在 9 号洋房后门口，似乎在思考什么。忽然他抬起头猛嗅几下后，顺着甬道走向偏僻的空地。

在空地上，道格拉斯俯下身子，在地上嗅来嗅去，最后停顿几秒钟，便用硕大的爪子挖土。

李瑞虎站在道格拉斯身后，目睹道格拉斯扒开浮土，抓出一个密封袋，从密封袋里面拿出一个精致的黄铜首饰盒。

道格拉斯打开黄铜首饰盒，里面竟然是丽塔的牡丹项链。

李瑞虎顿觉喉咙缩紧，简直无法呼吸。

第十章　绯闻与缪斯

第二天早上，李瑞虎到餐厅吃饭，把他在道格拉斯元宇宙中获得的信息，全部告诉轩辕健。

轩辕健说："你获得的应该是道格拉斯成为亚人前的记忆信息。我一直以为，他的记忆会随他变成亚人全部丧失，看来我的判断是错误的。我更没想到他和格瑞特之间，还有这样一段交往。"

李瑞虎问："您当初怎么遇到道格拉斯的，是你救了他吗？"

轩辕健说："小阳失踪后，我苦寻不得，整日心神不宁。有一天，我从银行里取出一大笔现金，准备雇用私家侦探帮忙。没想到，半路上我不小心丢失了装有现金的手提箱。道格拉斯依靠他的灵敏嗅觉，找到我的手提箱。他本可以私吞那笔钱，但他却依靠嗅觉找到我，把手提箱还给我。我得知他无家可归，过着衣不蔽体食不果腹的日子，就收留了他。"

李瑞虎想了想，说道："道格拉斯已经落魄成那样，最缺的可能就是钱，还能把钱如数还给您，看来他不是贪财好物之人。"

轩辕健点点头："他在那种情况下，对到手的一大笔钱都能无动于衷，现在他衣食无忧，更不可能谋财害命。"他看看表，"你该上班了，等你下班回来再讨论。"

李瑞虎点点头，把烤面包塞入嘴里，灌下半杯咖啡。

连续两天晚上读取摩根、道格拉斯的记忆信息，严重缺觉的李瑞虎勉强完成便利店的工作。回到家里，万分疲惫的他一头栽到沙发上，连吃饭的想法都没有。

半小时后，他才挣扎着坐起来，和轩辕健来到那片空地，找到埋藏首饰盒的土坑。

轩辕健查看一番土坑，对李瑞虎说："道格拉斯房间的首饰盒，应该是他从这里挖出来后拿回家的。"

李瑞虎反问："如果您的推断成立，那么谁把首饰盒埋在这里的呢？"

轩辕健斩钉截铁地说："真凶。"

"真凶作案后，为什么要把首饰盒埋在这里呢？"

轩辕健思索一会儿，说道："如果是那天晚上参加聚会的人作案，他肯定知道自己必然要接受警察调查，甚至警察还会搜查他家里，把首饰盒藏在家里或带在身边自然不安全。他把首饰盒埋在这里，肯定是想等风头过去后再取走。"

李瑞虎接着轩辕健的话茬儿分析道："真凶把首饰盒埋藏在这里，说明他当时时间非常紧迫，没有机会把首饰盒带出社区。可能是他刚埋藏好首饰盒，就被道格拉斯发现了。"

轩辕健说："首饰盒在道格拉斯房间里，牡丹项链在哪里？"他向左右看了看，"既然墨水仙向道格拉斯索要金项链，我推测，道格拉斯可能把牡丹项链送给墨水仙了。对，牡丹项链应该在墨水仙手里。"

李瑞虎同意轩辕健的推断："案发第二天，墨水仙主动向我打听道格拉斯被抓走的事情，看来她极有可能与案件有关系。"

轩辕健点点头："道格拉斯拒绝我们用筑灵机读取他的记忆信息，旨在保护格瑞特和墨水仙，他想扛下所有事情。"

李瑞虎埋怨道：“道格拉斯就是愚蠢的大傻瓜。这种命案，是他想扛就能扛的吗？如果他与墨水仙是真爱，墨水仙为什么不主动把牡丹项链交出来，向警察说明实情呢？”

轩辕健说：“凡事一旦涉及爱情，参与者的智商都会降低的，道格拉斯也不例外。以上情节，都是我们的推测，还需要有力的佐证。明天我参加公司股东大会，后天我就去找墨水仙，看她是否知道牡丹项链的下落。”

李瑞虎补充道：“我们还要找出谁把牡丹项链埋在这里，这才是解救道格拉斯的关键所在。”

第二天李瑞虎休息，睡到上午 10 点才起床，疲劳感才略微减轻。

傍晚 6 点，李瑞虎观看国际娱乐频道的《火星探秘真人秀》节目。这个节目深受全世界观众推崇，李瑞虎也是该节目的铁粉。

五年前，理国面向全国选拔志愿者，选拔三十名志愿者移居火星。

理国航天局发射巨型火箭，将选拔出来的三十名志愿者送到火星，协助科学家进行火星探测与研究。

志愿者团队在业余时间，定期录制真人秀节目，拍摄他们在火星上的生活视频，供全世界观众观看。

这档节目自开播以来，收视率一直居高不下。

李瑞虎正看得津津有味时，轩辕健推门进来，告诉李瑞虎，他接到泰姆电话邀请，让他们今晚到他家做客。

李瑞虎和轩辕健来到泰姆家院门外，按响门铃，立刻传出女人的声音：“请问你是谁？”

轩辕健说：“我是 9 号洋房业主轩辕健，受泰姆邀请前来做客。”

女人说：“请稍候，待我和主人确认后开门。”

轩辕健压低嗓门对李瑞虎说：“半年前我来过这里，那时泰姆还没雇用女用人。泰姆细心谨慎，只请保洁公司的人上门服务，没想到他现在也会雇用女用人。”

“人都会变的嘛。”李瑞虎一语双关地说。

三分钟后，院门自动打开，一个人工智能机器人走到李瑞虎和轩辕健面前，说道：“我是主人泰姆的智能生活管家缪斯，请你们到客厅稍候，我的主人马上出来。”

李瑞虎和轩辕健走进客厅，身后的院门、房门逐一自动关闭。

宽敞的客厅，是现代简约风格，雪白的墙壁与天花板上，点缀着黑色图案，搭配富有创意的黑色吊灯和黑色家具，还有几幅几何图形的装饰画。天花板的每个角落都安装摄像头。

缪斯走到沙发对面的墙壁前，抬手在空中划了一下，宽大的电视自动播放晚间新闻；一台扫地机器人从卫生间走出来，扫清李瑞虎和轩辕健留下的脚印；一台空气加湿器从客厅的墙角走过来，自动喷出淡淡的熏香蒸气。

一台白色冷藏柜机器人从厨房走到客厅。

缪斯对李瑞虎和轩辕健说：“请二位选择自己喜欢的茶点。”它挥挥手，冷藏柜柜门自动打开。

冷藏柜共三层，上面一层装有一次性纸巾和纸杯，中间一层存放袋装薯片、巧克力、糖果、饼干、牛肉干等零食，下面一层摆放瓶装咖啡、茶、牛奶、果汁、矿泉水等饮料。

李瑞虎和轩辕健各自拿一瓶饮料后，冷藏柜自动返回厨房。

一架小型无人机落在茶几上，留下两个手环。

缪斯指着手环说：“请二位佩戴客人手环，如有需要，可以点击手环屏幕的服务选项。”它说完，向李瑞虎和轩辕健微微鞠躬后退出客厅。

李瑞虎和轩辕健拿起手环看了看，对视一眼，把手环放到茶几上。

泰姆走进客厅：“不好意思，我刚才处理工作上的事情，慢待二位了。”

轩辕健起身与泰姆握手：“你这么忙，我们还来打扰，实在不好意思。”

泰姆摆摆手，客气地说：“社区内发生重大谋杀盗窃案，寻找真凶人人有责嘛。警察带走您家道格拉斯，我也很难过。”他说完看看电视，对着手环说，“缪斯，把电视静音。”

电视立刻进入静音状态。

泰姆接着对手环说：“缪斯，把明天晚餐中的蓝莓派取消，换成提拉米苏。”说完他似乎想起什么，继续说，“删除一个月内的网络采购记录，销毁最近收到的快递包装上的信息，再丢进垃圾桶。”

缪斯答道：“遵命，主人。”

泰姆示意李瑞虎和轩辕健坐下：“轩辕先生，您是人工智能专家，是我的前辈。我一直想到您府上向您请教，拖到现在也未成行。”

轩辕健说：“我已经退休了，跟不上时代发展趋势了。”他环指客厅，“这里的一切，我都感觉很新鲜。”

泰姆看了一眼茶几上的手环：“都是小玩意儿而已，让您见笑了。缪斯是我们公司的新产品，通过人工智能管家系统，使家具家电全部联网，实现家具家电智能化。不过，也会使我变得越来越懒惰了，哈哈！”

轩辕健说：“我听说现在很多公司都在开发仿生机器人方面的项目，是真的假的？”

泰姆说：“是真的。仿生机器人的外形，看起来与人几乎一样，基本能代替人完成日常工作。我们公司也想开发类似的产品，正在找投资人。您有兴趣吗？”

轩辕健连连摆手：“我只想安度晚年，不想操心了。今天我们前来拜访你，是因为我家道格拉斯被警察带走，成为杀害丽塔盗窃牡丹项链的重点嫌疑人。我用我的人格保证，道格拉斯绝对没有作案。我现在空口无凭，如果你能提供一些证据证明道格拉斯无罪，希望你及时提供。”

泰姆摸着下巴，陷入沉思中，仿佛有话要说，却有顾虑。

轩辕健看出泰姆的纠结所在：“今天你说的每句话，我和李瑞虎都不会让第四个人知道。你不是需要投资嘛，等我把家里的麻烦事处理完，一定向你施以援手。”

泰姆想了想，问轩辕健：“您应该知道社区里谁与丽塔的关系最差吧？”

轩辕健说：“在我参加的几次聚会中，每次伊莎贝拉都与丽塔发生口角，但是我不知道真正原因是什么。”

泰姆低声说：“伊莎贝拉的丈夫乔瑟夫是丽塔的铁粉，迷恋得神魂颠倒。他每次见到丽塔都出尽洋相，伊莎贝拉能不吃醋吗？所以她们的关系最差。我很早就有一种感觉，她们之间早晚要出事。”

轩辕健问：“无论伊莎贝拉怎样讨厌丽塔，也不至于盗窃项链杀害丽塔吧？”

泰姆说：“醋意大发的女人，啥事做不出来？我认为，伊莎贝拉杀害丽塔的嫌疑最大。”

李瑞虎插话：“案发那天晚上，伊莎贝拉并没有去丽塔家，不知道她有没有作案的空间和时间。”

泰姆说：“反正丽塔遇害，整个社区里最高兴的人就是伊莎贝拉。”

轩辕健说：“再也没有哪个女人能让她丈夫神魂颠倒了，她当然高兴。”他盯着泰姆，“对于卫明星家的女用人墨水仙，你了解多少？是否知道她与谁来往密切？”

泰姆神秘地说：“你们为什么对一个女用人感兴趣呢？不过您还真是问对人了。”他突然低压嗓门，“有一天晚上我失眠，折腾到凌晨 1 点未睡，就到阳台上活动筋骨，看到墨水仙从 8 号洋房后门走出来，蹑手蹑脚地绕过 7 号洋房，来到我家楼下——”

轩辕健示意泰姆继续往下讲。

泰姆往轩辕健身边凑了凑：“你们知道她最后去哪里吗？她进入 4 号洋房后门。”

“她半夜进入真光豪家？”李瑞虎和轩辕健异口同声地质疑道。

泰姆点点头：“这算什么，我还看到更劲爆的狗血真人秀呢。前段时间，我下班回家，无意中看见瞬久天把车停在社区门口不远处。瞬久天奴才似的打开副驾驶位的车门，墨水仙从车里钻出来，与瞬久天热吻呢。”

轩辕健和李瑞虎听到这个消息，面面相觑，一时间无语。

泰姆愤愤地骂道：“这哪是女用人啊，没有她拿不下的男人！”

轩辕健说：“我知道瞬久天喜欢漂亮姑娘，经常换女人，但我实在想不到，他如此不挑食，连女用人都不放过。”

泰姆说：“上梁不正下梁歪，这是遗传。瞬久天妈妈凤舞久天年轻时，就与姓墨的管家乱搞，结果未婚先孕。墨管家因此被驱离。这件事，在水月市上流社会疯传，凤舞久天很难找到门当户对的老公，才让家庭背景一般、性格老实本分的贺喜久天入赘。”

李瑞虎满脸诧异地望着泰姆：“难道瞬久天是凤舞久天和墨管家的私生子，和贺喜久天没有血缘关系？瞬久天知道自己的身世吗？”

泰姆说：“据我所知，凤舞久天和贺喜久天都知道这件事，却一直瞒着瞬久天。瞬久天以为，贺喜久天就是他亲生父亲。哈哈，有钱人乱套的生活，不是我们能懂的。”他说完看看手表。

轩辕健见泰姆做出逐客的手势，便起身告辞。

李瑞虎和轩辕健回到家里，都无心睡觉，坐在客厅里复盘泰姆的话和肢体语言。

李瑞虎看了看道格拉斯的房门，好像怕道格拉斯听见似的，低声说道："泰姆真是绯闻大王，墨水仙不仅与道格拉斯恋爱，还跟真光豪、瞬久天乱搞。道格拉斯知道后，肯定会伤心的。"

轩辕健说："道格拉斯太单纯了，哪里知道社会这么复杂。先别管道格拉斯伤不伤心了，我们现在应该考虑的是，伊莎贝拉是不是真凶。"

李瑞虎说："嫉妒的伊莎贝拉、缺钱的泰姆、乱情的墨水仙都有作案动机，我们先调查谁？"

轩辕健想了想，分析道："我们不能只听泰姆的一面之词，必须进入他的元宇宙看看。至于伊莎贝拉和墨水仙，一个一个地来吧。我已经将白钥匙藏在泰姆家的沙发底下，今晚我们先从泰姆开始。"

他们简单地吃点儿火腿三明治后，就进入实验室。

轩辕健在电脑上操控白钥匙，通过白钥匙上的摄像头可以看到泰姆家沙发底下的情景。

李瑞虎问轩辕健："泰姆家里到处都是摄像头，一旦白钥匙被泰姆发现怎么办？"

轩辕健自信满满地说："待客厅内的电灯关闭后，呈现在监视器显示屏上的白钥匙，像普通昆虫一样，泰姆不会注意的。"

他的话音刚落，电脑屏幕上就出现一个巨大的扫地机器人。

轩辕健猛拍脑袋："该死，我怎么忽略了泰姆家的智能家电了呢？"他立即在键盘上敲击几下，输入几个指令。

白钥匙虽然躲到沙发底下，但是扫地机器人似乎知道沙发底下有异物，一直围绕沙发转圈。

轩辕健操控白钥匙爬到距离楼梯口较近的地方。等扫地机器人走远，立刻让白钥匙往楼梯上爬。

扫地机器人发现了白钥匙，掉转方向追过来。

轩辕健快速输入指令，白钥匙纵身一跃，跳上第一级台阶。

扫地机器人撞在台阶上，慢慢退后，转身离去。

白钥匙一级一级地跳到二楼。

正当李瑞虎和轩辕健松一口气时，一架小型无人机出现在屏幕上。

轩辕健操控白钥匙进入楼梯扶手下面的镂空区躲避。等无人机飞过去，他再操控白钥匙沿着二楼走廊寻找泰姆的卧室。

一个房门半开，传出说话的声音。

轩辕健命令白钥匙爬到门口，把摄像头对准屋内。

那是洗手间，泰姆一丝不挂地站在洗手池边，对着镜子洗漱。

泰姆把剃须香膏喷在手上揉搓后，均匀地涂抹在下巴上。

站在一旁的缪斯躬身向泰姆请示："刚才我汇报的是您明天的工作安排，请问您还有什么吩咐？"

"你马上把最近三个项目的企划 PPT 做出来，每个项目的 PPT 要做十个侧重点不同的版本，每个版本不少于五十页，限你半小时内做好，发到我的电子邮箱里。你顺便把今年第一季度的公司财务报表整理出来，要包含利润表、现金流量表、资产负债表、税务分析报告。我明天早上起床后，必须看到。"

"遵命，主人。"

泰姆拿起电动剃须刀刮胡子："明天我邀请贺喜久天一家三口来家里吃晚餐。你明天上午 10 点打电话邀请贺喜久天，确定他们傍晚 7 点能到。这次晚餐，对公司能不能生存下去至关重要，不能出现任何闪失。如果一切顺利，贺喜九天就能资助公司一大笔钱，公司就能渡过眼下难关。"

"遵命。如果明天有其他客人临时拜访怎么处理？"缪斯心细如发。

泰姆愤愤地说："一律回绝。今天轩辕健白白浪费了我一个小时，绝对不能让类似的事情再次发生！"

“明白！轩辕健、李瑞虎和您的对话记录，是否需要保留？”

泰姆一丝不苟地刮完胡子才说道：“与其他垃圾信息一并删除。现在公司的客户家里安装人工智能管家系统后，需要时刻监控他们的言行。如果不定期清理没有价值的垃圾信息，网络云盘就会崩溃的。”

李瑞虎和轩辕健听到这里，对视一眼。

轩辕健说：“泰姆的人工智能管家系统，能窥探客户隐私。现在我明白他的那些八卦信息怎么得到的了。”

李瑞虎指指屏幕，示意轩辕健不要说话。

缪斯问：“今天您和轩辕健谈及牡丹项链的内容，您确定删除吗？牡丹项链是价值连城的宝物，它的信息对您可能有用。”

泰姆摆摆手：“如果我能得到那条价值亿元的牡丹项链，还会低三下四地哀求贺喜久天注资吗？更不会浪费时间编造各种 PPT，哄骗那些愚蠢的有钱人。但我也不知道是谁杀了丽塔并偷走牡丹项链，那条牡丹项链也许自此消失了。”

趁泰姆刷牙的间隙，轩辕健说：“好在泰姆对缪斯不设防，不然我还得浪费时间去看他编造的 PPT。”他盯着李瑞虎严肃地说，“你不幸生活在充满谎言的世界里，只能少听别人说什么，多看别人做什么，才能获得真相。”

李瑞虎说：“通过泰姆和缪斯的对话内容，看来泰姆与丽塔遇害无关。”

轩辕健略加思考：“读取泰姆的记忆信息，估计没什么价值。算了，明天我找墨水仙谈谈。”

李瑞虎好像想起什么：“我明天下班后去看看格瑞特，给他送点儿吃的。”

轩辕健在键盘上一通操作，操控白钥匙返回。

白钥匙收到指令，从洗手间的门口退到走廊里。它刚刚掉头，一个巨大的扫地机器人从后面飞驰而来。

没等轩辕健输入躲避指令，白钥匙就陷入黑暗之中。

轩辕健骂道："他家二楼怎么还有一台扫地机器人？看来我明天早上还得翻找垃圾桶，才能拿回白钥匙。"

忙碌一天后，李瑞虎拎着一袋速食品回到 9 号洋房。他看到茶几上外卖盒下压着一张便笺，拿起来一看，上面是轩辕健的留言：小李，饭后到实验室找我。

李瑞虎快速吃完饭，来到实验室，看见轩辕健正在操作台前摆弄破损的白钥匙。

轩辕健把白钥匙扔到操作台上："我在泰姆家院门口的垃圾桶里找到它时，它和咖啡渣、杧果酱等厨余垃圾混在一起，应该是进水了，电路板受损严重，无法使用了。"

李瑞虎拿起白钥匙看了看："我们是不是无法进入别人的元宇宙调查了？"

轩辕健说："好在我还有备用的。不过发生这次意外，让我不得不考虑如何以更隐蔽、更便捷的方式使用它。原来那种使用方法，确实存在很多弊端，我们操控难度也大。我想给它增加飞行功能，比如安装翅膀。"

李瑞虎一脸不可思议的表情："您想把它变成微型无人机？我们都不会操控无人机啊。"

轩辕健自信地说："我们一家人住在中国上海市时，每逢假期便驾车到森林公园里野餐。高考结束后，我父母就送我一架无人机。我父母在河边的草地上支好帐篷和烤肉架，我就在一旁学习如何操控无人机。"

轩辕健沉浸在美好的回忆中，继续说：“我来到理国后，就没有操控过无人机。听说现在的无人机操控方式，与过去的无人机操控方式不一样。据说现在的无人机只要设置好参数，就能自动实现远程操控。”

李瑞虎点点头，问：“您见到墨水仙了吗？”

轩辕健说：“我见过墨水仙，开始她还像往常一样，热情地与我打招呼。当我询问她与道格拉斯、真光豪、瞬久天之间的事情后，她立刻恼羞成怒，直接告诉我，只要能得到钱，什么事情她都愿意做。她还抱怨，她年轻貌美冰雪聪明，为什么不能过上有钱人的生活。哪个男人能让她过上她想要的生活，她愿意为那个男人付出一切。”

李瑞虎难以置信：“她怎么毫无羞耻、怎么如此理直气壮呢？您没有告诉她，道格拉斯对她是真爱吗？愿意为她承受所有吗？”

“我对她说了，她却说是道格拉斯主动追求她的，她根本没把道格拉斯放在眼里。我追问，道格拉斯是否送她牡丹项链，她却说，道格拉斯没有送她任何礼物，她根本不知道牡丹项链。”

李瑞虎说：“她急于与道格拉斯撇清关系，看来她很可疑。”

轩辕健点点头：“既然她否认一切，我们只能进入她的元宇宙查明真相了，等我先给白钥匙增补一些功能。”

李瑞虎看看手表：“我去看望格瑞特。”

李瑞虎离开实验室，拿着速食品来到12号洋房后门，轻轻挪开那块活动门板，轻声呼唤格瑞特：“格瑞特，道格拉斯让我来看你。”

过了一会儿，格瑞特那张土拨鼠脸探出门洞，没有看到道格拉斯，立刻缩回门内。

李瑞虎把火腿、三明治，炸鸡排和水摆在门洞口，然后站在远处观看。

过了一会儿，格瑞特把食物和水全部拽进门内。

李瑞虎过去取袋子，听见格瑞特在门内问：“道格拉斯——在哪——格瑞特——想见——道格拉斯——”

李瑞虎便把道格拉斯最近的遭遇详细地告诉格瑞特，并安慰格瑞特不要担心，他和轩辕健一定能帮助道格拉斯摆脱嫌疑。

格瑞特听完李瑞虎的讲述，大声说：“格瑞特——也要证明——道格拉斯无罪——格瑞特——也要找项链——”

李瑞虎听罢觉得好笑，心中暗想：“丽塔被害案异常复杂，我和轩辕健调查这么多天，依旧没有头绪。格瑞特作为人人喊打自身难保的流浪亚人，偷偷地藏在地下室里避难，如果没有人给他投喂就会饿死，他能帮助道格拉斯做什么呢？”

李瑞虎担心自己这么说，会打击格瑞特的自尊心和积极性，便说道：“道格拉斯有你这样的朋友，他非常幸运。我们一起想办法解救道格拉斯！”

随后，他又叮嘱格瑞特：“市政府最近颁布了新版《理国亚人行政管理办法》，要求城市管理局全面捕杀流浪亚人。不论发生什么事情，你千万不要离开社区。”

格瑞特听罢尖叫一声，跑回地下室。

李瑞虎固定好门板，收拾完垃圾，返回 9 号洋房。

第十一章　婚　姻

李瑞虎下班前，在便利店购买一袋临近保质期的半价处理食品，准备晚上送给格瑞特。

李瑞虎回到家里，轩辕健不在，便煮两碗意大利面充当晚餐。

意大利面马上煮好时，轩辕健走进厨房。

李瑞虎说："我知道您快回来了，就给您煮了一碗番茄芝士肉酱意大利面，我们对付一顿吧。我第一次煮意大利面，不知道好不好吃。"

"我看看食品柜里还有什么能吃的。唉，如果道格拉斯在，我们就不用将就了。"轩辕健打开食品柜，取出香肠和肉罐头，然后把香肠切片装盘，放入微波炉加热，又从冰箱里拿出两罐啤酒。

李瑞虎和轩辕健坐到餐桌前准备就餐。

轩辕健喝了一口啤酒："我下午去了 11 号洋房业主乔瑟夫家，你猜我有什么发现？"

李瑞虎停止用餐，盯着轩辕健，等待他说下去。

轩辕健又喝了一口啤酒，低声说："乔瑟夫经营珠宝公司，应酬繁多，经常很晚回家，甚至彻夜不归。今天只有伊莎贝拉在家，我问她案发那天晚上她在哪里、做过什么。她说她和几个朋友在市区观看时装秀。警察已经向她的朋友核实过此事。"

李瑞虎似乎有些失望："警方是不是已经排除她的嫌疑？"

轩辕健说："除非有新证据证明她说谎，不然警方不会把她列为调查对象。"

"她是不是如泰姆所说，丽塔遇害后她非常高兴？"李瑞虎追问。

"她装腔作势地表示，错过那天晚上的聚会，错过与丽塔最后一次见面的机会，她非常自责和内疚。但她无法掩饰的肢体语言，让我感觉她在说谎，毕竟丽塔遇害是她求之不得的事情。我为了找出她的破绽，故意问道，既然她知道乔瑟夫迷恋丽塔不能自拔，为什么还让乔瑟夫独自到丽塔家参加聚会。万一干柴遇到烈火，发生水到渠成的事情怎么办。"

"这种现象确实不正常，她怎么解释的？"李瑞虎问。

"她直接告诉我，即便乔瑟夫与丽塔之间真的发生什么事情，其原因也是她对乔瑟夫关爱不够，没有尽到做妻子的义务，以致乔瑟夫移情别恋。她现在能做的，就是反省自己平时的过失，改变自己所有的缺点，给予乔瑟夫更多关爱。"

李瑞虎听到这里，一脸诧异："她确实是这样解释的吗？我怎么觉得不像她说的呢？"

轩辕健也有同感："向来认为自己永远正确的伊莎贝拉，应该不会这样谦卑的。大概是丽塔死亡，对她的婚姻没有任何威胁了。毕竟死者为大，表面文章她还是要做的，实际上她心里应该非常高兴。"他略微思忖一下，"不过有件事她倒是很坦率，她承认自己向警察举报了麦可、茉莉、道格拉斯是亚人，让警察改变调查方向。"

李瑞虎气呼呼地站起来，恶狠狠地说："原来是她举报的，她还能再坏一点儿吗？"

轩辕健示意李瑞虎坐下："这才是人们对待亚人的真实态度。她这么做也可以理解，毕竟流浪亚人是危险的存在。"

李瑞虎坐下，平复一下心情，问道：“既然伊莎贝拉没有作案时间，我们还要进入乔瑟夫的元宇宙读取他的记忆信息吗？”

轩辕健说：“乔瑟夫与丽塔的关系非常复杂。自古奸情出人命，乔瑟夫自然是重点怀疑对象。我把白钥匙藏在伊莎贝拉家里电视墙后面，今晚我们就进入乔瑟夫的元宇宙。”

李瑞虎站在巨大的拱式博物馆里。空中飘浮的上千个展柜，围绕着博物馆中心垂直线旋转，每个展柜内都陈列着璀璨夺目的珠宝。

李瑞虎走到距离他最近的展柜前，望着里面那枚古朴的红宝石金戒指。他刚想打开柜门，耳边突然传来大天使的声音，“不能动那枚戒指”。

他立刻收回手，问大天使：“我在哪里？”

大天使说：“你在乔瑟夫的元宇宙里。这里设有极强的记忆信息防御系统，以致我无法现身。柜子里的珠宝，存储着乔瑟夫不同时期的记忆信息。你触动哪件珠宝，就会读取乔瑟夫哪个时期的记忆信息。你要找到并读取他在丽塔遇害那天晚上存储的记忆信息，而不是别的。”

李瑞虎望着面前那么多展柜犯愁了，哀求道：“你能帮助我找到存储丽塔、牡丹项链信息的珠宝吗？”

大天使说：“我无法精准查找，只能试试看。”

空中传来断断续续的“嗡嗡”声，一些珠宝展柜变成灰白色。最后“嗡嗡”声消失，只有小部分展柜仍是彩色的。

大天使说：“我通过记忆模糊算法，屏蔽了与犯罪无关的记忆信息。那些彩色展柜中的珠宝，或多或少都存储着与犯罪有关的记忆信息。我只能帮你做到这些了。”

李瑞虎望着那些彩色展柜：“乔瑟夫的记忆中，怎么有这么多与犯罪有关的信息？我逐一查看，得查到什么时候？”

大天使说：“祝你好运！”

李瑞虎飞到彩色展柜前查看，彩色展柜里的珠宝看起来都很普通。他查看完一个展柜，就在展柜旁画出发光的标记。

直到他查看到第七十八个展柜，才发现那条牡丹项链。

李瑞虎伸手拉展柜柜门。他的手刚触到把手，柜门就发出红光，一股无形的力量把他的手弹开。

李瑞虎尝试几次，都无法接触柜门。

李瑞虎问大天使：“我已经找到牡丹项链，但是无法接触，怎么解读与它有关的信息？”

大天使说：“你无法打开柜门，缘于元宇宙启动记忆防御功能，我无能为力。”

李瑞虎只好仔细观察柜门，上面根本没有锁或钥匙孔，无奈说道：“看来我要获得乔瑟夫与牡丹项链的信息，只能暴力强拆了。”

大天使警告李瑞虎：“如果你暴力强拆柜门，我无法预测最坏的结果是什么，但最好的结果是我们被强制驱离乔瑟夫的元宇宙。”

李瑞虎管不了那么多，后退一步，握紧右拳，把注意力集中在握紧的右拳上。

右拳慢慢地散发出白色微光后，他对准柜门打出右拳。

伴随“砰”的一声巨响，拳面一阵剧痛，展柜飞起来，砸到远处的展柜上。

大厅里布满刺眼且不停闪烁的红光，吓得李瑞虎一动也不敢动。

红光消失后，大厅内恢复平静，李瑞虎急忙飞到第七十八个展柜前查看。

玻璃柜门出现些许裂痕，但依旧打不开。于是，李瑞虎又握紧拳头集中注意力，对准裂痕处大力砸击。

几拳砸下去，玻璃柜门粉碎。与此同时，刺眼且不停闪烁的红光再次充满大厅。大厅开始震动，似乎发生强烈地震。

大天使提醒李瑞虎："我检测到乔瑟夫的元宇宙发生变化，我们随时会被强行驱离，你抓紧时间读取他的记忆信息。"

李瑞虎闻言，毫不犹豫地抓起牡丹项链。

眼前的大厅，以及所有展柜和珠宝全不见了。

李瑞虎出现在乔瑟夫家院门口。

院门前停着一辆豪华轿车，车门突然打开，愤怒的伊莎贝拉钻出来，转身对着车里怒吼："你就是喜欢那个肮脏、恶心、丑陋的丽塔！"

乔瑟夫从副驾驶位下车，转到伊莎贝拉面前解释："亲爱的，那天我和她在一起，是因为她向我请教珠宝方面的知识，我们之间什么事情都没有！"

伊莎贝拉提高嗓门："你传授她珠宝方面的知识，还需要搂着她的腰吗？你们去卧室在床上相互学习不是更好吗？我还不了解你吗？见到荡妇就迈不开步子的东西！"她用力推开乔瑟夫，跑进院内。

乔瑟夫锁好车门，追进院内。

随后，洋房里传出摔东西和叫骂的声音。

李瑞虎犹豫一下，走进院内。

他走进客厅，发现客厅的陈设和装修风格，居然和丽塔家一模一样。

很多邻居在客厅内或站或坐，丽塔戴着雍容华贵的牡丹项链，被邻居簇拥着。

李瑞虎心跳加速，意识到这是丽塔死亡那天晚上，邻居们在丽塔家里聚会的场景再现。

乔瑟夫从沙发上站起来，趁没人注意，走进一楼洗手间。

李瑞虎跟随乔瑟夫进入洗手间。

乔瑟夫锁好门，从储物柜里拿出一条毛巾和一块清洁海绵，用毛巾裹住清洁海绵，再打个死结，塞入马桶排水管深处，然后淡定地洗净双手。

丽塔依旧与邻居们谈笑风生。

过了一会儿，乌苏拉把丽塔带到一楼洗手间。

乔瑟夫走到餐车旁，拿起一杯调和好的玛格丽特鸡尾酒，用身体遮住邻居们的视线，拧动大拇指上的金戒指，把藏在里面的白色粉末倒入玛格丽特鸡尾酒里，轻轻摇匀。

一分钟后，丽塔回来，告诉邻居们一楼洗手间马桶堵塞，请他们使用二楼的客用洗手间。

乔瑟夫把手里的酒杯递给丽塔："我敬你一杯，感谢你组织这场奢华的聚会。"

丽塔冲乔瑟夫微微一笑："谢谢！我刚喝完两杯烈酒，需要缓一缓再喝。"

乔瑟夫接过丽塔手中的空酒杯，把他手中的那杯玛格丽特鸡尾酒塞到丽塔手中，附在丽塔耳郭边轻声说道："最美的女王，今夜的你特别美，美到让我无法抗拒。"他说着，长满汗毛的大手开始摩挲丽塔的香肩。

丽塔用看似无意的微微侧身，摆脱乔瑟夫的手："你的嘴巴真甜！与你在一起，我确实很开心！"

乔瑟夫的脸几乎贴到丽塔的脸上："你开心，就是我最大的幸福。万能的上帝让你出现在我身边，我至高无上的女神，你让我目眩神迷！"他说完，拿起一杯酒，"为了我们在人间相遇相知，干杯！"

丽塔举起手里的玛格丽特鸡尾酒，一饮而尽。

很快，丽塔告诉邻居们，她可能喝多了，有些困倦，要回房休息。

得到邻居们应允后，丽塔扶着楼梯进入卧室。

白雪玉从二楼洗手间回来后回家，瞬久天从二楼洗手间回来后驾车离去。

时间来到晚上 9 点多，乔瑟夫见邻居们依旧沉浸在牌局中，无人注意他，便悄悄地来到二楼，径直走向丽塔卧室。

乔瑟夫轻敲房门，里面无人回应，慢慢地推开房门溜进去。

卧室内弥漫着浓郁的花香，只有墙角梳妆台上的小台灯亮着，能见度虽然不高，但能看到礼服和鞋子胡乱地堆放在地板上。

丽塔穿着黑色蕾丝花边内衣，躺在床上一动不动。

乔瑟夫走到床边，脸上露出猥琐的笑容，俯下身子低声说：“小宝贝，我来啦！”他的脸距离丽塔的脸越来越近，几乎要碰到丽塔的嘴唇。

站在门口的李瑞虎见状，感到万分恶心，想大声呼救，让其他邻居来帮助丽塔。他马上意识到，这是乔瑟夫的记忆信息，一切都木已成舟，他什么都改变不了。

李瑞虎的心脏越跳越快，出乎意料的是，乔瑟夫僵住了。

李瑞虎也发现丽塔不对劲儿，面色青紫，表情扭曲，像失去生命的死尸。

乔瑟夫把手指搭在丽塔颈动脉上几秒钟，突然惊恐地起身后退几步，嘴里念念有词：“不可能！她只是服用了普通安眠药，怎么会这样？不可能！”

乔瑟夫转身想跑，却被地上的礼服绊倒。他扶着梳妆台吃力地站起来，双手拄着桌面“呼呼”地喘气。

他低下头，看到那堆琳琅满目的高档化妆品中间的牡丹项链专用的黄铜首饰盒。

乔瑟夫扭头看到隐藏在墙壁内的保险箱门半开着，推断丽塔进入卧室后，摘下牡丹项链，脱下礼服，打开保险箱，想把牡丹项链装入首饰盒后放回保险箱，但不知道为什么突然暴毙。

乔瑟夫犹豫一秒钟，迅速合上首饰盒，塞入上衣口袋。他看了丽塔一眼，开门溜出去。

聚会结束后，乔瑟夫回到家里，从工具房找到小铁锹和劳保手套，来到距离轩辕健家不远处的偏僻空地。

确定附近无人，他快速挖出一个小坑后，掏出首饰盒，取出牡丹项链欣赏，脸上满是贪婪、激动、不安的表情。

他用一块擦钻布把首饰盒和牡丹项链彻底擦拭一遍，恋恋不舍地合上首饰盒，装入密封袋，埋进小坑里。

李瑞虎站在一旁观看，地面突然剧烈摇动，似乎地震了。

一道刺眼的红色闪电劈开夜幕，把乔瑟夫的身影投射到地面上。

接着又是几道红色闪电撕裂漆黑的夜空，夜空露出几道血红色伤口。

李瑞虎脚下的地面突然裂开，把他吞噬。

他在裂缝中翻滚着向下坠落。

李瑞虎起床时，口干舌燥，头痛欲裂，恶心不止，就像刚从过山车上下来。

他挣扎着坐起来，狂饮一杯水。

一杯水下肚，李瑞虎感觉胃里舒服一些，视线变得清晰，但依旧偏头痛。

他走进实验室，叫醒趴在桌子上睡觉的轩辕健。

轩辕健见李瑞虎满脸倦容，给他倒了一杯凉咖啡，加入两块方糖。

李瑞虎一边慢慢地喝咖啡，一边把他在乔瑟夫元宇宙读取的记忆信息，一五一十地讲出来。

轩辕健认真地听完所有细节，分析道：“乔瑟夫偷走牡丹项链，碍于社区出入口的监控，不敢连夜把牡丹项链转移，也不敢藏在家里，便埋在那块空地里，没想到被道格拉斯挖出来。”

李瑞虎说：“乔瑟夫的记忆信息显示，乔瑟夫在酒里放入安眠药，想乘丽塔昏迷时行侵犯之事。有一点儿很可疑，丽塔真的死于安眠药吗？我觉得乔瑟夫放入酒杯的安眠药剂量，不可能致丽塔死亡。乔瑟夫盗走牡丹项链，应该是临时起意。是不是有人先乔瑟夫一步进入丽塔的卧室呢？”

轩辕健沉默一会儿，说道：“在乔瑟夫进入丽塔卧室之前，白雪玉和瞬久天都去过二楼，他们都有可能进入丽塔的卧室。”

李瑞虎迫不及待地问：“我们要不要读取白雪玉和瞬久天的记忆信息？”

轩辕健摆摆手：“道格拉斯挖出乔瑟夫埋藏的牡丹项链，必然会送给墨水仙，墨水仙却对牡丹项链三缄其口，这里面肯定有问题。我们先读取墨水仙的记忆信息，找到牡丹项链，然后向警察汇报乔瑟夫想迷奸丽塔、盗走牡丹项链的经过，就能洗清道格拉斯的作案嫌疑。”

“好吧，我听您的。”李瑞虎看看手机上的时间，起身说，“我上班去了，您好好补补觉吧。”

这一天，李瑞虎依靠咖啡强撑，才熬到下班。

李瑞虎回到家里，见轩辕健愁眉不展地坐在沙发上，问道：“您身体不舒服吗？晚上还要读取墨水仙的记忆信息吗？”

轩辕健有气无力地说：“我刚从卫明星家回来。墨水仙今天早上消失了，手机也打不通。卫明星说，昨天晚上墨水仙还在，今天墨水仙休息。她可能进城了，但是直到现在也没有回来。我去拜访时，真光豪在卫明星家做客，和卫明星没完没了地东拉西扯。我本想进入墨水仙卧室查看，但一直没有机会，就回来了。”

李瑞虎问：“是不是墨水仙意识到情况不妙，连夜带着牡丹项链逃走了？我们是不是向警察说明墨水仙的情况？”

轩辕健摆摆手：“口说无凭，警察不会相信我们的，甚至怀疑我们为了解救道格拉斯，干扰警察破案。我们只能期待墨水仙能回来，暗中读取她的记忆信息，找到牡丹项链。我们熬几个晚上了，今天晚上好好睡觉，养足精神再战。”

次日，李瑞虎下班时看到两辆闪着警灯的警车停在 8 号洋房院门口。

李瑞虎加快脚步，跑回 9 号洋房。他刚进入客厅，轩辕健就告诉他：“墨水仙可能真的失踪了，直到现在还没有回来。卫明星害怕墨水仙出现意外便报警了，警察搜查墨水仙的卧室发现，墨水仙的私人物品都在，只是不见手机，手机却无法打通。”

“警察查看过社区门口的监控吗？”

“警察查看了社区门口最近几天的监控。奇怪的是，视频中没有发现墨水仙的影子。”

李瑞虎坐在沙发上，不停地揉着太阳穴：“墨水仙不可能凭空消失，我觉得她是避开监控出去的，或者躲在哪栋洋房内。我们不知道墨水仙在哪里，就找不到牡丹项链，接下来怎么办？”

轩辕健思忖几秒钟：“这条线索断了，只能从另一条线索查找凶手。乔瑟夫进入丽塔卧室时，丽塔已经死亡。在此之前，只有白雪玉、瞬久天去过二楼，他们都有可能作案，我们就读取他们的记忆信息。”

第十二章　湖中巨树

李瑞虎下班后，急匆匆地赶回家里，轩辕健已经买来外卖等他。

轩辕健告诉李瑞虎，白雪玉是最后入住社区的业主，平时深居简出，与邻居极少来往。她大部分时间在市疾病控制研究所，但今天却在家休息，并邀请李瑞虎和轩辕健晚上到她家做客。

吃过晚饭，李瑞虎和轩辕健来到白雪玉家。

李瑞虎进入客厅后，感觉进入某家公司的接待室或者会议室。天花板、墙壁雪白，白蜡原木地板，客厅中央摆放简易的白色沙发和白色茶几。墙边没有绿植，墙上没有装饰画，没有多余的家具，甚至连打发时间的电视机都没有。

白雪玉穿着深色西装，似乎刚进家门。她示意李瑞虎和轩辕健坐到沙发上，然后进入厨房泡茶。

轩辕健偷偷地把白钥匙藏在沙发下面。

白雪玉把三杯挂杯红茶放在茶几上，开门见山地问道："你们来找我，应该与丽塔遇害有关吧？"她不等轩辕健回答，继续说道，"我无法给你们提供有价值的线索，之前我对警察也是这样说的。我与邻居不熟，更不关心邻居个人隐私。最近半年，我只在丽塔遇害那天休假，受丽塔再三邀请才参加聚会的。"

她只用几句话，就把自己摘得一干二净。

轩辕健呵呵一笑："我家道格拉斯被警察拘捕，我们也是救他心切，不得不叨扰各位邻居。那天晚上，丽塔回卧室休息后，你去过二楼洗手间，有没有发现什么反常的人或事呢？"

"容我想想。"白雪玉低头沉思一会儿，"一楼洗手间不能用，我去二楼洗手间，办完该办的事情，没有发现任何反常的人和事。"

轩辕健不动声色地问："那天晚上你是第一个离开丽塔家的吧？"

白雪玉说："我是不是第一个离开的，我真的不敢确定。我记得当时是20点30分左右。本来我对聚会兴趣不大，女主人丽塔已经回房休息，我告辞回家也不算失礼。"

白雪玉看一眼墙上的挂钟，问："你们还有什么想问的吗？"

李瑞虎忍不住说出心中的疑问："白教授，我请教您一个问题。现在一部分人感染'地狱病毒'和'异种病毒'会变成亚人，给社会造成许多麻烦。您是这方面的专家，能不能解释一下这两种病毒到底是怎么回事？"

白雪玉不假思索地说道："大约十五年前，不知从何而来的两种病毒在世界各地悄然滋生且快速传播，全球进入'地狱异种时期'。我个人认为，这两种病毒有明显的非自然属性，不像自然产物。我的同行猜测，可能是海洋生物携带的某种病毒，因受到核污染变异；也有同行认为，是某个国家人工培养的病毒意外泄露。不过这些都是猜测，没有科学依据。

"'地狱病毒'靠体液传播，潜伏期一至三年。感染者体内分泌系统和神经系统发生病变，表现为内分泌紊乱、认知能力减弱、记忆力衰退、情绪失控、精神失常，感染末期会变成只想满足低级欲望的疯子。

"感染'异种病毒'患者，体内会产生某种毒素，进而诱发人体基因突变，引发组织和器官变异。这种病毒通过不断进化，已经衍生出很多亚种病毒，具有空气传播和接触传播能力，目前许多人和动物体内都发现了这种病毒。健康的人和动物，可以依靠自身免疫系统抵抗这种病毒。除非感染者长期免疫力低下，病情才会恶化。

“最可怕的是，同时感染‘地狱病毒’‘异种病毒’的患者，如果没有使用抑制剂治疗，就会逐渐演变成亚人，又因每个人的基因不同，会异化成不同类型的亚人。医学界把这种现象称为‘地狱异种综合征’。

“截至目前，大约百分之七的理国人，患上‘地狱异种综合征’，但存活率不到百分之十。存活下来的感染者，自身能产生抗体精华，不具有传染性，对病毒产生免疫。他们具有异于普通人类的身体器官及特征，智力、记忆、人格严重受损。我们把这类人统称为‘亚人’。

“感染‘地狱病毒’‘异种病毒’后，如果患者能定期定量注射抑制剂，使病毒受到抑制，保证体内内分泌系统和神经系统正常运行，他的大脑细胞就不再受到损害，只有身体发生变异。但是，由于抑制剂的效力不够稳定，不同患者的免疫能力不同，所以抑制剂对不同患者产生的疗效也不一样。总体来看，接受抑制剂治疗的患者存活率在百分之五十左右。不过可以肯定的是，患者越早接受抑制剂治疗，存活率就越大，起码能延长患者存活时间。

“当下我们所的任务，就是提高抑制剂的稳定性，提高使用抑制剂患者的存活率，并且研发更有效的新型药剂，代替原来的抑制剂。但是，目前我们还没有找到其他治疗方法，患者只能使用价格极其昂贵的抑制剂。”

白雪玉毫无保留地讲了这么多，李瑞虎一时间难以消化。他问：“既然抑制剂对患者如此重要且价格昂贵，增加产量不就能把价格降下来了吗？”

轩辕健插话：“抑制剂是从患有‘地狱异种综合征’的慢性适应证患者、也就是亚人的血液中，通过复杂技术过滤和提纯获得的血清，不可能大批量生产的。”

白雪玉补充道：“是的，抑制剂是包含多种蛋白质、激素、多肽、酶、酚等复杂有机物质的浓缩血清。只有在异化不完全的亚人体内，才能提取高效抑制剂。例如，道格拉斯已经完全亚人化，就不能提取抑制剂。但麦可和茉莉，除了背部长出翅膀，其他体征与正常人无异，在他们体内就能提取高效抑制剂。”

轩辕健说：“现在抑制剂成为稀缺医疗资源，市场需求量巨大。很多有钱的患者，为了能多活几年，甚至不惜倾家荡产。更有甚者，不择手段地暴力捕获流浪亚人，从他们体内提取抑制剂，通过黑市交易谋取暴利。”

白雪玉说：“现在世界各国都在研究亚人，都在寻找彻底抑制病毒的方法。这也是理国用死刑犯做活体试验、面向全世界招募志愿者研发抑制剂的原因。”

轩辕健说：“自从理国王室成员与参议院议员出现患病致死的情况后，理国政府必然会这么做的。”

白雪玉说：“我怀疑有些组织为了牟取暴利，可能人为地制造亚人，不然流浪亚人不会越来越多。每次新型病毒出现，人类必然会付出惨重的代价。承受这种代价人，不是你就是我。”她说完又瞥了一眼墙上的挂钟。

李瑞虎和轩辕健知趣地起身告辞。

他们回到家里，直奔实验室。

轩辕健打开电脑操控白钥匙。电脑屏幕上出现白雪玉从厨房里出来，走上二楼楼梯的画面。

轩辕健敲击几下键盘后，从沙发底下爬出来的白钥匙，化蛹成蝶，体内伸出四片半透明的薄翼，然后飞向二楼楼梯。

李瑞虎瞪大眼睛：“您这么快就赋予了白钥匙飞行功能？”

轩辕健说：“这有何难？我购买了仿生蜻蜓的玩具，把它的飞行装置与芯片装在白钥匙上，再补写几行代码而已。别说话，看屏幕。”

屏幕上显示，白雪玉走进卧室，却没有关门。

白钥匙降落到门口，收起翅膀。

白雪玉脱下外衣，身上只有内衣和丝袜，曼妙的身材一览无余。她从床头柜抽屉里拿出袖珍小盒子，打开后盯着里面看。

李瑞虎挠挠头：“我怎么感觉我们在偷窥呢？”

轩辕健尴尬地笑了笑：“此举确实和我的身份不符。等她关灯睡觉后，我们再让白钥匙靠近她。”

轩辕健输入一个指令，白钥匙便钻到床下。

手机铃声响起，白雪玉接听几秒后，神色惊慌地问：“你说什么？我丈夫不行了？我马上到。”说完她扔下手机，胡乱地穿衣服。

轩辕健急忙操控白钥匙爬出卧室，飞向一楼。他吃惊地说：“白雪玉已经结婚了？她搬进社区这两年，我从未听说她有老公啊！”

李瑞虎做出噤声的手势，仿佛隔着屏幕，白雪玉能听见他们说话。

李瑞虎故意压低嗓门：“她要去医院，我们等她回来再读取记忆信息吗？”

轩辕健说：“不能等，我必须查清她老公是什么人。这个人如此隐蔽，肯定有不可告人的秘密。”他说完输入一串指令，白雪玉家的客厅出现在屏幕上。

李瑞虎指着屏幕上的手提包画面说：“她一定会带手提包去医院，让白钥匙躲进去。”

轩辕健输入指令，白钥匙飞进手提包里，变回子弹状。

白雪玉匆匆来到客厅，拿起手提包去车库。

凭借白钥匙卫星定位功能，电脑屏幕上显示出市区一家医院的位置。

坐标不再变化，轩辕健操控白钥匙悄悄地钻出手提包。

屏幕上出现独立病房、点滴架、监护仪及病床上的人。

白雪玉坐在病床边的椅子上，静静地望着病床上的人良久，缓声问道：“老公，你感觉怎么样？医生告诉我说，你突然病危，现在好点了吗？”

病床上的人毫无反应。

白雪玉哽咽着自言自语：“老公，两年前你在实验室意外感染恶性病毒，一直在这里秘密接受治疗。唉，现在的抑制剂对你来说，已经没有效果，无法阻止病情恶化。其间，我不惜一切代价寻找治愈你病情的方法，可惜依旧得不到上帝的眷顾。宇文川，你告诉我，现在我应该怎么办？”

病人依旧没有回应。

白雪玉低下头，摘下眼镜，擦拭眼泪：“你曾经是所里最优秀的业务骨干和部门负责人，你发表的研究论文震惊医学界，被视为最具前途的医药学家，可是现在你连自己的病都治不好。你能不能起来告诉我，怎样才能研制出让你康复的药？”

白雪玉说完，伏在病床上号啕大哭。

轩辕健借机操控白钥匙飞出手提包，钻到椅子下面。

白雪玉拖着身体，走到墙角的折叠床前躺下。

过了一会儿，李瑞虎问轩辕健：“白雪玉好像睡着了，我们要不要看看床上的人，要不要读取他的记忆信息？”

轩辕健点点头，操控白钥匙飞到病床上。

屏幕上呈现的画面，让李瑞虎和轩辕健同时干呕不已。

骨瘦如柴的宇文川身上长满一层厚厚的血红色蔓藤，蔓藤的枝叶铺满整张病床。他的身上全是脓包，溃烂得像老树皮。

李瑞虎不忍直视，转过脸去。

轩辕健盯着屏幕说：“他身上长的东西，应该不是蔓藤，而是像蔓藤形状的增生组织。”他操控白钥匙从宇文川的脚边爬到脸上。

宇文川的脸瞬间被放大数倍，泪水像泉水一样源源不断地冒出来。晶莹透亮的泪珠滑下脸颊，洇湿枕巾。

原来他还能听懂白雪玉说的话。

李瑞虎转过身盯着屏幕：“看样子他也知道自己命不久矣。”

轩辕健说：“他现在能活着已经是奇迹了。估计医生断定他的时间不多了，才把白雪玉叫来见他最后一面。”

“我们要不要帮帮他？”

“我们救不了他的命。”

“我们可以做我们能做到的事情，比如进入他的元宇宙，看看他还有什么愿望。”

轩辕健思索一下，说道：“好吧，我们看看他有什么遗言。”

李瑞虎回到卧室躺下，脑海里全是宇文川泪流满面的画面。

不知道过了多久，他睡着了。

李瑞虎掉进宇文川溢满黏稠泪水的瞳孔里，在泪水中缓慢游动。泪水越来越深，光线越来越暗。

李瑞虎感到浑身冰冷，呼吸困难，莫名的痛痒传遍全身。水里应该有毒。他来到一个狭窄的洞口，不知道里面通往哪里。

李瑞虎高声呼喊：“大天使，你在吗？”

没有得到大天使回应，他只好双手合十，集中注意力。

他的两掌中间出现一个光球。他托着光球，钻进狭窄的洞口，潜到水底继续向前游。

水底有很多垃圾，垃圾蒙着厚厚的黑色淤泥，看不出原样。有些像蛇一样的东西，在淤泥里慢慢蠕动。

不知过了多久，李瑞虎从洞的另一端钻出来。他让光球释放出强光，视野变得开阔。

这里像是湖底，湖水不深，抬头能看见波光粼粼的湖面。

遍布湖底像蛇一样的东西，原来是蠕动的触手，越往湖中心越多。

李瑞虎顺着蠕动的触手前进，很快发现那些触手是从巨大的肉树上滋生出来的。这棵肉树从湖底一直往上延伸，像棵黑色的参天大树。

大天使的声音突然传来："宇文川的元宇宙里似乎有其他意志控制，干扰我们传递信息。我好不容易才找到你，但无法现身。"

"我现在要做什么？"李瑞虎问。

大天使的声音消失了。

不经意间，李瑞虎的脚靠近触手。触手仿佛感应到了，立即缠住李瑞虎的脚踝。

李瑞虎左手托光球，右手生出光刃，向脚上的触手砍去。

触手被砍断，他感到被触手缠绕过的地方如灼烧般疼痛。

大天使的声音又出现了："这里的水和触手，能腐蚀你的精神，请你务必小心——"他的话音刚落，四周的触手一起蠕动，拥向李瑞虎。

李瑞虎奋力往前游，试图摆脱触手围攻。

他游到巨大的肉树旁，肉树里也钻出几条触手。

触手的尖端有一个巨大的眼睛，死死地盯着李瑞虎。随后，肉树上又伸出几十条触手，一起抓向他。

大天使喊道："小心！"

李瑞虎收起光球和光刃，双手合十。

四周一片漆黑。

李瑞虎身上呈现出一层圆形光屏，把他紧紧包裹。那些触手用力撞击光屏，却接触不到李瑞虎。过了一会儿，那些触手渐渐安静下来，缩回肉树里。

李瑞虎松了一口气，不再理会那些触手，缓慢向前游动，寻找宇文川的记忆信息。

大天使的声音传来：“我刚才扫描过，湖底淤泥里的垃圾都是宇文川曾经的记忆信息，可惜都已经被病毒破坏，根本无法解读。你不能一直耗费精力维持光屏，不然精力很快就会耗尽。当你的精力不足以维持光屏时，会很危险的。”

李瑞虎说：“没有光屏和光球，我什么都看不见，而且随时会受到攻击。我去湖面看看吧。”他顺着巨大的肉树往上浮动，最后飞离湖面，飞向天空。

貌似直通九天的肉树上布满无数条黑色触手，像枝杈一样伸向四周，捕捉空中飞翔的“活物”。

那些“活物”是一本本会飞的书，在有限的空间里奋力扇动双翼，最后还是被触手捕捉，因此数量越来越少。

大天使说：“那些飞翔的书，都是宇文川的记忆信息，可以读取。我检测到你两点钟方向的触手上，有一个微弱的精神体。”

李瑞虎调整方向，飞向肉树。

肉树的一根触手上挂着宇文川的人头，脸色苍白如纸，似乎已经死去很久。

李瑞虎喊道：“宇文川先生，宇文川先生——”

宇文川慢慢地睁开蒙着白翳的眼睛，无力地望着李瑞虎，嚅动嘴唇：“你是——带我——去天堂的——天使吗？”

李瑞虎摇摇头：“我叫李瑞虎，不是天使。我能为你做点什么？”

“救——救命——救我——我还有很多工作要做——我不能死！”宇

文川用尽力气喊道。

李瑞虎无奈地说：“对不起，我救不了你的命。”

宇文川睁大眼睛，静静地望着被触手抓住一本书，然后撕烂，痛苦地摇摇头：“我不行了——请你——求你转告白雪玉——我爱她——她要坚强地活下去——不要为我的离去难过——我很遗憾——再也不能留在她身边——陪她一起生活——”

“我一定转告她。”李瑞虎斩钉截铁地说。

“还有——让她继续完成——我们未完成的——项目——把这个东西交给她——她会明白——这是什么——”宇文川张开嘴，嘴里一阵蠕动后，吐出一颗发着纯洁白光的蛋。

李瑞虎捡起那颗光蛋，捧在手里。

蛋上的光芒褪去，变成一枚小巧的卷轴。

李瑞虎拉开卷轴，一阵清风袭来，他眼前的一切景物开始发生变化，似乎时光倒流。

厚重的乌云消失了，眼前是蔚蓝的天空和白云；浑浊的湖水不见了，变成清澈碧蓝的湖水；黑色肉树不见了，变成一棵高耸入云的参天古树。

古树上开满白花，树枝上栖息着无数本书籍。书籍像欢快的小鸟飞来飞去。

湖面荡起微波，白色花瓣随风落到湖面上，漂向远处的扁舟，数只白天鹅在扁舟旁嬉水。

扁舟上坐着两个人，一个是冰清玉洁的白雪玉，一个是玉树临风的宇文川。他们穿着洁白的汉服，相偎相依地坐在一起。

宇文川起身从袖子里掏出一个袖珍盒子，在白雪玉面前打开，拿出一枚闪闪发光的钻戒。

他单膝跪在白雪玉面前，轻声细语。

白雪玉笑靥如花，点头答应。

宇文川把钻戒戴在白雪玉左手中指上，紧紧拥抱她。

湖中的白天鹅张开翅膀飞起来。白雪玉和宇文川化作一对仙鹤，一同飞向遥远的天空，只剩下那叶扁舟在湖面上轻轻晃动。

李瑞虎正在犹豫要不要飞到扁舟上查看时，霎时间天地变色。

他眼前的一切画面都消失了，只剩下黑色触手上宇文川枯萎的头颅。

宇文川吃力地问李瑞虎："你记住我的助记词和顺序了吗？"

李瑞虎低头细看，手中的卷轴上出现 12 个花体英文单词：

And lead us not into temptation But deliver us from evil things

李瑞虎默念几遍后，告诉宇文川："我记住了，不过这句英文是什么意思呢？"

宇文川的嘴唇嚅动几下，似乎想说什么。他的脸突然僵硬，眼睑落下，皮肤变成铁灰色。

李瑞虎把卷轴塞入口袋，大声呼唤："宇文川先生，宇文川先生！"

大天使的声音传来："小心身后！"

不等李瑞虎反应过来，一根粗大的黑色触手从他身后伸过来，缠住他的脸，捂住他的嘴。他奋力挣扎，拼命呼救。

不知不觉中，他的护体光屏彻底消失了。

李瑞虎双手抓住这条触手，试图把它推开。

触手缠得太紧，无论他怎么用力都无效。

另一条触手从李瑞虎的脑后缠住他的鼻子，瞬间他脸上开始剧烈地灼痛。更要命的是，他已经无法呼吸。

他拼命挣扎，但于事无补。

从肉树上钻出一条特别粗大的触手，触手前端有一只硕大的发紫光的眼睛，死死地盯着李瑞虎。

李瑞虎睁大眼睛，惊恐地看到肉树上出现多条触手，一起伸向他。

这一刻，李瑞虎以为自己死定了，没想到大天使突然出现在他面前。

大天使浑身上下冒着浓烈的黑烟，“噼啪噼啪”地闪着电火花。

大天使展开光屏，替李瑞虎抵挡住所有黑色触手的攻击。

“救命！”李瑞虎大声呼叫着从床上坐起。他向四下看了看，发现身在熟悉的卧室里，连忙打开床头柜上的台灯。

卧室里一切正常，安静得令人窒息。

李瑞虎大口喘气，心脏剧烈跳动，全身大汗淋漓，像刚刚完成十个百米冲刺。

在宇文川元宇宙中看到的一切历历在目，好像他真的被触手勒住口鼻无法呼吸。强烈的偏头痛撕扯着他的大脑神经，口鼻和面部两侧火辣辣地疼痛。

“嘀嗒”，带有体温的液体从李瑞虎的鼻孔落到被子上。他用手擦了一把鼻孔，把手拿到眼前一看，手掌一片殷红。

李瑞虎捏住鼻孔，去洗手间用冷水冲洗鼻子。

鼻血很快止住了，但他的心情依旧无法平复。

他回到床上，用颤抖的手指在手机备忘录中写下宇文川的话，并写上 12 个英文单词，一起发给轩辕健。

此时仍是午夜，淅淅沥沥的雨滴落在玻璃窗上。

李瑞虎呈大字形躺在床上，努力地排除杂念，但是阵阵的偏头痛让他无法做到。

早晨，李瑞虎被急促的闹钟铃声惊醒。他慢慢地起身，快快地进入洗手间洗漱。

轩辕健已经准备好黄油蜂蜜煎薄饼，喊李瑞虎到餐厅吃早餐。

李瑞虎来到餐厅坐下。轩辕健抿了一口咖啡，打量李瑞虎：“你的脸色怎么这么苍白？眼圈还是乌青的，你没事儿吧？”

李瑞虎喝下一大口热咖啡，轻咳一声：“最近我的睡眠质量很差，便利店的工作强度很大，我确实感觉非常疲劳。我想休息两天，暂时不能读取邻居的记忆信息了。”

轩辕健说：“以前我启用筑灵机与大天使见面后，也会感觉非常疲劳，甚至头痛，后来我就不敢启用筑灵机了。我发现，不是每个人都适合使用筑灵机，我担心它会对使用者造成伤害。我在改进筑灵机，希望它的功能彻底完善后，能减少对使用者的身体和精神损害。昨夜你在宇文川元宇宙里看到什么了？”

李瑞虎省去他出现偏头痛、流鼻血和皮肤灼痛的环节，把他在宇文川元宇宙里看到的一切和盘托出。他问轩辕健是否收到他发出的短信。

轩辕健说：“我已经收到了，那是助记词，相当于密码。你知道区块链技术吗？如果要进入一个区块，就必须输入助记词。网络银行保险箱就是基于互联网的区块链技术，拥有无法破解的最高级安全性，通常用来保管重要的电子资料。助记词可以打开网络银行的保险箱，获得里面的电子文件和数据。助记词是只有开户人才知道的密码，连网络银行都不知道。一旦宇文川死了，世界上任何人都无法打开他的网络银行保险箱。”

李瑞虎问：“我们把助记词交给白雪玉，她能打开宇文川的网络银行保险箱吗？”

轩辕健喝了一口咖啡，双臂抱在胸前，靠在椅背上，想了想：“按理说，只要携带宇文川的身份证，登录理国网络银行网站查询电子保险箱的开户账号就可以。他的电子银行保险箱里，应该存放着特别重要的资料。”

李瑞虎望着轩辕健：“我们通过什么方式把这个电子保险箱的密码交

给白雪玉，并且保证她没有发现我们监视她呢？”

轩辕健琢磨一会儿，说道：“我把宇文川交代的话和助记词打印出来，装入信封用蜡封好，利用取回白钥匙的机会，想办法把这封信放在白雪玉容易看到的地方。”

第十三章　作弊牌局

李瑞虎下班回到家，看见轩辕健在客厅里扎领带。

茶几上摆满中餐外卖盒，轩辕健似乎刚吃过。李瑞虎问："您穿得这么正式，准备拜访谁？"

轩辕健瞥了李瑞虎一眼："上午我去医院取白钥匙，看到宇文川被医护人员推出病房，他们说宇文川去世了。"

李瑞虎难以置信地问："您把那封匿名信交给谁了？"

轩辕健说："白雪玉在医院处理宇文川的后事，我回来后，就把那封信塞到她家门口的信箱里。当然，我戴着医用手套，不会留下指纹的。"

"好吧，看来我们只能帮她做这些了。"李瑞虎无奈地说。

轩辕健说："白雪玉现在的精神状态非常差，不适合读取她的记忆信息。还有，我觉得她不像真凶，先把她放一放。我找瞬久天聊一聊。"

"您知道瞬久天在哪里吗？"

轩辕健指指茶几上的中餐盒："你赶紧吃饭，饭后我们进城。"

李瑞虎坐下吃饭，边吃边问："我们到底去哪里？需要我做什么准备？"

"春怡满香会所——水月市最大最豪华的高级会所。瞬久天是那里的超级会员，经常去那里。你穿得正式一些，不然门童不让你进去。"

李瑞虎看看自己的穿着，犹豫一下，低声说道：“我不太适应那种环境，应该帮不上您什么忙，没准儿还会给您添乱。”

“我负责我们此行所有费用。你最近一直帮我，非常辛苦，我请你放松一下，也是情理之中的事情。”轩辕健觉得李瑞虎担心此行花销不菲。

李瑞虎说：“不是花销多少的问题。我对烟酒过敏，还有社交恐惧症，我担心自己到那里，成事不足败事有余。”

轩辕健盯着李瑞虎：“你真的不想去？”

李瑞虎点点头：“我更不想给您添麻烦。”

轩辕健一脸不解：“很多年轻人都以自己去过春怡满香会所感到自豪，没想到你却毫不在乎。你啊，确实与众不同。好吧，我自己去，但你在家里也不能睡觉，必须帮我做辅助工作。”

李瑞虎悬着的心落下来：“我怎么辅助您？”

轩辕健略微思索一下：“丽塔组织邻居聚会时，他们打牌过程中，瞬久天连赢八局，看来这小子智商不低，思维缜密。万一他是凶手，且知道我在调查他，我就危险了。”他指指义眼，“我有几种不同型号的义眼，每种义眼具有不同的功能。我需要你帮我远程操控这只具有录音和摄像功能的义眼。这只义眼看见的一切画面，都可以通过无线网络传输到你的电脑上。”

轩辕健说完，便走向车库。

李瑞虎立即回到卧室，把他的电脑与轩辕健的义眼关联后，电脑屏幕上就出现了轩辕健驾驶汽车的画面。

现在轩辕健传回的信息不重要，李瑞虎便到厨房取来一杯低脂牛奶、一个苹果。

他的偏头痛症状消失，但他却感觉心力透支到极限，强撑着盯着电脑屏幕。

轩辕健打开收音机，电台主持人正在播报有关流浪亚人的消息——“正善会”会长托比卡斯带领数名流浪亚人，盗窃镜花市某个富豪家中的珠宝，所幸无人伤亡。从去年到现在，“正善会”团伙已经制造多起盗窃珠宝案，失主全是理国大富豪。警方正在全力抓捕“正善会”团伙，悬赏通缉托比卡斯，希望所有市民踊跃提供“正善会”相关线索。

李瑞虎听着新闻，喝下半杯牛奶，吃掉半个苹果，一股无法抗拒的睡意袭来，他便无力地趴在桌子上睡着了。

不知道过了多久，李瑞虎被一阵吵闹的音乐声惊醒。他抬起头，擦了擦口水，看向电脑屏幕。

电脑屏幕上显示，轩辕健站在光线昏暗、烟雾缭绕、彩灯闪烁、人声嘈杂的舞厅里。

舞池中的年轻人，疯狂地随着音乐扭动身体。

轩辕健艰难地穿过人群，寻找电梯的位置。

轩辕健左转右拐，最后进入电梯。电梯停在三楼，电梯门打开的瞬间，轻柔舒缓的钢琴声传过来。

轩辕健进入一个包间。

包间十分宽敞，欧洲古典皇家装修风格，墙壁上贴着防水防火的山水风景油画壁纸，几尊丰满性感、姿态各异的大理石裸女雕像，摆在显眼的位置。

高大的落地窗下，有一个椭圆形浴池，可容纳十几人一起洗浴。浴池两侧各有一根粗大气派的大理石柱子支撑着天花板。天花板四周，是形象各异的丘比特射箭画。距离浴池较远的地方有一张奢华的圆形大床，大床周围点缀着金色花状装饰品。

轩辕健往前走几步，看到瞬久天坐在浴池里，胸部以上露出水面，右臂搭在浴池外，左手端着一杯香槟。

瞬久天身后跪着性感的美女甲。美女甲穿着极简风格泳衣，按摩瞬久天双肩。还有同样装扮的性感美女乙，跪在瞬久天右手边，喂他奶油提子和黑松露巧克力草莓球。

瞬久天看到轩辕健，冲轩辕健举了举香槟杯：“哎哟，轩辕先生，什么风把你吹到这么世俗的地方来了？”

轩辕健满脸堆笑地走到瞬久天身后：“聚会那天受你启发，我决定换一种新的活法，就过来开开眼界。刚好想起你，我就过来看看，哈哈！”

瞬久天扭头对美女乙说：“给轩辕先生倒杯香槟。”他说完对美女甲说，“拿条浴巾来。”

美女乙起身走到床边，优雅地从冰桶里抽出香槟瓶子倒了半杯，用托盘托着送到轩辕健面前。

瞬久天走出浴池，美女甲帮他披好浴巾。

瞬久天上床趴下，美女甲、美女乙跪在他左右，给他按摩大腿。

轩辕健走到床前，说：“不好意思，我可能打扰你的雅兴了。今天我来找你，还想向你了解一件事。”

瞬久天大大咧咧地说：“我正闲得无聊呢，你正好帮我解解闷儿。说吧，你想了解什么？”

轩辕健开门见山地说：“丽塔被害，警察在我家发现丽塔的牡丹项链专用首饰盒，我的用人道格拉斯因此被捕。丽塔被杀那天晚上，你也参加了聚会，有没有发现反常的人和事？”

瞬久天一口喝光香槟，将杯子递给美女甲，思索一下：“我听说你是道格拉斯的领养人，最近为了营救道格拉斯四周奔走。你不觉得自己在做一件徒劳无功的事情吗？收养流浪亚人，本身就是大麻烦，你能确定道格拉斯没有犯罪？流浪亚人是人人得而诛之的东西，你最好利用这个机会，名正言顺地摆脱道格拉斯以求自保，不然你也会成为邻居避之唯恐不及的人。”

轩辕健强压怒火，缓声说道：“道格拉斯在我家为我做事，他有什么问题，确实会影响我的生活，但我也有义务为他查明真相，不能因为他是流浪亚人就弃之不顾。如果你了解丽塔的情况，麻烦你透露一二，我不胜感激。”

瞬久天不耐烦地说：“丽塔那个寡妇，身材和相貌都是极品。我阅女人无数，看到她都难免心动，可惜她死了。她死了也不让我省心，警察要求那天晚上参加聚会的人不准离开水月市，随时接受警察讯问。我啊，现在哪里都去不了喽！”

轩辕健沉默，极力忍耐着瞬久天玩世不恭的态度。

瞬久天毫不顾忌地说：“那天晚上，我没有发现任何反常的人和事，我对警察也是这样说的。我对丽塔的死活不感兴趣，就算我知道什么，也不想跟你谈这件丧气的事。如果你还想打听，不如我们玩纸牌游戏如何？你赢了我，你问什么我答什么，否则你就请回吧！”

轩辕健无奈地问道：“你想玩什么？”

瞬久天挥挥手，美女乙拿来一副扑克牌和眼镜，美女甲搬来矮椅放在轩辕健面前。

瞬久天戴上眼镜：“玩法很简单，你我各抽一张牌，按照 A、2、3 到 J、Q、K 的顺序，谁牌大谁赢；数字相同看花色，按照黑桃红桃梅花方块的顺序依次递减，黑桃最大。当然，如果你抽到不满意的牌，可以重新抽牌，次数不限。你赢我一次，我回答你一个问题。只要你输一次，游戏就结束。你觉得好玩不？”

轩辕健开玩笑似的说：“在丽塔家聚会时，你连赢八局。你是不是作弊了？不然你的牌运不会那么好。”

“喂，喂，你不要乱说。打牌就要愿赌服输，输了找借口，有意思吗？就算我出老千，只要你看不破，就不算我作弊。这是玩牌的基本规则。”

轩辕健点点头：“好吧，鬼牌怎么算？”

“鬼牌最大，彩色比黑白大。为了公平起见，请你先抽牌。”

美女乙摆出撩人的姿势，纤纤玉指上下飞舞，灵活快速地洗牌。她把洗好的牌摆在托盘上，端到轩辕健和瞬久天面前。

轩辕健抽出一张牌，拿到眼前瞥了一眼，是方块 K。

瞬久天抽出一张牌，拿到眼前瞥了一眼。

这时，李瑞虎利用轩辕健的义眼拍摄功能，截下瞬久天的面部画面。

李瑞虎用图片处理软件放大截图，在瞬久天眼镜的倒影里，看到瞬久天抽到的牌是彩色鬼牌。如果轩辕健翻开牌，必输无疑。

李瑞虎立刻启动远程遥控功能，向轩辕健发出事先约定的震动信号。

瞬久天淡定地问轩辕健：“开牌还是弃牌？”

轩辕健正要说话，突然全身发抖，一头栽倒在地。

轩辕健的义眼在眼眶里剧烈振动，嘴里发出“啊啊”的怪叫声，吓得美女乙退后一步。

美女甲把轩辕健扶到椅子上坐好。轩辕健捂着义眼，喘着粗气说：“我年纪大了，有时身体不受控制，失礼了。这局我弃牌。”

轩辕健和瞬久天把手里的牌放回去，美女乙重新洗牌。

接下来两次抽牌，李瑞虎用同样的方法，偷看瞬久天抽到的牌。

奇怪的是，瞬久天连续三次抽到彩色鬼牌，似乎他知道哪张牌是彩色鬼牌。

李瑞虎继续通知轩辕健弃牌。只不过他把振动频率从高档调到低档，轩辕健不再感到难受。

李瑞虎把瞬久天能准确抽到彩色鬼牌的消息，发到轩辕健手机上。

第五局开始，轮到轩辕健抽牌。

轩辕健看完手机短信，意识到瞬久天出老千，心生一计：“既然要比大小，不如我制定规则，换种玩法吧。”

瞬久天不耐烦地问：“你已经弃牌四次了，还能不能玩了？你想怎么玩？”

轩辕健把托盘中的纸牌全部翻开，抽出彩色黑白两张鬼牌：“我们只抽这两张牌，谁抽到彩色鬼牌谁赢，如何？”说完他把两张鬼牌交给美女乙。

美女乙望着瞬久天，瞬久天点头同意。

美女甲把其他牌收走。

托盘中，只剩下彩色黑白两张鬼牌。

瞬久天伸手抽牌，当他摸到牌时，轩辕健轻咳一声：“这局应该我先抽牌。我也想抽这张牌，你能让给我吗？”

瞬久天的脸色变得有些难看。

轩辕健从瞬久天手里抽出那张牌，直接翻开，是彩色鬼牌。

轩辕健盯着瞬久天问：“既然你主张愿赌服输，那你就老实回答我，聚会那天晚上，你在二楼洗手间做过什么、看到什么？”

瞬久天直直地盯着轩辕健，挥手示意两位美女离开。

瞬久天思索两秒钟，眼神游离：“我在二楼洗手间出来，看到东方望月站在二楼走廊里。我当时喝多了，跟她搭讪几句，可能还说了一些不得体的话。这件事，我没对任何人说过。”

轩辕健压着怒火问：“她才十五岁，你就猥亵她？”

瞬久天吼道：“什么叫猥亵啊？我喝醉了，大脑不清醒，以为是幻觉。还没等我动手，她就跑进卧室并锁上门。”

轩辕健紧紧地盯着轩辕健：“你真的看到东方望月了？丽塔对我说，

东方望月经常在外面鬼混，那天晚上也不在家。我向东方望月核实过，她也是这样说的。”

“我绝对没撒谎。这件事我一直放心不下，担心东方望月把我骚扰她的事告诉邻居。她们母女关系非常差，可能是丽塔不让邻居见到她，故意让她待在卧室。不知道她为什么出来，而且看到我后，她还慌忙地把什么东西塞进睡衣口袋里。”

“你说的话，我一定会向东方望月核实的。”

“第一个问题到此为止。”瞬久天指指两张纸牌，“下一局。”

轩辕健洗好牌后，把两张牌放在瞬久天面前。

瞬久天正要抽牌，轩辕健突然起身，摘下瞬久天的眼镜自己戴上后，便看到纸牌背面清晰地显示出正面的花色。

这是一副虚拟现实技术眼镜，可以增强现实空间的信息表现。

瞬久天见轩辕健发现自己利用眼镜作弊，恶人先告状：“上一局你抽到彩色鬼牌，是不是也作弊了？”

轩辕健复述瞬久天说过的话：“打牌就要愿赌服输，输了找借口，有意思吗？就算我出老千，只要你看不破，就不算我作弊。这是玩牌的基本规则。”

瞬久天失去斗志，摆摆手：“无聊！你想问什么赶紧问！”

轩辕健问：“卫明星家的女用人墨水仙失踪了。你经常与她约会，知道她现在在哪里吗？”

“墨水仙？你以为她是什么好人啊？她与我在一起，只是想要我的钱。我玩过她几次后就不联系了。不过，奇怪的是，她后来也没有主动找我，估计她找到了比我更优质的猎物。”

“你真不知道她在哪里？”轩辕健加重语气。

瞬久天吼道：“我们好久没联系了，我怎么知道她现在在哪里！”

“你还了解她哪些事情？”

“我跟她约会时，很少关心她的情况。我只知道，她随父姓，叫墨水仙。她爸爸年轻时做过管家之类的工作，她妈妈是女用人。她爸爸喜欢跟女人乱搞，致使她妈妈未婚先孕才生下她。后来她爸爸不知所踪，她与妈妈相依为命。妈妈对她不好，逼迫年纪轻轻的她出来做用人赚钱。她恨她爸爸，还恨天下所有男人。对她来说，男人只是她的交易伙伴。”

轩辕健起身要走。

瞬久天喊道：“你为什么那么在乎墨水仙？她不过是几万元就能搞定的便宜货。在这里，什么样的姑娘都有。只要你有钱，就是这里的帝王，可以主宰这里所有女人！”

轩辕健停下脚步，但没有转身，背对着瞬久天说：“你永远都不会知道，社会有其自身的发展规律，不会以个人的意志为转移。你我都是社会上的一粒尘埃，不能夸大一个人的主观能动性，不能认为社会是以某个人为中心的。”

轩辕健关上包间的门离去。瞬久天目瞪口呆，一句话也说不出来。

轩辕健回到家里，李瑞虎已经上床睡觉，他也疲惫地躺下。

次日早晨吃饭时，李瑞虎和轩辕健分析瞬久天说的话：“如果瞬久天所言不虚，丽塔遇害那天晚上，东方望月就在她的卧室。其他人包括警察都不知道她在家，我们必须调查她。”

轩辕健说：“你别急，先上班去，我再去丽塔家与东方望月核实一下。丽塔去世后，她一直在家里处理丽塔的后事，协助警察调查。她才十五岁，这段时间她一定很难过。无父无母，我真不敢想象她以后怎么生活。”

李瑞虎在便利店工作时，母亲又打来电话，依旧大吵大闹。他耐着性子安抚母亲暴躁的情绪。

李瑞虎晚上回到家里。茶几上摆着外卖盒，还有轩辕健留下的便笺，让他吃完饭就去实验室。

李瑞虎快速吃完饭，来到实验室，看见轩辕健坐在操作台前调试白钥匙。

轩辕健也不回头："我想提高白钥匙的电池使用时长。没有足够的电量支持它，我们进入元宇宙的时间就很短。"

李瑞虎挨着轩辕健坐下，问道："您今天去见到东方望月了？她怎么说？"

轩辕健放下白钥匙，坐到电脑前，打开一个视频文件："这是我今天与东方望月见面时用义眼录下的视频，你看看吧。"

东方望月的身影呈现在电脑屏幕上。她留着披肩长发，化着浓妆，穿着火红色天鹅绒居家服长袍，趿拉着银光闪闪的羊绒皮拖鞋，像从油画里走出来的公主，完全不像十五岁女孩。

视频中，轩辕健问东方望月，你母亲遇害那天晚上，有人看见你在家，是真的吗？

东方望月一脸不屑的表情，告诉轩辕健，那天晚上她在市区酒吧玩耍。

轩辕健追问，你和谁在酒吧玩耍？

东方望月说，你去问警察，警察已经去那家酒吧核实过了。

轩辕健转移话题，问道，你和母亲、乌苏拉关系很差吗？

东方望月愤愤地说，我不喜欢她们，丽塔只是十八线小演员，除了卖弄风骚一无是处。我讨厌她，她也讨厌我，乌苏拉对她唯命是从，她们以前经常合伙欺负我。好在她去世了，不然我真不知道自己能熬到什么时候。

轩辕健说，看来你有谋杀丽塔的动机。我还听说，丽塔遇害那天晚上，有人看见你出现在二楼走廊里。

东方望月厉声吼道，我没杀丽塔！谁看见我了？你把他叫来，与我对质！

脸色憔悴苍白的乌苏拉把茶点放在茶几上，弓着身子，毕恭毕敬地对东方望月说，小姐，您的房间已经打扫干净，您还有什么吩咐？

东方望月一把把茶点扒拉到地上，指着乌苏拉怒喝，叫我女主人！你没看见我与客人聊天吗？谁让你说话了？没教养的东西！是不是你的前主人没有教育你怎么做用人？

不知道是生气还是恐惧，乌苏拉嘴唇嚅动，浑身微微战抖。

东方望月继续吼道，我的房间，你收拾四五遍都收拾不干净，没用的东西！你再犯错，我就解雇你！

东方望月气呼呼地端起茶杯放在嘴边。

杯子的边缘还没有碰到她的嘴唇，她一滴茶水都没喝到，就把茶杯扔到地上。洁白的地毯被浓浓的红茶染成殷红色。

东方望月起身冲乌苏拉咆哮，难喝死了，你不会泡茶吗？这是顶级红茶，被你糟蹋了，真是没用的东西！

乌苏拉立刻跑到厨房拿来一卷吸水纸，默默地跪在地毯上擦拭。

东方望月一脸鄙夷地打量脚下的乌苏拉，嘴角微微上翘，呵斥道，以前你们逼我做家务的态度，比我现在严厉百倍。你应该感激我，我比你们善良，才会对你这么温柔！

她转头面对轩辕健，满脸堆笑地说，我们刚才说到哪里了？哦，你听别人说，丽塔遇害那天我在家，你应该再去找那个人核实一下。她一语双关地说，我非常讨厌无事生非的人。

视频播放到这里，轩辕健按下暂停键。

李瑞虎看着轩辕健："丽塔遇害，东方望月不但不难过，还幸灾乐祸，我觉得她太不正常了。”

轩辕健盯着电脑屏幕，沉思良久，缓缓说道：“瞬久天与东方望月的说辞明显矛盾，如果瞬久天与东方望月之间有一个人是真凶，我认为瞬久天的可能性最大。”

李瑞虎说：“既然如此，我们进入东方望月元宇宙读取她的记忆信息，一切就不言自明了。”

轩辕健接受了李瑞虎的建议：“我稍后操控白钥匙飞入她家，今晚我们就行动。”

第十四章　异常心魔

一阵强烈的灼烧感，把李瑞虎从睡梦中惊醒。

他睁开眼睛，看到卧室墙壁剧烈燃烧。他没时间想清楚卧室为什么起火，只想快速逃出去，却发现手腕脚踝被粗重的铁链固定在床脚上。

他奋力挣扎几下，铁链纹丝不动。眼看火势越来越大，他便大声呼救。

尽管他喊破喉咙，依旧无人回应。

火焰上窜，蔓延至天花板。炽热的浓烟令他窒息。他不停地咳嗽，呼吸越来越困难。

当他以为自己要葬身火场时，脸上挂着两道伤疤的大天使从天花板的火焰中落下来。

李瑞虎仿佛看到了救星，高兴地喊道："大天使，你怎么在这里？这里是元宇宙吗？"

大天使点点头："你别怕，我会保护你的。"说完他张开双臂，一层光屏把整张床罩住，把李瑞虎和火焰、浓烟隔开。

李瑞虎不再咳嗽，接连吸入几口空气，哀求道："你帮我把手脚上的铁链解开，我们离开这里。"

大天使蹲在床边，抚摸那些铁链，叹口气："抱歉，我的能量只能为你提供隔离光屏，无力帮你解开铁链。你只能依靠自己的力量摆脱它。这是元宇宙的规则，每个人都得遵守。”

李瑞虎只好闭上眼睛，集中注意力，手上渐渐升腾出一个光环。他控制住光环，握紧拳头让光环剧烈震动，摩擦铁链。

他用尽洪荒之力，折腾到满身大汗，才把手腕上的一条铁链磨断。

火势越来越大。

大天使张开双臂，浑身冒出电火花和黑烟，急切地说：“我的能量支撑不了多久，你快点儿。”

李瑞虎又用了很长时间，才把剩余的三条铁链磨断。

床的边缘也燃烧起来。

大天使喊道：“我的能量耗尽，无法再做光屏隔离，你能开启光屏吗？我要消失了。”

李瑞虎点点头，双手合十开启光屏。

天花板上的水泥和砖块纷纷砸到地面上，溅起滚滚浓烟。

大天使收起光屏，拉着李瑞虎的胳膊，指着门口说：“你从这里出去。”

李瑞虎下床抓住门把手，烫得他立刻缩回手，扭头喊道：“太烫了，无法打开门——”

大天使已经消失了。

李瑞虎只好集中精力，开启光刃，把门硬生生地劈开。他蹿到走廊里，发现走廊里也有熊熊大火。

他腾空而起，穿过走廊，飞下楼梯，从一楼房门飞出去。

令他震惊的是，不仅 9 号洋房着火，其他洋房、草丛、树木，目光所及的一切都在燃烧，与天上的火焰连成一片，整个世界都淹没在火海中。

天空飘浮着烈焰浓烟，燃烧的雨水洒落大地，焦黑的土地上跳动着火苗。

李瑞虎自言自语：“难道这是世界末日吗？”

他耳边传来大天使断断续续的声音：“不能——触摸——火焰——会让你——受到伤害——”

李瑞虎叫道：“你不能抛下我，我们一起去找东方望月。她在哪里？”

大天使的声音更弱了：“正在——搜索——距离很近——找到了——她在 2 号——洋房——”

李瑞虎来到 2 号洋房院门口，问大天使：“是这里吗？这里是她家，与现实中一样？”

大天使没有回应。

灼热的火焰不断地吞噬着李瑞虎身边的一切，唯独 2 号洋房与其他地方不同。

2 号洋房没有燃烧，而是变成黑色废墟，破败中透着凄凉，似乎已经燃烧殆尽。

李瑞虎用力推拉焦黑的房门，却推拉不开。他再次开启光刃，把破裂的房门劈开。

进入走廊，李瑞虎看到屋内被烧得破败不堪，像很久前发生过重大火灾。

客厅塌陷，就像被炸弹炸过，形成巨大深坑。

李瑞虎站在深坑边缘向下张望，坑底翻滚着岩浆，股股炙热的风从坑底吹上来。他感觉自己快被烤熟了。

大天使的声音又出现了：“必须——下去——读取——记忆信息。”

李瑞虎犹豫一下，集中注意力，开启光屏，跳入坑内。

坑内的岩浆发出明橙和暗红色光芒。坑壁上的裂缝中不断渗出岩浆，在坑底汇聚，一起向远处席卷。

灼热的空气让李瑞虎喘不上气来。如果没有光屏护体，他会在瞬间变成木乃伊。

他顺着岩浆流飞到一个空旷的洞穴里。洞穴上方是深邃漆黑难以企及的穹顶。

汹涌的岩浆在这里汇聚成湖，湖心有个人在湖面上漂浮。

李瑞虎飞到湖心一看，那人正是沉睡的东方望月。他正准备唤醒她，不知从何而来的灼热气浪像龙卷风一样席卷而来，把他抛到空中。

东方望月身边出现火焰围墙，让他不能靠近半步。

李瑞虎大声喊道："大天使，到底是怎么回事儿？我无法靠近她！"

大天使的声音虚无缥缈，断断续续："元宇宙——防御——机制——严重阻碍——读取她的——记忆信息——"

李瑞虎大喊："我靠近她就会被烧死的！"

大天使不再回应。

李瑞虎只好迎着狂风与烈火，努力靠近东方望月。等他冲到距离东方望月几米的地方，体力耗尽，如断线的风筝飘在火海上方。

巨大的火舌舔着李瑞虎的护体光屏，双手被熏得漆黑。他忍不住喃喃自语："道格拉斯，对不起，我现在全身无力，即将坠入滚烫的岩浆中，无法帮助你了——"

从火焰与浓烟中飞出一个粉色光球，悬停在李瑞虎身下，硬生生地托住他。

光球喊道："你快醒醒，你快醒醒，我快托不住了！"

李瑞虎睁开眼睛，再次开启光屏。

光球褪去粉色光芒，变成拳头大小的精灵。

李瑞虎调整姿势，飞到空中，问小精灵："你是谁？"

小精灵扇动着透明的翅膀，说："我是东方望月未竟的希望，想请你熄灭大火，解放她的灵魂，给她自由。"

“这么大的火，怎样才能扑灭呢？”李瑞虎急切地问。

“是那个人放的火，只有消灭她，才能灭掉这些大火，但她的能量非常强大。”

“胡说八道！”伴随阴森森的声音，李瑞虎身旁的烈焰围墙中浮现出一张人脸的轮廓。

那张脸比李瑞虎还高，五官从模糊不清逐渐变得清晰。

李瑞虎惊讶望着那张脸，脱口而出：“丽塔——”

那张脸上的嘴唇慢慢翻动，发出洪亮的声音：“东方望月，你活着还有什么意义？投降吧，不要反抗我。”声音消失后，那张脸的周围窜出数条火舌，扑向小精灵。

李瑞虎一只手开启光屏，一只手抓住小精灵，转身向远处飞去。

几条火舌无限延伸，攻击李瑞虎的光屏。

李瑞虎一边躲避火舌攻击，一边问小精灵：“丽塔为什么在这里？”

小精灵说：“它不是丽塔，它是丽塔经常虐待东方望月、在东方望月内心形成的阴影。虽然它只是幻象，但也是东方望月精神世界的一部分。如果一定要给它一个称呼，它就是不断侵蚀东方望月精神世界的心魔。”

心魔吼道：“胡说！我不是心魔，我是东方望月强烈和迫切的欲望！”

小精灵继续说：“开始时，东方望月没有发现心魔存在，后来经常不经意地受它影响和控制。她与丽塔生活得越久、接触越多，就越来越像丽塔，逐渐活成丽塔的样子。待她意识到这个问题时，已经太晚了。已经成型的心魔耗尽了她的心力，无法变回原来的样子。”

心魔对小精灵喝道：“你为何抗拒我？我为东方望月的爸爸复仇，谋杀丽塔，把家产夺回来，已经满足了东方望月的愿望。你服从我有什么不好？”

李瑞虎问小精灵：“它在说什么？它谋杀了丽塔，为东方望月爸爸复仇？”

小精灵对心魔说：“东方望月只想变成原来的自己，过上曾经平静的生活。”

心魔狞笑道：“哈哈，曾经平静的生活？你在胡说什么？东方望月已经无法回到从前了。她妈妈患上‘地狱异种综合征’后离世，她爸爸结识了丽塔。她不是与她爸爸谈过，同意他再婚嘛。”

小精灵说：“东方望月希望爸爸下半生能幸福，才接受他再婚，才接受丽塔，但丽塔却毁了东方望月的家。丽塔结婚初期，还假装温柔贤惠，后来就暴露出贪婪无耻的本性，总是让东方望月爸爸购买各种昂贵奢侈的礼物，到处胡乱投资，甚至把东方望月爸爸当作用人使唤。东方望月爸爸被她折磨得身心疲惫，才导致他遭遇车祸身亡。”

李瑞虎暗暗吃惊，对心魔说：“就因为东方望月仇恨丽塔，你就诱导她谋杀丽塔？就算丽塔对东方望月爸爸不好，发生车祸意外死亡，你也不能诱导十五岁的孩子杀人啊！”

心魔不断扭曲变形：“东方望月对爸爸遭遇车祸的事一直耿耿于怀，我便诱导她在丽塔卧室安装窃听器，东方望月听到丽塔与保险公司业务经理打电话，得知她爸爸遭遇车祸前，丽塔偷偷地给她爸爸购买了巨额意外保险和身亡保险，丽塔把自己列为最终受益人。丽塔就是为了骗得赔偿金，才故意制造车祸害死她爸爸。”

李瑞虎对心魔说：“这些都是你的猜测吧？如果东方望月认为丽塔谋杀了她爸爸，你可以让她报警，让警察调查。”

心魔说：“你以为我没做过吗？警察认为东方望月爸爸死于正常车祸，最后丽塔不但名正言顺地获得了巨额赔偿金，还把她爸爸的财产据为己有。从那以后，丽塔不但刻意疏远东方望月，还禁止她与别人接触。”

小精灵说：“东方望月爸爸在世时，计划在她高中毕业后，把她送到中国留学。她爸爸死后，丽塔却让她干杂活，安排乌苏拉监视她。她放学回家后，必须洗衣做饭、打扫房间、端茶倒水，做各种家务。丽塔还阻止她考大学，要她像用人一样服侍丽塔一辈子，任由丽塔剥削压榨。”

心魔补充道：“丽塔毁了东方望月幸福的生活，把她家变成炼狱，让她每天都生活在炼狱中。她是无辜的好孩子，却不得不对丽塔的虐待逆来顺受，不能拒绝与反抗。这不公平，丽塔必须受到惩罚。”

小精灵说：“东方望月必须摆脱丽塔的控制，否则就会一直生活在丽塔的魔掌之下，哪怕采取极端的方式。我原本以为，丽塔死后，东方望月能从对丽塔的恐惧与怨恨中解脱出来。没想到，她的复仇想法却让内心的欲望之火更盛，我也饱受煎熬。”

李瑞虎终于听明白了，对心魔说：“现在丽塔已经死了，东方望月不再活在丽塔的阴影之中。你可以消失了，让她过上自由的生活。”

心魔说：“我不能消失，我因东方望月憎恨丽塔而生，我对丽塔积怨深重，她的死不足以赎回她的罪孽。你不经他人苦，莫劝他人善。”

李瑞虎真诚地说：“我也生于不幸的家庭，也曾迷失、痛苦、怨恨过，我能理解你所说的感受。但是，世界上还是好人多，我能感受到那些人的善与爱，我能从那些人的身上看到自己活下去的希望。只要你愿意拯救自己，一定能拥有美好的未来。”

李瑞虎说完，小精灵浑身发出闪亮的粉色光芒。

心魔迟疑一下，一字一顿地说：“太迟了。我已经杀了丽塔，现在没有人能帮我。我深陷绝望时，会迫使东方望月躲进酒吧。我无意中得知，有人贩卖高效毒药。只要在皮肤上沾染零点零二克，也就是一个食盐颗粒那么多，就会致人死亡。东方望月通过监听丽塔发现，丽塔每天睡前有裸身喷香水的习惯。我就诱导东方望月购买这种毒药，溶入丽塔的香水中——”

心魔的脸说完就隐入火墙。

火墙变得更加炽烈，随着狂风旋转，演化出人体形状。人体形状逐渐清晰，最后变成丽塔的模样。

心魔变成燃烧的火焰巨人，重新站在李瑞虎面前。它的下半身是火焰龙卷风，上半身是丽塔的身形，全身喷吐着火焰。

大地剧烈晃动，岩浆从四周喷涌，岩浆湖内巨浪涌动。

心魔对李瑞虎说：“我无法自己消失，除非你消灭我。你觉得你能战胜我吗？”它挥手拍向李瑞虎，就像拍打一只飞虫。

李瑞虎勉强躲过，但巨大的热浪烤得他疼痛难忍。

心魔连拍几掌，逼得李瑞虎节节后退，没有还手的机会。

李瑞虎冲小精灵喊道：“它太强大了，我打不过它。”

小精灵说：“你别放弃。我能变成武器，与你一起战斗。”

小精灵发出耀眼的光芒，幻化成一把剑，悬停在李瑞虎面前。

剑柄上刻着“斩缘”二字，剑身在空中微微震动，发出随风飞散的金色光芒，似乎有生命般发出蜂鸣声。

李瑞虎抓住剑，顿感一股力量从剑柄涌进体内，身体如羽毛般轻盈。

剑发出的光芒化作虎头盔和明光铠，套在李瑞虎身上。铠甲后面伸出六只光翼，照亮整个岩洞。

此刻的李瑞虎，宛如天神一般。

李瑞虎对剑说：“你这么厉害，怎么不早点儿帮我？刚才我差点儿被活活拍死。”

剑说：“剑、铠、光翼，并不是我的力量，而是你的力量。我只是东方望月未竟的希望，没有固定形体，也不具备任何力量。你对心魔说的一番话，表达出你内心的希望，并鼓舞了我。我只是按照你的内心所想，呈现出你想要的东西。”

李瑞虎说：“我可以放心地和心魔打一架了。”他提剑冲向心魔，如流星划过天空。

心魔的手臂刚刚举起，就被剑砍了几下，断臂冒着黑烟掉到地上。剑光瞬间焦化了心魔手臂的伤口，留下大块黑斑。

李瑞虎开心地大叫：“太棒了！”他飞到心魔头上，高高地举起剑。

剑光聚集成一条越来越粗大的光柱。

李瑞虎挥剑劈向心魔头顶，大喝一声：“断缘斩！”

剑射出一道强光后，把心魔劈成碎片。

在浓浓的烟雾中，火焰渐渐熄灭，心魔不见了。

李瑞虎身上的铠甲和光翼化作光芒飞散在空中。

圣剑变回小精灵，飞进岩浆湖中的烟雾中，去寻找东方望月。

待烟雾散去，李瑞虎看到岩浆湖上方，东方望月和小精灵正向而视。

东方望月站在岩浆湖中央，脚下已经没有火焰，只有焦黑的岩石。

岩浆已经凝固成黑色的岩石。

李瑞虎飞过去，小精灵在东方望月面前幻化出人形，变成东方望月爸爸东方信。

东方望月走过去，紧紧拥抱东方信：“爸爸，你不要离开我，不要把我一个人留在这里。我害怕，我不想变成像丽塔那样的杀人犯。”

东方信说：“爸爸永远在你心里，陪着你，保护你。你不要害怕，一定要好好活下去。我的小公主，爸爸希望你永远幸福快乐，永远不让别人控制和玩弄你的命运。”

东方信说完，化作一道光，注入东方望月脚下的岩石中。

原本焦黑的岩石，变成正常的黑色土壤，进而变成五彩缤纷的花田。鲜花在清新的微风中摇曳。

李瑞虎落在东方望月面前。

东方望月情深地望着李瑞虎："谢谢你来救我！我会到警察局自首，说出杀害丽塔的真相。我很抱歉，给邻居们带来不必要的麻烦。我对不起他们，尤其对不起被警察视为犯罪嫌疑人的道格拉斯。"

东方望月拉住李瑞虎的手，身上被五彩光环笼罩。

身边的一切都消失了，李瑞虎发现他又出现在一间闺房里。

东方望月穿着睡衣，坐在床上，盯着膝盖上的笔记本电脑。

李瑞虎走近一看，东方望月的笔记本电脑屏幕上，是丽塔卧室的画面。

丽塔回到房间，摇摇晃晃地脱下晚礼服，穿着内衣坐到梳妆台前，把牡丹项链摘下，放入首饰盒。她散开头发，简单梳理几下，拿起首饰盒旁边的精致奢华的香水瓶，在颈部和腋下喷洒香水。

丽塔放下香水瓶，走到墙壁前，打开墙内的保险箱。

她突然摇晃几下，一头栽到床上。

几分钟后，东方望月把笔记本电脑放在床上，戴上橡胶手套，进入丽塔的卧室，从睡衣口袋里拿出一个相同的香水瓶，调换丽塔刚刚用过的那瓶香水，然后关上门离去。

她走到卧室门口，突然听到身后有人说话，急忙把香水瓶塞入睡衣口袋。

醉醺醺的瞬久天，一摇三晃地走向东方望月，含糊不清地说着什么。

东方望月跑进房间，反锁房门。

瞬久天倚在房门上胡言乱语。

东方望月浑身战抖地走进洗手间，掏出睡衣口袋里的香水瓶，把香水倒入马桶内，然后反复冲刷。

望着马桶内旋转的水流，东方望月不停地喘着粗气。

走出洗手间，东方望月换上另一套衣服，顺着准备好的绳索缓降到地面，然后收起绳索，快速离去。

李瑞虎目送东方望月的身影隐入夜幕中，似乎还能听见东方望月的心脏发出震耳欲聋的跳动声。

第十五章　崩溃边缘

李瑞虎下班后，一身疲惫地走进厨房，看见轩辕健正在往餐厅里端送饭菜。

轩辕健高兴地说："你回来得正好，把碗筷拿到餐厅，我们喝点儿。"

饭菜齐备后，李瑞虎打开餐桌上的红酒瓶，给轩辕健倒了一杯红酒，给自己倒了一杯橙汁："您这么高兴，是不是有好事儿？"

轩辕健轻轻摇晃酒杯："我接到警方通知，东方望月已经自首，主动交代了她的犯罪过程。道格拉斯很快就会回来了。"

李瑞虎只是点点头。

他从东方望月元宇宙回来后，一直感觉头晕乏力，一点儿精神都没有。今天工作状态奇差无比，不断地犯低级错误，被店长陈布恩连续训斥几次。

轩辕健继续说道："明天我们去警察局，把道格拉斯挖出乔瑟夫偷窃的首饰盒的经过讲清楚，就能把道格拉斯接回来。为了解救道格拉斯，把你累坏了，我代表他谢谢你。"

李瑞虎无力地笑了笑："只要能洗清道格拉斯的冤屈，我做什么都值得。店里工作繁多，我不能向店长请假，明天就不陪您去警察局了。"

轩辕健爽快地说："你忙你的，我去接他。"

李瑞虎说："我们现在还没有找到墨水仙和牡丹项链的下落，道格拉斯知道墨水仙携带牡丹项链失踪了，肯定会非常伤心的。"

轩辕健摆摆手："你看起来非常憔悴，就别想那些糟心的事了，好好休息一下。这些事，等道格拉斯回来后再说。"

李瑞虎手里的碗筷落地，随之一头栽倒在地。

李瑞虎身穿正装，坐在冰冷的不锈钢长椅上。不锈钢长椅异常高大，他坐在上面双脚悬空碰不到地面。

这是熟悉又陌生的房间，他似乎很多年前来过，但又不敢确定。

他身旁坐着一个身材无比高大、穿黑色西装的男人。

男人起身走到他面前。他才发现，并不是长椅和男人高大，而是他变得像儿童一样矮小。

男人低头弯腰对他说话，他却看不清男人的脸，只能听到男人的声音，"马上就要开庭了，你准备好了吗？"

李瑞虎问："开庭？要审问道格拉斯吗？东方望月已经交代她的罪行了，道格拉斯是冤枉的，怎么还要审问呢？"他向左右看了看，"我怎么在这里？我怎么变得这么矮小？"

男人不再说话，强行拉着李瑞虎走出房间，来到法庭。

法庭旁听席上，出现很多他熟悉的人，有小学同学、中学同学、中学班主任、表哥堂哥、表姐堂姐，还有其他亲戚，却看不见轩辕健和道格拉斯。

法官席上，坐着一台人工智能机器人。

为了有效避免司法腐败，以及法官适用法律时出现偏差，实现公平公正最大化，如今法院的法官均由人工智能机器人担任。每个人工智能法官全程记录审判过程，即时把案件信息同步上传到终端数据共享系统。终端数据共享系统把全国所有审判的案件集中、整合、分析后，再指导人工智能法官审判。

人工智能法官宣布：“带证人李瑞虎出庭。”

法警把一脸茫然的李瑞虎带到证人席上。因为变成小孩子，他的视线刚刚超过证人席围栏。

人工智能法官问李瑞虎：“在李自潇和秋夜荷离婚案中，你是他们的独生子，法庭需要听取你的意见。”

旁听席上的人的目光，全部落在李瑞虎身上。

李瑞虎感觉全身皮肤阵阵灼热，身体似乎又缩小了。

他终于意识到，这场审判与道格拉斯无关。这是他父母离异时的法庭现场。

他的思绪不由得回到中学时代最难忘的那天。

那天午饭前，作为学习委员的李瑞虎帮助班主任收作业。

两个女同学走过来。其中一个女生对李瑞虎说：“学委，今天的化学作业中，我有一道题不会做，你能不能教教我吗？”

另一个女生对李瑞虎说：“学委，今天数学老师讲的公式，我没有听懂，你能不能给我讲解一下吗？”

李瑞虎笑着点头：“没问题，等我把作业送到办公室，回来就给你们讲解。”

两个女生开心地笑着说：“学委真好！”

同学们交完作业，陆续离开教室。

李瑞虎抱着作业，来到四楼教师办公室。

班主任张老师坐在办公桌前，打开饭盒，办公室内顿时弥漫着饭菜香味。他见李瑞虎进来，指指自己的办公桌：“放在那里。”

待李瑞虎把作业放好，张老师说：“下周市里要举办中学理科综合奥林匹克竞赛，你作为学校代表参赛，准备得怎么样了？”

李瑞虎羞涩地笑着说：“我准备得很充分，估计其他学校的代表应该很厉害，我没有把握获奖。”

张老师安慰李瑞虎：“虽然这次竞赛名次对学校很重要，但是你也别太紧张，不要承受太大压力，否则会影响你发挥正常水平。你要放松，要有自信，老师看好你。你是我最好的学生之一，相信你一定能取得好成绩。”

这时，教语文的宁老师走过来，亲切地说：“李瑞虎，上周语文模拟考试，你怎么没有得第一名？你的语文成绩一直是全班最优秀的啊。”

李瑞虎低下头，轻声说道：“上周我感冒发烧，所以没有发挥好——”

宁老师说：“原来是这样啊，下次你一定给我考第一名。”

李瑞虎辞别老师，去食堂吃午饭。此时食堂里学生特别多，非常拥挤，他不想排队，就走得很慢。他还故意绕到教学楼另一侧，走很少有人走的楼梯，想思考一下学习策略。

三楼楼梯拐角处，好像有人骂人。

李瑞虎放慢脚步，偷偷往下看。

原来是隔壁班以打架出名的小混子，正在欺负李瑞虎同班同学刘灿。

刘灿身材瘦弱，学习成绩不好，不受老师待见，父母在外地打工，因此总是唯唯诺诺的样子。

李瑞虎虽然不愿意管闲事，但也不忍心看着刘灿被欺负，便径直走过去。

听见脚步声，小混子回头看了一眼，阴阳怪气地对李瑞虎说道：“哎哟，这不是老师嘴里的好苗子嘛，要见义勇为啊？”

李瑞虎停下脚步，打量小混子：“你认识我？”

小混子不屑地笑了笑：“你是隔壁班的学习委员，年年期末考试第一名。我们班主任都把你列为我们的学习榜样，还说你和我们差生的未来完全不一样呢。”

这句话李瑞虎听起来格外刺耳，沉下脸走到陈灿面前，厉声问小混子：“你想干什么？”

小混子抖动着腿，瞥了李瑞虎一眼：“最近哥们儿手头紧，找他借点儿钱，买包烟而已。”他指着陈灿，“你竟敢骗我，嘴上说没钱，还偷偷买面包，给脸不要脸是吧？”

刘灿哀求道：“我——我真的没钱了。这个月的伙食费全给你了——”

李瑞虎冲小混子喝道：“你把手放下！”

身强体壮的小混子比李瑞虎高一头、大一圈，根本不把李瑞虎放在眼里。他把手搭在李瑞虎肩上：“哥们儿，少管闲事。听好了，我数三个数，有多远你给我滚多远！”

李瑞虎阴着脸说：“你动我一下试试！我是老师最喜欢的‘好苗子’。如果我跟老师说，你影响了我的考试成绩，你知道会怎样吗？”他死死地盯着小混子，眼睛里透出寒冷的杀气。

小混子被李瑞虎的气场压制，恶狠狠地对刘灿说句“你给我等着”，便扬长而去。

刘灿蹲在地上，捡起地上的面包。

李瑞虎扶起刘灿，低声问道：“他真的抢走了你的伙食费？”

刘灿点点头，随即一再叮嘱李瑞虎：“我和他之间的事，你千万不能告诉老师，好不好？”

李瑞虎不解地问：“我只是吓唬他，不会告诉老师的。不过，他这样欺负你，你怎么还不让我告诉老师呢？”

刘灿可怜巴巴地说："我家里穷，学习成绩差，父母平时也不管我。老师根本瞧不起我，即便老师知道这件事，还会问我'他怎么不欺负别人专门欺负你'。万一小混子被老师批评后，以后会变本加厉地欺负我。"

李瑞虎思索一下，只好说："你以后要学会保护自己，不能一直受他欺负。"

刘灿笑了笑："我知道了，今后我坚持锻炼身体，长得又高又壮，他就不敢欺负我了。"

晚自习结束后，李瑞虎坐校车回到家里。

父亲李自潇还没有回来，只有母亲秋夜荷在家。母亲不停地打电话，粗暴地催促父亲回家。

李瑞虎进入卧室关好房门，从书柜里拿出一本漫画书，一边听母亲打电话，一边躺在床上看漫画书。

大概过了一小时，开门声传来。

李瑞虎起身走到门前，把门拉开一条缝。

醉醺醺的父亲进门后，也不换拖鞋，扶着墙摸向洗手间。

母亲愤怒地骂道："你怎么又和那群狐朋狗友喝成这个样子？你再喝成这样，就不要回家了！"说完她回到卧室，"啪"的一声关上门。

李瑞虎的心脏随着关门声猛跳一下。他打开房门，来到洗手间门口，却看见父亲抱着马桶呕吐。他连忙走过去蹲下，一边给父亲捶背一边哀求："爸爸，你以后少喝点儿酒，对身体不好。"

父亲根本听不到李瑞虎说什么，躺在地上说："水，我要喝水，给我拿水！"

李瑞虎帮父亲按下马桶的冲水键，起身去厨房取水。等他拿着水杯回到洗手间，看到父亲又撅着屁股趴在马桶上。

李瑞虎以为父亲又吐了，想过去给父亲捶背时，看到父亲正在喝马桶里的水。

李瑞虎差点儿把水杯扔到地上。他把父亲的头从马桶里拽上来，扯过毛巾给父亲擦脸。

李瑞虎把不省人事的父亲拖到沙发上，脱掉父亲的鞋子和上衣，又给父亲盖上毛毯。他把水杯放到茶几上，正要回卧室时，看到茶几上有两份《离婚协议书》。

李瑞虎拿起《离婚协议书》翻看，母亲已经签字。

李瑞虎意识到，一旦父亲明天早上醒来看到《离婚协议书》，家里必然又要迎来一场战争。

李瑞虎拿着《离婚协议书》，从晚上 10 点想到第二天凌晨 2 点，最后敲响母亲的卧室门。

过了一会儿，卧室里传出母亲不耐烦的声音："谁？"

李瑞虎说："妈妈，是我。"

卧室门突然打开，母亲沉着脸，呵斥道："几点了，你怎么还没睡？早上你能起来吗？白天不影响学习吗？赶紧回去睡觉，有事儿早上再说！"

李瑞虎把藏在身后的《离婚协议书》拿出来，"啪"的一下跪在母亲面前，哀求道："爸爸确实犯了很多错误，让你跟他受苦受累。我想替他向你道歉，请你原谅他一次。你们不要离婚好不好？我给你磕头了！"他说完，把额头狠狠地往地上磕，发出"咚咚"的声音。

母亲直瞪瞪地望着李瑞虎，沉思片刻，转身取来手机："李瑞虎，你记住你刚才说的话。我要留下证据，以后你爸爸犯错，你要替他受罚。你把刚才的话，一字不落地再说一遍！"说完她用手机开始拍摄。

李瑞虎又重复一遍自己刚才说的话。他每说一个字，心中就有某种重要的东西碎成粉末。

“啪”，人工智能法官敲击法槌声，把李瑞虎的思绪拉回法庭。

人工智能法官问李瑞虎：“你父母感情不和，吵架多年，是真的吗？”

李瑞虎低着头，盯着鞋面：“从我记事开始，大概三岁吧，他们就一直吵架。”

人工智能法官继续问：“你见过父亲殴打母亲吗？”

李瑞虎想了一下：“他们吵架时，会打砸家具家电，包括撕毁我的东西。我怕我惹他们生气，就一个人躲到大街上，因此其他事情我并不知道。”

人工智能法官接着问道：“他们伤害过你吗？”

李瑞虎摇摇头：“没有，他们从来不打我。无论我做什么，他们完全不在意。我很小的时候，养了一只小狗奔奔。每次他们吵架后，奔奔都会逗我开心，转移我的注意力。后来他们不让我养狗，背着我把奔奔遗弃了。”

人工智能法官最后问道：“你父母离婚后，你想和谁一起生活？或者说，你更喜欢父亲，还是喜欢母亲？”

李瑞虎沉默，扭头扫视四周，发现法庭里所有人的目光都落在自己身上。头顶的灯光特别刺眼，让他视线模糊，什么都看不清楚。

人工智能法官又重复一遍刚才的问题。

李瑞虎哭着说：“我不想让他们离婚，我想有个家，我想和他们在一起生活！”

人工智能法官说：“李瑞虎，刚才的问题，你全部答错。如果你能给出正确答案，你父母就不会离婚。他们离婚是因为你不应该出生，你出生就是一个错误。”

李瑞虎大哭：“对不起，请让我再回答一次，我保证不会答错的。”

于是，人工智能法官再问李瑞虎。可是无论李瑞虎怎么回答，人工智能法官都说他答错了。

李瑞虎不断地哀求人工智能法官让他再答一次。他也重复回答了数次，人工智能法官依旧说他没有答对，最后判他父母离婚。

法庭里的灯光越来越暗，其他人隐入黑暗中。李瑞虎看不见其他人，也听不见其他人的声音，只是不断地重复回答人工智能法官的问题。

最后灯光完全熄灭，李瑞虎连自己的身体也看不见了，自己的声音也听不见了，没有一个人在他身边。

不知道在黑暗中哭了多久，他眼前出现大天使的轮廓。

大天使全身散发着明亮的柔光，宛如天使下凡。他拉起李瑞虎的手，李瑞虎的身上随之泛起微光，逐渐恢复成成年人的模样。

大天使轻声说："我终于找到你了。你跟我离开这里。"

李瑞虎跟随大天使，飞向天际。

李瑞虎缓缓睁开双眼，发现自己躺在医院病床上，手背扎着吊针，耳边放着监护仪。

轩辕健坐在床边椅子上，看电视新闻。

李瑞虎轻轻咳嗽一声。

轩辕健转过身，见李瑞虎醒了，激动地握紧李瑞虎的手："你已经睡了三天三夜，终于醒了，都快吓死我了！"

李瑞虎虚弱地问："我怎么了？我怎么在这里？"

轩辕健说："三天前你下班回来，我们一起吃饭时，你突然昏迷不醒。我立即打电话叫来救护车把你送到医院。医生说你疲劳过度，需要静养。我猜测，可能是我们频繁使用筑灵机，透支了你的心力。现在你感觉怎么样？”

李瑞虎努力回忆一会儿说道：“我从东方望月的元宇宙回来后，就感到筋疲力尽。我现在感觉好多了，道格拉斯回来了吗？他怎么样？”

“我把他接回家了，正在休息呢，你不用担心他。你昏迷的三天中，你母亲打来上百个电话，我都没敢接。你快给她打电话报平安吧。”

提到母亲，李瑞虎又仿佛进入噩梦中。他望着窗外湛蓝的天空，缓声说道：“我不想与她联系。我已经没有家，也没有家人。我心已死，不知道未来在哪里，也看不到活下去的希望，只能像行尸走肉一样苟活于世。”

轩辕健劝道：“任何人都会犯错，包括父母。如果你一直生活在怨恨中，你的世界就是黑暗的。你应该勇敢地从过去的不幸中走出来，迎接更有活力的自己。”

李瑞虎没有回应，思忖一会儿，缓缓说道：“我父母婚后一年生下我，正赶上家里的房子拆迁，他们得到一笔补偿款。父母投资有道，贷款买下几套房子，日子过得还不错。

“父亲有钱之后，结识很多狐朋狗友，经常出去酗酒赌博，夜不归宿。母亲为此经常和父亲吵架。

“我上小学时，父亲在朋友怂恿下，花一千万元买下朋友购买的期房，结果房地产开发商跑路，期房烂尾。他朋友利用合同条款中的漏洞，导致父亲败诉。父亲投资失败，自此性格大变，酗酒无度。

“我上初中后，房地产行业衰退，房价暴跌。父亲不得不断供，投资的那些房子被银行低价拍卖。父亲不但失去房子，还欠下巨债，变得穷困潦倒。

“贫困夫妻百事哀，母亲患上迫害妄想症，总怀疑父亲移情别恋，总觉得有人要迫害她。父母经常吵架，关系越来越僵，最后无法调和。

“我大学毕业后，尽管学分绩点很高，但家里没钱供我读研究生，我只能到社会上打工赚钱。我参加工作不到一年，父母离婚。

“我一直认为，学历不重要，有爱的家才重要。我努力做好事、做好人，只想像普通的正常人那样过普通的生活。为什么我的生活这么艰难、这么辛苦？”

轩辕健静静地望着近乎自言自语的李瑞虎，眼睛湿润了。

李瑞虎忽然像想起什么，大声说道：“我被困在噩梦里，无论如何都走不出来，最后大天使找到我，把我带回来。您——进入我的元宇宙了？”

轩辕健点点头：“我见你一直昏迷不醒，今天早上就利用筑灵机诊断你的精神状况。你在东方望月元宇宙里消耗心力太大，极度疲劳导致意识迷失。大天使在元宇宙中自动搜索你的意识，尝试唤醒你，没想到真的有效了。”

李瑞虎松了一口气，说：“我感觉很饿——”

轩辕健起身叫来医生。医生拿着查房手册、护士端着营养餐，一前一后走进病房。

医生给李瑞虎做完检查后，认为李瑞虎身体各项指标趋于正常。

李瑞虎狼吞虎咽地吃完两份营养餐后，感觉体力渐渐恢复。

轩辕健把电视机调到新闻频道，主持人正在播报首批被城市管理局捕获且被市卫生局消杀的流浪亚人的新闻。画面中，一群穿着防护服、戴着防毒面具的人，从毒气室内拖出流浪亚人的尸体，送往火葬场火化。

记者对着摄像机镜头说：“近日，根据市政府颁发的《理国亚人行政管理办法》，我市首次进行流浪亚人消杀活动。城市管理局负责把抓捕的流浪亚人进行分类，健康合格的流浪亚人送到市疾病控制研究所收留，提取他们的血清制造抑制剂，救治其他‘地狱异种综合征’患者。健康不合格的流浪亚人，送入毒气室统一消杀并火化，以防他们传染其他人。此次城市管理局的行动，对维持社会稳定、保证市民人身安全具有极其重大的意义。”

记者说完，走到被毒死的流浪亚人尸体旁。

镜头切换到一个工作人员身上。工作人员拎起一具尸体，粗暴地塞入裹尸袋封装。

尽管这个特写镜头只有几秒钟，李瑞虎和轩辕健还是看清被塞入裹尸袋的那具流浪亚人尸体，非常像土拨鼠亚人格瑞特。

李瑞虎指着电视屏幕喊道：“不可能是格瑞特，肯定是我看错了。”他扭头问轩辕健，“肯定不是格瑞特吧？”

轩辕健说：“格瑞特一直躲在12号洋房地下室里，怎么可能被他们抓到呢？现阶段政策规定，城市管理局的人只抓捕公共区域的流浪亚人。”

李瑞虎起身下床：“我马上出院，去看看格瑞特在不在。”

轩辕健办完李瑞虎的出院手续，开车回到9号洋房。

为了迎接李瑞虎，道格拉斯做了一顿丰盛的晚餐。轩辕健还特意购买恐龙肉排慰劳李瑞虎。

李瑞虎别说吃过恐龙肉，见都没见过，不知道轩辕健通过什么渠道买到的。

这种恐龙，是从恐龙时代的化石中提取DNA，利用克隆技术复活再进行人工培育的肉用恐龙，不但价格极其昂贵，普通人根本没有资格购买。

餐桌上有惠灵顿恐龙肉排、奥尔良烤鸡、西班牙海鲜番茄杂烩汤、泰国菠萝咖喱炒饭、港式灌汤小笼包、蘑菇木耳豆腐羹、柠檬芝士蛋糕。

李瑞虎紧紧地拥抱道格拉斯：“你能平安回来，真是太好了。你不在，我们就没吃过这么丰盛的晚餐。”

脸上贴着创可贴的道格拉斯，咧嘴笑了，伸出半截粉红色舌头，眼睛眯成一条缝，也紧紧地拥抱李瑞虎。

“边吃边聊吧，有的是时间叙旧。”轩辕健催促道。

道格拉斯把一大盘淋满黑胡椒酱汁的惠灵顿恐龙肉排端到李瑞虎面前，又给李瑞虎盛了满满一碗西班牙海鲜番茄杂烩汤，然后坐到李瑞虎对面。

李瑞虎切下一大块恐龙肉排塞入口中，柔韧鲜美的肉汁顿时溢满口腔，让他感觉体力一下子恢复很多。

李瑞虎风卷残云般吃完两块恐龙肉排、一个大鸡腿、三个港式灌汤小笼包、一块柠檬芝士蛋糕，喝下一大碗西班牙海鲜番茄杂烩汤后，忍不住偷偷地松了松腰带，问道格拉斯：“你回来后，见过格瑞特吗？”

道格拉斯摇摇头。

轩辕健向李瑞虎使了个眼色：“道格拉斯给格瑞特送过食物，格瑞特却不在12号洋房地下室。他循着格瑞特的气味搜索，在社区内也没有发现格瑞特的踪迹。我判断，格瑞特大概离开社区出去觅食了。”

李瑞虎心领神会，没有说他在新闻里看到格瑞特尸体的事。

第二天，李瑞虎来到便利店门口，几次打卡未果。他以为考勤机出了故障，便进店向陈布恩说明情况。

陈布恩正在给一个穿着店员制服的女人介绍工作流程。他见李瑞虎进店，微笑着说：“我还以为你不来上班了呢。”

李瑞虎说：“我生病住院，昏迷三天，没有办法向您请假。我们的考勤机——”

陈布恩指指办公室：“我们进去聊。”

李瑞虎迟疑地看了看忙碌的女人，跟随陈布恩进入办公室。

陈布恩不等李瑞虎坐稳，便莫名其妙地问道：“你来店里工作多久了？”

“两个月。”

“你如何评价你的工作表现？”

“我觉得还好吧，如果满分一百分，我能得八十分。”

陈布恩冷冷地说：“是这么回事儿，最近你无故旷工四天，按照公司试用期的规定，你被解雇了。”

李瑞虎辩解道：“我昏迷三天，无法请病假。我没有撒谎，我可以提供医院出具的证明。”

“规定就是规定，不管你出于什么原因旷工，都已经给店里造成损失，店里不能继续雇用你。我对此爱莫能助，也希望你能理解，祝你找到更合适的工作。”陈布恩起身向李瑞虎伸出手。

李瑞虎哀求道：“店长，我非常需要这份工作，您再给我一次机会，我肯定不会再犯同样的错误了。”

陈布恩指指门口：“那个小姑娘，已经接替你的工作了。今天是你最后一天工作，等你们交接清楚，你就办理离职手续。”

“我真的很需要这份工作，我不想离职！”

“我先出去忙了，你可以在这坐一会儿，整理一下负面情绪。”

李瑞虎目光呆滞地坐下，入职以来每天的工作情景，在脑海中如快动作镜头般闪现。

他痛苦地抱着头，滑下椅子，瘫坐在地上：“我到底做错了什么？为什么会这样？”

第十六章　牡丹项链

李瑞虎失业后，信心受到打击，一直躲在卧室里，闭门不出。

两天后，轩辕健实在看不过去了，就来敲门。

李瑞虎隔着门说："轩辕先生，对不起，我心情不好，暂时不想见任何人。"

轩辕健语重心长地说："每天道格拉斯都把食物和水放在门口，你饿了就开门拿进去。在你失业期间，免付房租，你想住多久就住多久，别有压力。你被辞退不是你的问题，别太难过，以后找到新工作就好了。"

晚上，道格拉斯照常给李瑞虎送饭。他敲了几次门，李瑞虎才说话："你是道格拉斯吗？把饭放在门口吧，我一会儿再吃，谢谢你。"

道格拉斯依旧敲门，李瑞虎无奈，只好蓬头垢面、无精打采地打开房门。

一股诱人的香味扑鼻而来，那是李瑞虎难以忘记却多年没有闻过的香味。

道格拉斯手中的餐盘里，有一盘刚出锅的油滋滋热腾腾的煎饺和一个不锈钢保温壶。

李瑞虎连续几天吃凉食物，这股香味瞬间激发了他的食欲："这是什么？"

道格拉斯不说话，径直走进屋内，把餐盘放到桌子，摆好刀叉，从保温壶里倒出一杯滚烫香浓的芝士豆浆，示意李瑞虎趁热吃下。

李瑞虎坐在桌前，夹起一个煎饺，放入口中。又薄又脆的饺子皮、软嫩鲜美肉馅，与他父亲包的饺子一模一样。

李瑞虎连续吃下几个饺子，忍不住问道格拉斯：“你怎么会做中国煎饺？你做的煎饺味道怎么与我父亲做的完全一样？大天使曾经读取过我的记忆信息，是不是他告诉轩辕健，轩辕健又告诉你的？”

道格拉斯眯缝着眼睛咧嘴笑了，伸出半截粉红色舌头，示意李瑞虎不要说话，赶紧把煎饺吃完。

李瑞虎风卷残云般吃光煎饺，喝下半杯芝士豆浆，才问道：“这种豆浆口感细腻润滑，味道醇厚浓郁，里面加入磨碎的荸荠和姜汁了吧？”

道格拉斯微微点头。

李瑞虎喝下两杯芝士豆浆，身体微微出汗，便解开两颗纽扣，靠在椅背上，眼角略显湿润。

道格拉斯轻轻地拍了拍李瑞虎的肩膀，便收拾餐具。

李瑞虎拉住道格拉斯的大爪子：“你坐下，我想和你说几句话。”他起身坐到床上，把椅子让给道格拉斯。

道格拉斯坐到椅子上，毛茸茸的尾巴还在不停地摆动。

李瑞虎微笑着说：“谢谢你和轩辕先生如此关心我，我感觉好多了。”他盯着道格拉斯，“你——你找到格瑞特了吗？”

道格拉斯摇摇头，满脸失落的表情。

李瑞虎说：“我现在失业在家，明天我们一起去找格瑞特。”

道格拉斯起身给李瑞虎鞠躬。

次日早上，李瑞虎与轩辕健到餐厅吃饭。

李瑞虎说：“这几天，我给你们添麻烦了，非常不好意思。我现在有充足的时间，想去 12 号洋房看看格瑞特留下了什么东西。”

轩辕健劝导李瑞虎：“我觉得格瑞特不会留下有价值的东西。还有，地下室的气味能把人熏死，万一你再感染病毒，得不偿失的。”

李瑞虎想了一下，说："无论如何，我都觉得还是有必要去看一看，不然心里不踏实。"

轩辕健说："我能理解你的心情。你想去就去吧，注意做好防护措施。最好别让人发现格瑞特住过地下室，你发现什么可疑的东西就收起来。"

晚上，李瑞虎穿上防护服，戴上口罩，带着工具来到 12 号洋房，仔细搜索一遍，没有发现格瑞特的踪迹。

他钻进地下室，看到遍地大小粪便、食物残渣、食品包装袋和饮料瓶，以及一堆堆泥土，简直就是小型垃圾场。

他用护腕带把手电筒固定在前臂上，一手拎着垃圾袋，一手提着棍子，翻看垃圾堆。

经过一段时间翻找，他没看到任何有价值的东西，断定格瑞特确实不在这里。

李瑞虎准备放弃翻找时，墙角一个特大的土堆引起他注意。他走过去查看，土堆后面有一个地洞。看洞口大小，格瑞特应该能轻松出入。

一条青色尼龙绳搭在洞口边缘，绳头拴着一卷用透明胶带裹紧的气泡膜。

李瑞虎把尼龙绳拽出十几米，感觉尼龙绳非常长，便不再往外拽。

他放下尼龙绳，拿出美工刀，割开那卷气泡膜，朝思暮想的牡丹项链呈现在他面前。他激动地把牡丹项链用气泡膜重新包好，塞入口袋，转身跑出 12 号洋房。

他把防护服扔进垃圾桶，回到 9 号洋房实验室，把牡丹项链放在轩辕健面前。

轩辕健看到牡丹项链，低声惊呼："这不是丽塔的牡丹项链嘛，你在 12 号洋房地下室找到的？！"

李瑞虎点点头："我曾经对格瑞特说过道格拉斯被捕的原因。他也说过想帮助道格拉斯找回牡丹项链。他的承诺，我根本没放在心上，觉得他不可能找到。”

轩辕健依旧难以相信：“太不可思议了！道格拉斯把牡丹项链交给墨水仙，格瑞特怎么找到的呢？”他转向李瑞虎，“你在哪里找到的？”

李瑞虎说：“我在地下室墙角的地洞里找到的，当时它拴在一根尼龙绳上。那个地洞深不见底，洞口狭小，不知道格瑞特是不是藏在里面。”

轩辕健想了想说：“我马上操控机器鼠进去看看。”他说完，去仓库里找到玩具“机器鼠 X3050”，确认所有功能正常后，交给李瑞虎，“你把它放到那个地洞口就回来。”

李瑞虎重新穿上防护服，潜入 12 号洋房地下室，把机器鼠放在那个洞口，按下启动开关，然后通过手机向轩辕健汇报。

待轩辕健确认机器鼠能正常工作后，李瑞虎返回 9 号洋房，看见电脑屏幕上已经显示地洞内的情景。

地洞内的地形错综复杂，有许多岔路口。轩辕健没有理会地洞内的各种岔路口，让机器鼠一直沿着尼龙线向前走。

他盯着漫长的地洞，慨叹道：“这么复杂的地洞，格瑞特是怎么挖出来的？如果没有尼龙绳引导，估计没有人能找到正确的路。”他输入一串指令，机器鼠行进速度明显加快。

李瑞虎说：“格瑞特为了寻找牡丹项链，是不是通过挖地洞，进入所有业主家？如果是这样，他得挖多久啊？”

轩辕健没有说话，认真地操控机器鼠。

机器鼠前行十几分钟，转了一个弯，地洞空间逐渐变宽变高。

地洞尽头，出现半截埋在地里、半截裸露在外的白色袋子，尼龙绳从袋口伸出来。

轩辕健盯着屏幕，思索几秒钟：“应该是有人把这个袋子埋在这里，牡丹项链也在袋子里，被格瑞特找到了。”

李瑞虎盯着屏幕：“我怎么看这个袋子眼熟呢？”他猛拍脑袋，“对了，这是新闻里装流浪亚人尸体的裹尸袋。”

“没错，就是裹尸袋。”轩辕健操控机器鼠爬上裹尸袋，拉开拉链。

一具严重腐烂、蛆虫遍布的尸体出现在画面中。从发长、衣着看，死者应该是女性。

尼龙绳系在死者左手上，绳下隐约露出白骨。五条指骨中间，还有一枚金属钥匙。

轩辕健吓得离开电脑桌。李瑞虎转身跑出实验室，进入洗手间，抱着马桶呕吐。

等李瑞虎回到实验室，轩辕健说：“看发型、发长和衣服，还有水晶耳环，死者应该是墨水仙。”他开启机器鼠的定位功能，发现裹尸袋位置与警察局局长真光豪家位置重合。

李瑞虎目瞪口呆：“警察局局长家里怎么可能藏着女尸呢？”

轩辕健重新核对一遍各项数据，肯定地说：“没错，裹尸袋确实在4号洋房下面。我把刚才录制尸体的视频保存下来，上传云盘。”

李瑞虎若有所思地说：“按理说，格瑞特找到牡丹项链后，应该马上通知我们，他怎么跑到社区外面去了呢？”

轩辕健分析道：“也许他已经来过我家。东方望月去警察局自首后，你昏迷住院，我不但陪护你，还要参加公司董事会的会议，家里大部分时间没有人。格瑞特找不到我们，又没有食物果腹，不得不到社区外面觅食，不幸被城市管理局的人抓住。”

李瑞虎和轩辕健沉默了。

五分钟后，一脸沮丧的李瑞虎问轩辕健：“如果真是真光豪杀害墨水仙，藏尸地下，我们怎么办？”

轩辕健说："真光豪的妻子和儿子几年前移居美国。4号洋房里，除了真光豪，还有管家金龙居住。据说，金龙还是退役军官，身手不错。杀害墨水仙的人，可能是真光豪，也可能是金龙。当然，还有可能是别人杀害墨水仙后，栽赃陷害真光豪。没有找到确凿证据之前，我们不能轻易下结论。接下来，只要我们读取真光豪的记忆信息，就知道他是不是真凶了。"

李瑞虎面露难色："他可是警察局局长，不是普通人。一旦我们的行为被他发现，肯定不会轻易放过我们的。道格拉斯已经回来了，至于谁杀害了墨水仙，应该是警察负责的事情。"

轩辕健打量李瑞虎："你的意思是，事不关己高高挂起？抱歉，我做不到。"他重重地靠在椅背上，缓声说道，"我年轻时，对世事也是这种态度，总以为多一事不如少一事。与自己利益无关的事，不关注、不关心。可是，当小阳失踪后，身边的人也以这种态度对待我时，我才发现我错了。"

李瑞虎有些迟疑："万一是真光豪杀了墨水仙，您敢说出真相吗？其他警察敢抓真光豪吗？"

轩辕健不假思索地说："我中年丧妻，老年失子，还有什么好怕的？如果真是真光豪杀了墨水仙，我们知情不报，他还会杀人的。那个人可能是你，也可能是我，我们不能退缩和逃避。姑息养奸，假装看不见真相，纵容邪恶伤害别人，等邪恶越来越强大，最终落到自己头上，一切都晚了。"

李瑞虎摇摇头，无力地说："我现在精神状态很差，无法配合您使用筑灵机。"他的声音越来越弱，最后闭上眼睛，满脑子都是裹尸袋里腐烂的尸体。

轩辕健没有说话，只是直瞪瞪地望着李瑞虎。

李瑞虎睁开眼睛，看到轩辕健充满期待的眼神，叹了一口气：“好吧，我们最后一次进入元宇宙。如果真光豪是清白的，我们把这件事告诉警察。”

轩辕健立即输入指令，操控机器鼠翻看那具尸体，寻找其他线索。

李瑞虎指着电脑屏幕说：“女尸手边有一把钥匙，让机器鼠带回来。”

凌晨 1 点钟，机器鼠把女尸手边的钥匙带回来。

轩辕健洗净钥匙，看不出所以然，只好对李瑞虎说道：“看来我们只有进入真光豪的元宇宙，才能知道他是不是杀害墨水仙的真凶。真光豪从警多年，反侦查能力非常强，应该不会轻易让别人读取他的记忆信息，你要多加小心。”

李瑞虎木然地点点头。

一望无际的灰色海水，与灰蒙蒙的天空连成一片。浪花随着海风涌动，几只海鸥在低空飞翔。

天空很暗，阴云密布，似乎要下雨。

在海滩远端，有一间小木屋。小木屋前，男孩小烈、小雄、小豪和女孩小樱围成一圈玩沙子。他们把沙子堆成自己喜欢的形状。

小烈堆出一座精致的小城堡后，开心地说：“我长大后做建筑师，建造漂亮的房子，让所有人住进去，过上幸福的生活。”他问右手边的小雄，“小雄，你长大后想做什么？”

小雄一边把沙子堆成人的形状，一边大声说：“我想做漫画家，画出最好看的漫画，让所有人欣赏。”

小雄右边的小樱笑着说：“我们长大后，就住进小烈建造的房子里，看小雄画的漫画。”

小烈和小雄都笑着问小樱："你长大后想做什么？"

小樱把沙子堆成圆柱体，犹豫着答道："我还没想好，不知道长大做什么。"

小烈见小樱欲言又止，催促道："把我们的愿望装进瓶子里丢进大海，愿望就能实现。你不知道自己的愿望，愿望就永远不能实现。"

小樱委屈地指着小豪说："小豪也没有说出他的愿望呢。"

三人一齐看向小豪。

小雄问小豪："你长大后想做什么？"

小豪把沙子堆成一把手枪形状，起身大声说："我可不像小烈和小雄，造房子画漫画，就像女孩子过家家。我长大后，要当警察，惩恶扬善，保护你们！"

四个孩子把自己的愿望写在纸条上，折叠后塞入酒瓶中，用软木塞封好。

小樱抱着酒瓶，和小雄、小烈、小豪跑到海边。

小雄、小烈、小豪一起起哄："小樱，你再不说出你的愿望，等瓶子漂走，你的愿望就无法实现了。"

小樱闭上眼睛，脸色羞红，嗔怒道："我知道啦，你们真讨厌！"她睁开眼睛，把酒瓶高高举起，眼中闪动清澈的光。

小樱对着酒瓶说："我长大后要成为宇航员，驾驶宇宙飞船探索宇宙。我要和外星人交朋友，过上自由自在的生活。"

小雄、小烈、小豪听罢哈哈大笑，嘲笑小樱的梦想绝对不可能实现。

小樱羞愧难当，满脸通红，用力把酒瓶扔进大海。

李瑞虎站在海边，赤裸的脚下是银色的沙滩，沙粒洁净细腻，冰凉清澈的海水没过他的脚背。

他望着远处的小雄、小烈、小豪、小樱。小雄、小烈、小豪、小樱却看不见李瑞虎，依旧嬉笑打闹着。

一阵强烈的海风吹过，天空下起暴雨。

小雄、小烈、小豪、小樱一起跑向小木屋。

李瑞虎也跟随他们跑向小木屋。

小豪第一个冲到小木屋前，抓住门把手，大声叫道："清正廉洁，为国为民。"

门锁"咔嚓"一声打开，小豪拉开屋门，待小雄、小烈、小樱进去后，快速关上门。

李瑞虎跑到小木屋门前，却无法打开屋门。雨越下越大，把他全身浇透。

大天使的声音传来："需要说出密码。"

李瑞虎学着小豪的样子喊道："清正廉洁，为国为民。"

他的话音刚落，门锁"啪"的一声打开。

李瑞虎进屋之前，回头看了看海边。

灰色的雨幕遮住他的视线，看不见那个酒瓶漂向哪里。

四个孩子堆出的沙雕，已被雨水淋成一堆堆沙子。

小木屋内，四个孩子站成一排。他们面前站着一个拿着教鞭的中年女人。

女人把教鞭在手掌上轻轻地敲了几下，吼道："谁允许你们出去玩沙子的？你们的作业写完了吗？你们再不认错，我就要狠狠教训你们了！"

四个孩子低着头不说话。

"啪"的一声，女人用教鞭抽打桌子，四个孩子吓得全身发抖。

女人继续吼道："我跟你们说过多少次了，你们必须接受严格的教育，无条件地服从我的命令。"

四个孩子依旧低着头，不敢说话。

“啪”的一声，女人又抽了一下桌子，吼道：“你们是真光家族的后代，将来要继承真光家族的伟业，光宗耀祖。真光家族是名门望族，我必须把你们培养成优秀的接班人，这是我的责任。你们人生的唯一目的，就是让真光家族拥有至高无上的权力、掌控世界大部分财富。我所做的一切，都是为了你们好。有一天，你们会感激我的严苛。”

四个孩子依旧低着头，不敢说话。

女士吼道：“你们都不认错吗？好吧，我也没有别的办法。不听妈妈话的孩子，就要受到惩罚。你们追求的自由、快乐、幸福，在金钱和权力面前一文不值。为了让你们不再犯错，我只能严厉地惩罚你们！”

她扫视四个低头的孩子，指着小樱说：“小樱，你太让我失望了。作为女孩子，你竟然也不听从妈妈的话，跟他们一起偷偷溜出去。今天我必须让你长记性。你给我过来！立刻！”

小樱默默地走到女人面前。她身后的小烈、小雄、小豪眼里充满恐惧。

女人高高举起教鞭，用力抽打小樱。

李瑞虎眼前一片漆黑。

李瑞虎再也看不清小木屋里的情景，便双掌合十，集中注意力，一颗光球慢慢地从指尖升腾。他左右查看，四周黑漆漆的，什么都没有。

李瑞虎喊道：“大天使，你在吗？”

大天使没有回应。他只好增加光球亮度，起身慢慢地往前飞。

身后的小木屋越来越小，最后消失不见了。

李瑞虎无法判断前进的方向，只能循着模糊的窃窃私语声、偶尔响起的枪声、只言片语的口号声、哭泣声前行。

李瑞虎飞飞停停，不知飞了多久。

最后，他看到前面出现光点，于是加快速度。他越飞越近，看到那是一扇门。他跨进门，强光刺得他睁不开眼。

待他适应强光后，看到一个大约宽五米、长十米的室内游泳池。这里没有其他出入口，连窗户、通风口都没有，是一个密闭空间。

他望向泳池中，大吃一惊，里面不是水，而是钞票、金币、金条、银块，还有各种宝石、名表和首饰。

李瑞虎这辈子从未见过这么多值钱的东西，做梦都没有梦见过。

一个人躺在泳池远处的角落里。李瑞虎走近细看，那个人竟然是真光豪。

真光豪陷在金银珠宝中，闭着眼睛享受着财富的味道。突然从门外传来轻微的脚步声，真光豪警觉地睁开眼睛，迅速从泳池里爬出来，露出魁梧健硕的身材。

他抖落掉身上的钞票，穿着一条紧身内裤，走到门口查看。

李瑞虎的目光艰难地从金银珠宝上面移开，跟随真光豪来到门口。

墨水仙站在门口，望着满池金银珠宝，不断惊呼："天啊——天啊——"

真光豪一把抓住墨水仙的胳膊，呵斥道："我没让你来我家，你怎么进来了？"

墨水仙一脸惊慌地说："你在电话里说过，管家金龙这两天放假回老家，家里只有你。我想你了，就悄悄过来找你。"

真光豪用力扯了扯墨水仙的胳膊，满脸怒气："我给后门钥匙，是为了方便你过来服侍我。没有我的命令，你擅自闯入我家，是犯罪，我可以击毙你，懂吗？"

墨水仙哭丧着脸："我有要紧的事情告诉你，来不及等待你的命令了。我去楼上卧室找你，你不在，就到地下的酒窖看看。"

李瑞虎注意到，墨水仙鼓鼓的风衣口袋里，好像有一包东西。

真光豪粗暴地吼道："我跟你强调多少次了，我不可能为了你与我老婆离婚的，我们之间不过是玩玩而已。等我退休后，还要去美国找我的老婆和孩子。”

墨水仙一脸惊慌地说：“你放心，我什么都没看见，我这就走。”她虽然这么说，但视线一直没有离开那池金银财宝。

真光豪压低嗓门：“有人知道你来找我吗？有人看见你来我家吗？”

墨水仙痴迷地望着一池金银珠宝：“这么晚了，社区里的人都睡了，没有人看见我。我连手机都没带，不会拍照和录音的。”

墨水仙话音刚落，真光豪伸出左手捂住她的嘴，迅速绕到她身后，用结实的右臂勒住她的脖子，用力一拧。伴随“咔嚓”声音消失后，墨水仙的头便垂下来，瘫倒在真光豪身上。

真光豪的动作太快，李瑞虎来不及反应。

真光豪把墨水仙放到地上，喘着粗气，喃喃自语：“金龙明天早上就回来，我必须在几小时内把她处理好，不能被任何人发现。对了，她的手机里有我的信息，我必须拿到手，不能留下任何证据。”

真光豪环顾四周，最后目光落在墙壁的洞口上。

他家地下室渗水后，需要重新装修，已经在墙壁上凿出一个洞，洞口只封了一半。

真光豪灵机一动，起身离开地下室。

李瑞虎低头看墨水仙。她的眼睛睁得很大，舌头吐出半截，面目狰狞。她的发型、水晶耳环、长款风衣，与机器鼠拍摄的视频里女尸一模一样。

几分钟后，真光豪拿着裹尸袋回到地下室，把墨水仙的尸体装入裹尸袋，用透明胶带封好，塞入墙壁上的洞里。

随后，他打开一包水泥，加水随意搅拌后，在洞口砌了一堵墙，在墙外抹上水泥，贴上花纹瓷砖，填上砖缝。

这面墙壁看起来与其他墙壁完全一样，谁也不会知道墙壁后面埋藏着女尸。

做好这一切，真光豪一屁股坐在地上，大口喘气，汗如雨下。

楼上传来开关门的声音，应该是管家金龙回来了。

真光豪起身走到埋藏墨水仙尸体墙壁的对面，掀开一块墙砖，露出密码器面板，输入密码134679。

一道隐藏门旋转关闭，挡住门内堆放金银珠宝的泳池。

李瑞虎看得入神时，真光豪的声音突然在他耳边乍响："你是谁？为什么在这里？"

李瑞虎吓了一跳，转头看到真光豪站在身后，冷冷地盯着他。

真光豪继续喝道："说，你来我家地下室做什么？"

李瑞虎连忙后退三步，支支吾吾地不知道说什么。

真光豪死死地盯着李瑞虎："我想起来了，你是轩辕健的亲戚。"他一把抓住李瑞虎的衣领，恶狠狠地问，"你都看见了？"

李瑞虎拼命地摇头。

真光豪伸出铁钳一样的双手，狠狠地掐住李瑞虎的脖子。

李瑞虎拼命挣扎，却无法挣脱。他感觉头晕目眩，眼前金星乱闪。

李瑞虎四肢乱舞，惊叫着坐起，发现枕巾被鼻血洇透。

他的胸口剧烈起伏，心脏剧烈地跳动。他喘了几口粗气，待心跳速度减缓后，走进洗手间清洗鼻血。

他对着镜子，看到脖子上方有红色瘀痕，就像真的被人掐过。

有人敲门。

他打开门，看见轩辕健和道格拉斯站在门口紧张地望着他。

轩辕健说："我听到你的惊叫声，就过来看看。"

道格拉斯看到李瑞虎脸上的血迹，不等李瑞虎说话，转身去取医药箱。

李瑞虎一边冲洗鼻孔一边说："我看到了墨水仙被真光豪勒死藏尸的整个经过。那具尸体手边的钥匙，是真光豪家后门的钥匙。"

第十七章 林火悲歌

天色微亮，李瑞虎的鼻血依旧流淌不止。

道格拉斯把止血药粉喷在脱脂棉球上，再把脱脂棉球塞进李瑞虎鼻孔。

李瑞虎把他在真光豪元宇宙看到的一切告诉轩辕健。

轩辕健听罢，难以置信：“你确定他家地下室后面有一个堆满金银珠宝的泳池？他在元宇宙还想杀你？这是使用筑灵机以来从未出现的事情。我认为这可能不是他的记忆信息。”他停顿一下，打量李瑞虎的脸，“是不是你的身体太虚弱了，在元宇宙读取真光豪的记忆信息时出现错误？”

李瑞虎肯定地说：“我所述千真万确。以前读取别人记忆信息时，我都不会暴露，不知道这次真光豪为什么能看见我。我看到的内容，与机器鼠获得的信息，是高度吻合的，肯定是真光豪杀害了墨水仙。”

轩辕健想了想，说道：“就算你没有出错，很多地方也不符合逻辑，需要进一步验证。如果我们毫无根据，就以最大的恶意去揣摩一个无辜的好人，这是非常可怕的事。真光豪毕竟是警察局局长，没有过硬的证据证明他犯罪，后果的糟糕程度是我们无法想象的。”

李瑞虎问：“您想怎么验证？”

轩辕健说：“我去检查他家地下室是否与你描述的一致。”

“万一您在他家地下室发现墨水仙的尸体、那池金银珠宝，您准备怎么办？”

轩辕健想了想：“如果真光豪真的贪污受贿、非法牟取暴利、杀害墨水仙，我们只能向检察机关举报，并把他的劣行公之于众。”

李瑞虎说：“他很危险，我们招惹他，我担心会引火上身。”

轩辕健见李瑞虎不同意，缓声说道：“我们这么做，确实存在很多未知的风险。但是作为知情者，我们不站出来制止他祸国殃民，情况会越来越坏，会有更多像墨水仙一样的人遭殃。”

李瑞虎轻轻点头。

轩辕健继续分析：“据你所述，管家金龙并不知道那个密室。只要金龙在家，真光豪就不会进入密室。我们待金龙不在时，就让白钥匙监视真光豪。”

李瑞虎点头同意。

这几天，轩辕健经常佯装到4号洋房附近散步，见到金龙就没话找话，终于得知金龙明天晚上回老家。

第二天下午，李瑞虎把白钥匙放在真光豪家院门附近的隐蔽位置，把白钥匙的摄像头对准院门。

傍晚6点，真光豪乘坐最新款全自动无人驾驶汽车进入车库。二十分钟后，金龙驾驶另一辆汽车离去。

天色渐暗，李瑞虎悄悄地来到真光豪家后门，用机器鼠在女尸手边找到的那把钥匙打开门锁。

轩辕健操控白钥匙飞入后门后，李瑞虎又锁上后门。

轩辕健操控白钥匙藏到真光豪家厨房冰箱底下，把摄像头对准地下室入口处。只要真光豪进入地下室，就一定会被白钥匙拍到。

李瑞虎回到实验室，把钥匙放在操作台上：“我所说所见肯定没错。您看，这把钥匙，就是真光豪送给墨水仙那把钥匙。”

轩辕健微微一笑："这也说明，我们的调查方向是正确的。接下来，我们坐等真光豪进入地下室。"

李瑞虎和轩辕健轮流在电脑前盯着屏幕。

不知道真光豪在做什么，一直没有进入厨房。

零点，白钥匙电量告急，貌似仅能维持半小时。

就在轩辕健打算操控白钥匙返回时，厨房的灯亮了。

真光豪穿着修身迷彩工装和黑色长筒军靴，抱着笔记本电脑进入地下室。

轩辕健操控白钥匙从冰箱底下钻出来，尾随真光豪进入地下室。此时，密室门敞开，灯光从里面射出来。

白钥匙爬进密室后，泳池内的金银珠宝呈现在电脑屏幕上。

那些画面，与李瑞虎描述的一模一样，轩辕健也惊呆了。

李瑞虎喊道："这都是证据，你快录屏！"

轩辕健说："我一直在录屏。"他的话音未落，伴随"砰"的一声枪响，画面便剧烈晃动。

在空中拍摄的白钥匙貌似被什么东西击中，落到地面上。

轩辕健急忙输入指令，调整白钥匙摄像头的角度，但是画面一直静止，应该是白钥匙出了故障。

此时屏幕上还能看到真光豪。他斜坐在泳池边上的椅子上，手持一把装有消声器的手枪，枪口对着白钥匙。

真光豪身边桌子上的笔记本电脑屏幕上，显示着九个位置的监控画面。

真光豪站起来，捡起白钥匙，对着白钥匙的摄像头说道："轩辕健，那天我去卫明星家，想偷偷拿走墨水仙的手机。我得知你打听墨水仙的下落，就知道你没做好事；上周我梦见住在你家的那个小子，看见我杀了墨水仙；昨天金龙告诉我，你打听他的休假时间。你一个即将退休的人，还有闲心管别人的闲事，是不是嫌自己的命太长了？我家的监视器，拍到你家那个小子鬼鬼祟祟地来到我家后门，放进来一个虫子。我本想等他进屋，一枪解决他，可惜他走了。

李瑞虎听到这些话，不由得打了一个冷战。

轩辕健严肃地盯着电脑屏幕。

真光豪说："轩辕健，我本想在社区里做一个好人，既然你敢偷偷地调查我，发现我的另一面，我只能送你去死了。"

真光豪说罢，一手拿着白钥匙，一手提着手枪，冲出密室门，向轩辕健家方向跑过来。

轩辕健把白钥匙拍摄的视频传到网络云盘后，起身拉着李瑞虎跑到一楼客厅，一边从抽屉里取出那把精致的左轮手枪，一边呼唤道格拉斯。

道格拉斯应声打开房门，来到客厅。他连鞋子和袜子都没来得及穿，只穿着一条运动短裤，满脸疑惑地看着轩辕健。

轩辕健说："这里很危险，我们必须马上离开。"

这时，真光豪已经跑到院门外，对着院门门锁连开两枪，门锁被破坏。

真光豪踹开院门，举枪闯入客厅，大声吼道："轩辕健，你给我出来！"

汽车启动的声音传来。真光豪急忙跑出去，看到轩辕健驾车载着李瑞虎和道格拉斯冲出车库。

真光豪举枪对准轩辕健的车，但是车速太快，转眼间就消失在夜幕中。

真光豪对着手腕的智能手表说："我在 9 号洋房，马上来接我。"

一分钟后，那辆全自动无人驾驶汽车冲到真光豪面前停下。

真光豪坐到驾驶位，把手机插入驾驶位旁的卡槽里，说："不要通知任何人，以警察局局长权限秘密执行任务。开启交通监控系统公路监视器，追踪车牌为 SYC-18188 的嫌疑车辆。"

全自动无人驾驶汽车开始启动追踪系统。

甩开真光豪后，轩辕健放慢车速。

李瑞虎稍微松一口气，问轩辕健："我们现在去哪里？"

轩辕健说："真光豪一定会把我们定性为逃犯，动用警方力量抓捕我们。水月市太危险，我们到镜花市找个安全的地方，把视频发给各大新闻媒体。"

李瑞虎说："既然真光豪能动用警方力量，必定在各个路口设卡拦截我们，我们走偏僻的小路吧。"他拿出手机查询，"前面有一条三级公路，穿过山坡和树林，就能抵达镜花市。"

道格拉斯一脸迷茫地听着他们说话。

汽车驶入一条崎岖的山路。山路一侧是陡坡，一侧是茂密的灌木。

山路路况不好，也没有路灯，汽车只能低速行驶。

李瑞虎问："我们达到境花市后，怎么举报真光豪的不法行为？"

轩辕健说："我已经把真光豪犯罪过程中的照片、视频、语音文件上传云端网盘。只要找到一台能联网的电脑，我就能举报他。"他说完看了一眼后视镜，"后面有辆车一直跟随我们。你们坐稳了，我要甩掉那辆车。"

没想到，后面那辆车也在加速，很快就来到轩辕健的汽车后面四五米处。那辆汽车的驾驶位车窗降下，伸出安装消声器的手枪。

李瑞虎在后视镜中看到真光豪狰狞的脸，大喊："真光豪！小心！低头！"

道格拉斯闻声抱头趴在后排座上。

"砰砰"两声枪响，轩辕健的汽车后挡风玻璃出现两个弹孔。

轩辕健压低上身，猛踩油门，汽车咆哮着向前冲。

又是一声枪响，轩辕健的汽车后轮胎被弹头击中。车身瞬间失衡，滚下陡坡，最后撞到树上，引擎熄火。

不知道过了多久，李瑞虎吃力地睁开眼睛，发现眼前一片漆黑，身体各处剧痛，手臂流血不止。

他狠狠地摇摇头，摸向驾驶位："轩辕叔——轩辕叔——"他摸到轩辕健滑腻的脸和脖子。

他急忙喊出语音口令："孙悟空！"

脚下的手机接收到他的语音指令，说："我在。"

"打开照明。"

"好的。"手机立刻启动手电筒功能。

李瑞虎举着手机查看轩辕健的伤势。

闭着一只眼睛的轩辕健头上，被破碎的挡风玻璃划出一道深深的口子，流血不止。

李瑞虎解开轩辕健身上的安全带，拍打轩辕健的肩膀，大声呼叫。

轩辕健没有反应，但还有呼吸。

一束光透过轩辕健那侧的车窗照进来。

李瑞虎扭头冲道格拉斯喊道："道格拉斯，快跑！"得不到道格拉斯回应，他把手机照向后排座，后排座无人，一侧车门敞开。

道格拉斯可能在汽车翻滚时甩出去了。

李瑞虎尝试推开车门，却怎么都推不开，只好爬到后排座钻出去。他的双脚落地后，感觉双腿软绵绵的，根本无法正常站立和行走。

他瘫倒在地，被刺鼻的汽油味儿包裹，吓得他用双臂支撑身体，匍匐着爬向远处。

没有爬行多远，一束手电筒光射在他身上，还有一把枪从手电筒上面伸出来。

真光豪在距离李瑞虎三米的地方停下，把枪口对准李瑞虎的头，低声喝道："别动！"

李瑞虎吓得全身僵硬，呼吸急促。

真光豪说："你们肯定收集到很多对我不利的证据吧，藏在哪里了？交出来！"

李瑞虎吃力地翻转身体，惊恐地望着真光豪，结结巴巴地说："就算——把证据——交给你——你也——不会——放过我们——"

真光豪说："你愿意配合我，就能多活一会儿，我允许你留下遗言。不肯交出证据，你们都得死在这里——马上。"

李瑞虎努力使呼吸平稳下来："就算你是警察局局长，也不能随意开枪杀人吧？你杀掉我们，也会有人找到我们留下的证据。那时，你会罪加一等的。"

枪口微微抖动一下。

真光豪哈哈大笑："谢谢你提醒我。你说，我以妨碍警察执行公务、协助流浪亚人逃跑、袭警中的哪种罪名击毙你们更好呢？"

知道自己难逃一死，李瑞虎似乎淡定许多："这些罪名都不错，你随便把哪条罪名安在我们头上，我们都没有机会辩驳。不过，你的罪名肯定比我们的罪名大得多，关注你的人也更多。"

真光豪轻蔑地笑了笑："幼稚！我怎么做才能让你们迅速上热搜呢？"他嗅了嗅浓重的汽油味儿，"如果这里发生一场火灾，你们是不是还能省去一笔火葬费？"

他转身把枪口对准轩辕健的汽车油箱。瞄了几秒钟后，他放下手枪，掏出打火机，打着火，投向轩辕健的轿车。

瞬间，大火吞没汽车后半部分。

李瑞虎撕心裂肺地喊道：“轩辕叔！”

真光豪又把枪口对准李瑞虎：“你再喊，我只能给你来个痛快的！”

火光映红李瑞虎的脸。他冷冷地望着黑洞洞的枪口，不再害怕，不再闭眼。

他的脑海里浮现出一个画面。

父母要送走他心爱的小狗奔奔。奔奔跑到他面前，咧着嘴，吐着舌头，泪眼婆娑地望着他。

一个巨大的黑影从火光中冲出来，扑到真光豪身上。

真光豪的手枪脱手，落入草丛中。

火光之中，一个彪形壮汉和一条站立的大狗拳来爪往，展开殊死搏斗。

李瑞虎这时才看清，是道格拉斯与真光豪打在一起。距离燃烧的汽车不远处，轩辕健躺在一块大石头旁。

原来，在汽车起火前，道格拉斯奋力地把轩辕健拖出汽车，转移到安全的地方。

李瑞虎连忙爬到轩辕健身边呼叫，轩辕健依旧昏迷不醒。

轩辕健那颗机械义眼，发出淡淡的微弱绿光，随着真光豪的移动而转动。

李瑞虎扭头再看道格拉斯与真光豪，他们完全没有躲闪和防御，都在全力攻击。真光豪一脚踢中道格拉斯肩膀，道格拉斯一爪抓破真光豪的胸口。

一时间，一人一狗打得难解难分。

一道寒光闪现，真光豪手里多出一把匕首。

道格拉斯迅速后退两步，与真光豪拉开距离。

匕首划破道格拉斯前臂，鲜血顺着爪子往下淌。

李瑞虎想冲过去帮助道格拉斯。他想到自己不会武功，也不精通任何格斗技能，冲上去也是给道格拉斯添乱，急得团团乱转。

突然，他想到轩辕健的左轮手枪，便在轩辕健身上搜索，最后在外套里侧口袋找到了。

李瑞虎双手战抖，枪口不停地晃动，根本无法瞄准真光豪。

真光豪挥舞匕首，逼近受伤的道格拉斯。

道格拉斯摆出防御架势，不停地摇闪。

真光豪露出破绽时，道格拉斯猛冲一步，挥肘砸在真光豪的脖子上，鲜血溅到真光豪的眼睛里。

在真光豪用衣袖擦血的瞬间，道格拉斯一个后摆腿，踢飞真光豪手里的匕首，顺势一个侧踹，狠狠踹到真光豪胸口上。

真光豪飞出去三米，跌倒在地。

道格拉斯冲李瑞虎和轩辕健咧开嘴，吐出舌头，帅气地笑了笑，转身冲向真光豪。

真光豪爬起来一个鱼跃，捡起被道格拉斯踢飞的手枪，对准冲过来的道格拉斯胸口连开两枪。

道格拉斯像被重物撞击两下，捂着胸口缓慢栽倒在地。

李瑞虎撕心裂肺地吼道：“不——”

真光豪喘着粗气，一手持枪对准倒下的道格拉斯，一手支撑身体站起来，恶狠狠地吼道：“区区一条下贱的狗，也敢攻击警察？流浪亚人就是社会渣滓，去死吧！”

真光豪一瘸一拐地走到道格拉斯身边，把枪口对准道格拉斯的头。

李瑞虎看到真光豪的手指，在扳机上慢慢移动，他的双手不再战抖，狠狠地扣动扳机。

“砰”的一声枪响，真光豪手里的手枪落地，持枪的手腕被鲜血染红。

真光豪攥着被弹头击穿的手腕，扭头盯着双手举枪的李瑞虎。

李瑞虎的脸已经扭曲变形，沙哑地吼道：“你还知道自己是警察？你连狗都不如！”

真光豪松开手腕，猫腰捡枪。李瑞虎再次扣动扳机，弹头穿透真光豪的左小臂。

李瑞虎失声吼道：“我已经一无所有了，你作为警察，还要剥夺我唯一的朋友！那么多条路，你为什么非得给我留一条死路？！”

真光豪双臂剧痛，依旧不肯放下官威：“我是警察局局长，是上流社会精英中的精英，我拥有至高无上的权力，可以决定任何人的生死！我富可敌国，可以制定所有社会规则！小子，放下枪，不然我会让你的家人为你的愚蠢行为买单的！”

李瑞虎怒吼：“局长——精英——跪下！”他再次扣动扳机，弹头钻进真光豪的大腿，真光豪立即单膝跪地。

李瑞虎冲过去，把枪口抵在真光豪额头上，怒吼道：“你是精英中的精英，能决定任何人生死。现在，你连狗屁都不是，连自己的生死都无法决定！”

不可一世的真光豪，直溜溜地跪在地上哀求道：“求求你别杀我。我卑鄙无耻、我低贱下流！只要你留我一条命，我给你一百万元——不——一千万元！”

李瑞虎瞥了一眼胸口“汩汩”冒血的道格拉斯，双手抖动一下，立即握紧手枪，慢慢地扣动扳机。

一个虚弱的声音传来，“不要开枪！”

李瑞虎循声望去，看到轩辕健倚靠在大石头上，满面血污，吃力地举着手，轻轻地摇头："他已经犯下死罪，他的命没有你的命值钱！"

李瑞虎凝视着匍匐在地的真光豪，慢慢地放下手枪。

李瑞虎捡起真光豪的手枪，跪在道格拉斯身边，认真地查看道格拉斯的伤势。

道格拉斯的胸口不再流血，血液已经在皮毛和草地上凝固。

道格拉斯凝视着李瑞虎，眼睛如夜空中星星，亮闪闪的。他咧开嘴，吐出半截粉红舌头，吃力地伸出毛茸茸的大爪子，放在李瑞虎脸颊上。

李瑞虎握住道格拉斯厚实的大爪子，肉垫不再像以前那样温热，而且还有些冰冷。

李瑞虎急促地喊道："你必须坚持住，很快就会有人来救我们，你一定会好起来的。"他扭头冲轩辕健撕心裂肺地吼道，"道格拉斯受伤了，快叫救护车！"

轩辕健哆哆嗦嗦地拿出手机，最后发现手机屏幕碎裂，无法使用。

李瑞虎低头望着道格拉斯。在摇曳的火光中，道格拉斯脸上的笑容慢慢消逝，蓝色瞳孔逐渐放大，双眼空洞无神，失去光泽，最后硕大的头歪到一边。

李瑞虎吼道："不要这样，我不许你这样！"他抱着道格拉斯毛茸茸的头，四下张望，不断高呼，"有人吗？救救我们！道格拉斯，你不能睡啊！"

火势越来越大，点燃了他们周围的树木。

"快走，快走啊！"轩辕健奋力呼喊，可惜目光呆滞的李瑞虎毫无反应。

滚滚浓烟、熊熊大火切断了他们所有退路。他们枯坐在火海中，无望地聆听野兽哀号。

树林深处出现两个人，循着枪声和火光，快速向他们靠近。

第十八章　意外访客

李瑞虎清醒过来时，发现自己已经躺在救护车上，两名医护人员在他身边忙碌。他感觉全身骨架散了，四肢剧痛，一动也不能动，连说话的力气都没有。

救护车呼啸着来到医院。

李瑞虎再次醒来时，看到明媚的阳光照进房间，听到窗外小鸟“叽叽喳喳”地叫着。邻床的轩辕健，头部缠着厚厚的绷带，一条手臂绑着石膏板，另一条手臂扎着吊针，有规律地发出鼾声。

他顾不上浑身疼痛，咬牙撑起身体，倚靠在床头上。

他想到昨夜发生的一切，感觉自己像从噩梦中走出来。他习惯性地伸手拿手机，手机却不在身边，估计昨夜遗失在树林里。

他按动床头的呼叫器，很快便有一名医生和两名警察进入病房。

医生一边检查李瑞虎的伤口一边问：“你感觉怎么样？哪里感觉不适？”

李瑞虎毫不在意地说：“除了伤口有点儿疼，其他还好。”

医生说：“你身上的伤，都是皮外伤，休息一周就好了，不过可能会留下轻微的疤痕。”

李瑞虎指指邻床的轩辕健：“他的伤势严重吗？”

医生说："他的伤势比你严重，头部受到撞击，身上多处划伤，左小臂骨裂。我们已经对他进行针对性治疗，估计要留院观察一段时间。"

警察指着李瑞虎，问医生："他现在可以接受询问了吧？"

医生点点头，退出病房。

两名警察扯过两把椅子，一起坐到李瑞虎面前。一个警察拿着记事本和钢笔，另一个警察打开执法记录仪。

不等警察询问，李瑞虎忍不住问道："警察先生，现场的其他人怎么样了？"

"除了你们两位，真光豪局长目前在ICU重症监护室。"警察不愿意多说一个字。

李瑞虎更关心道格拉斯，却不敢再问。

警察询问很多问题，李瑞虎都回答得详细且完整。他把流浪亚人格瑞特发现墨水仙的尸体、丽塔的牡丹项链、真光豪的藏金密室、他们潜入真光豪家核实，遭到真光豪追杀的事和盘托出，却隐瞒了筑灵机一事。

这时轩辕健醒过来，警察又让轩辕健做笔录。

做完笔录后，一个警察叮嘱李瑞虎和轩辕健："你们枪击真光豪的事情，警方要进一步核实；至于他家那些不明财产，警方要和相关部门联合查证。在此期间，我们希望你们对此事保密，不能擅自在任何媒体上发布。"

警察走后，李瑞虎问轩辕健："您把真光豪犯罪证据交给新闻媒体了吗？现在外面是什么情况？"

轩辕健说："我醒来就向护士借来电脑，把网络云盘存储的视频、昨晚我用义眼拍摄真光豪行凶的视频，全部传到网上，各大新闻媒体争相转载报道，警方已经查封了4号洋房。"

李瑞虎问："刚才警察没有问及道格拉斯，他在哪里，怎么样了？"

轩辕健摇摇头：“我不知道道格拉斯的情况。昨晚你晕过去后，大火包围了我们。我以为我们要葬身火海时，出现两个穿黑披风、戴兜帽的人。其中一个身材高大的人，把我、你、真光豪救出火海，背到公路边。不可思议的是，他左手抱着我，右手抱着你，背上背着真光豪，居然能一口气跑到公路边。”

李瑞虎惊呼：“不可能，我们三个人的体重起码有二百五十公斤，一个人怎能抱得动？既然他有这么大的本事，应该能救出道格拉斯。道格拉斯在哪里？”

“他把我们放在公路边上后，又冲进火海，直到救护车和消防车赶到，他也没回来。我的手机坏了，估计也是他帮我们叫的救援。”

李瑞虎闭上眼睛，脑海中不断闪现昨天晚上道格拉斯躺在他怀里、冲他微笑的画面。

他挣扎着起床，艰难地穿上拖鞋，吃力地站起来。

轩辕健低声喝道：“你还不能下床，快躺下！”

李瑞虎说：“道格拉斯只是受重伤，一定还活着。我把他找回来，不然他落到城市管理局的人手里就完蛋了！”

轩辕健按动呼叫器，医生和护士跑进病房。医生得知李瑞虎要出去，喊来两个护工把李瑞虎按到床上，并警告李瑞虎，他再乱动，就给他注射镇静剂。

李瑞虎只好乖乖地躺在床上。

医生和护工离开后，轩辕健劝导李瑞虎：“大火扑灭后，警察会搜查火场。我们都担心道格拉斯的安危，但是不能急。我们当务之急，是回家取换洗衣服，购买手机。”

李瑞虎看了一眼头部缠满绷带的轩辕健，长叹一口气。

轩辕健说：“我被人追杀导致汽车滚下山坡后自燃，不知道保险公司能不能理赔。要是能理赔，我打算购买一辆新款全自动无人驾驶汽车。”

快递员推门进来，递给轩辕健一个小包裹。

轩辕健拆开包裹，拿出在网店购买的两个手机和一台电脑笔记本。他把一个手机扔给李瑞虎：“最大品牌的最新款，你试试看。”

李瑞虎把随机赠送的电话卡插入手机，启动手机，登录网络云盘，下载以前保存的文件，然后翻看新闻。

各大网站和自媒体，纷纷报道真光豪违法乱纪的事情，引起理国国王高度重视，指示有关部门对真光豪立案调查。

李瑞虎担心地问轩辕健：“我觉得真光豪一个人不可能有这么大能量，他背后肯定有一个犯罪团伙。万一那个团伙成员报复我们，我们是不是很危险？”

轩辕健毫不在乎地说：“即便真光豪背后有犯罪团伙，现在真光豪毫无利用价值，谁还愿意为他冒险？不与他撇清关系就不错了。”

李瑞虎觉得轩辕健所言有理，心里稍微放宽。

一周后，李瑞虎伤势见好，能下床走动。轩辕健病情稳定，生活也能自理，医生便让他们回家休养。

他们从护士口中得知，真光豪也脱离危险，送到普通病房，但被警察二十四小时监视。

他们回到家后，换好衣服就携带户外用品，乘坐出租车赶往案发地。

司机一边开车一边跟他们闲聊：“你们也去‘真光之地’？前天和昨天有几个乘客坐我的车去那里。”

李瑞虎一头雾水：“什么‘真光之地’？”

司机说：“网红打卡地啊。警察局局长贪污受贿，在家里囤积大量金银珠宝，杀死情人藏尸，逃到那里连中数枪，引发山火。各大网红为了蹭流量，纷纷跑到那里直播，网友戏称那里为‘真光之地’。”

轩辕健用肘部暗暗碰了一下李瑞虎，示意李瑞虎不要说话。他附和司机：“我们也是闲着无聊赶时髦，看看贪官为什么会跑到那里。”

司机不屑地说：“真光豪充其量算是一个低级流氓，根本算不上什么贪官。他欺上瞒下、贪财好物，这样的人当上警察局局长，老百姓还能有安全感吗？”

李瑞虎和轩辕健不想聊这个话题，扭头望向窗外。

他们来到目的地附近一看，司机所言不虚，本来人迹罕至的山路，现在却堵得水泄不通。

李瑞虎和轩辕健不得不提前下车，步行前往案发地。

成为焦土的案发地，已经被警戒带围起来，还有一些警察维持秩序。

一些年轻人举着手机念念有词，一些老年人带着香火纸钱寻找合适的位置。

李瑞虎问轩辕健：“我们险些命丧这里，那些人怎么开心啊？”

轩辕健说：“我去问问。”他走到一个穿着健美紧身服的男人面前问道，“年轻人，你做什么呢？”

男人正在对着镜子涂裸色口红，嘟着嘴说：“我是主播，这里人气旺，平台给流量。我直播半天，就能增加几万粉丝。”

轩辕健吃惊地问：“网友这么关注真光豪吗？”

男人收起口红，往脸上喷润肤露：“真光豪是谁关我屁事儿，我只关心我直播间里的家人。家人让我来这里直播，我就来了。”

轩辕健上下打量男人：“你这副打扮，也有人关注？”

男人撇嘴：“现在是娱乐至死的时代，我不打扮成这样，怎么娱乐网友？去，去，别浪费我的时间。”他说完登录直播账号，开始在镜头前卖弄风骚。

轩辕健连连摇头，转身离去。

李瑞虎来到一脸虔诚地祭拜某位大神的老婆婆面前，问：“老人家，您祭拜哪位神仙呢？”

老婆婆说：“我在祈求神保佑真光豪局长化险为夷、长命百岁。”

李瑞虎不解地问：“真光豪不是贪污犯、杀人犯吗？神能保佑他吗？”

老婆婆瞪着浑浊的眼睛：“真光豪局长是我家亲戚，对我家人一直不薄。我家老头耳聋眼花，真光豪局长把他安排到警察局做门卫，待遇还不低。这样的好人，神为什么不保佑他呢？”

李瑞虎继续问：“新闻报道说，真光豪杀了一个女人呢。”

老婆婆满不在乎地说：“那个女人就是贱货，妄想做真光豪局长的小三。真光豪局长不答应，她就死皮赖脸地往上贴。哎呀，都是你瞎打岔，我少磕一个头。”她说完把李瑞虎推到一边，又重新磕头。

李瑞虎望着满脸虔诚的老婆婆，无奈地摇摇头，转身找到轩辕健，气愤地把老婆婆的话复述一遍。

轩辕健拍拍李瑞虎的肩头：“不管他们了，我们抓紧时间寻找道格拉斯的线索。”

他们在人群中穿梭，分头寻找道格拉斯的线索。

警戒线外，有唱歌跳舞的，有直播拍摄的，有跪拜求神的，到处挤满人。他们一直找到天黑，最后无功而返。

打车回家的路上，李瑞虎望着车流，若有所思地问：“社会怎么会变成这样呢？以后又会变成什么样呢？”

轩辕健微微一笑：“我们啊，别想那么多就好。我们不能强求别人，只能保证自己问心无愧。”

没有找到道格拉斯的线索，李瑞虎回家后打开笔记本电脑，再次投简历找工作。

第二天吃午饭时，轩辕健告诉李瑞虎：“邻居们得知我们出院，想一起来看望我们。我身体没有完全康复，你帮我把客厅打扫一遍，每个房间开窗通风。”

李瑞虎花半天时间，才准备妥当。

晚上，卫明星夫妇和摩根率先来到轩辕健家。卫明星夫妇带来中国特产绞股蓝枸杞贡菊草本养生茶，摩根带来他的面包厂生产的什锦水果蛋糕。

李瑞虎收下礼品，给他们端来热茶和点心。

卫明星问轩辕健：“听说你们受伤与真光豪有关，到底发生什么事了？”

轩辕健说：“此事涉及真光豪的案情，我们不便透露。我们聊点别的事情吧。最近社区内接连发生这么多事情，邻居们的聚会暂时不会举行了吧？”

卫明星说：“丽塔在聚会时遇害，我家墨水仙又死在真光豪家里，邻居们对此都心有余悸，暂时应该不会组织聚会了。”

卫静香说：“东方望月自首后，警察找到牡丹项链，拘捕了乔瑟夫，伊莎贝拉一直在做保释乔瑟夫的工作。不知道为什么，警察一直没有答应她。”

摩根补充道：“前几天，我在市卫生局办事时见到伊莎贝拉。她好像办理检测证明。我猜测，她可能感染了‘地狱病毒’或者‘异种病毒’，也可能患上‘地狱异种综合征’。”

门铃响起，李瑞虎起身开门。

白雪玉把两盒高级巧克力递给李瑞虎：“你和轩辕先生一人一盒，补补身子。”她说完径直走进客厅，与每个人打完招呼，就坐到沙发一端喝茶。

这时又有人敲门，来人是两手空空的瞬久天和一个年轻女孩。

女孩二十岁出头，面若满月，一双乌黑晶亮的眼睛总是笑眯眯的，戴着一副大黑框眼镜，黑色长发在脑后挽成发髻；中等身材，凹凸有致；穿着厚实的高领羊绒毛衣，紧身牛仔裤；手里捧着由白蔷薇、金百合、粉色康乃馨、满天星组成的花束。

李瑞虎望着瞬久天，指着女孩：“这位是——”

瞬久天把手搭在女孩肩上：“炎正的女儿炎时，我来时路上正好遇见她，我们就一起来了。”

炎时把鲜花塞到李瑞虎手里：“我听说轩辕叔叔出院了，就过来看看。”

李瑞虎把瞬久天和炎时带进客厅，把那束花插进花瓶。

卫静香看到炎时，就对轩辕健说：“卫爱莲也想过来看您，但是她最近交了一个男朋友。今天他们好不容易抽出时间约会，她就没过来。唉，这是轩辕阳失踪后，她第一次出去和男生约会。”

提到卫爱莲的现任男友，轩辕健脸上闪现一丝忧郁，缓声说道：“小阳把卫爱莲耽误了。现在她能从那段感情中走出来，我们就应该祝福她。她和现在的男友怎么认识的？”

卫静香说：“他们因为一起医患纠纷案件认识的。那个律师帮她打赢官司。后来律师主动追求她，他们便走到一起了。”

轩辕健点点头，没再说什么，扭头问炎时：“上次在丽塔家聚会时，你妈妈说你很忙，你到底忙什么呢？”

炎时尴尬地笑了笑：“大学课程很紧，我还要参加各种社团活动，就很少参加邻居的聚会。最近我爸妈忙着竞选国会参议院议员，我就代替他们过来看您。您气色真好，不知道您年龄的，还以为您四十岁出头呢。”

轩辕健哈哈大笑：“你这么说，我还真以为自己四十岁呢。”

炎时问：“我头一次听说卫爱莲姐姐和轩辕阳哥哥谈过恋爱，你们两家门当户对，他们因为什么分手的？”

轩辕健只好把轩辕阳失踪的事情简单地讲述一遍。

瞬久天似乎不耐烦了，狠狠地吐出一口电子烟，问轩辕健：“我今天来看你，不为别的，就是想知道真光豪到底是怎么回事。”

卫明星说：“此案还在调查中，一切以警方通报为准，我们不能以讹传讹。”

瞬久天白了卫明星一眼：“这里不是没有外人嘛，我们也是闲聊天。”他转向轩辕健，“你是当事人，网上那些关于案件的报道，到底是不是真的？”

轩辕健与李瑞虎对视一眼后，冲瞬久天点点头：“八九不离十吧。”

大家都沉默了。

瞬久天猛地站起来，愤愤地说：“真光豪就是愚蠢的混蛋，他本可以用更高明的手段除掉给他添麻烦的人，比如以墨水仙精神不正常为由，把她关进精神病医院软禁一辈子。唉，我都不知道他怎么能对那么漂亮又性感的小美女下死手！”

挨着瞬久天的白雪玉起身坐到角落里。

瞬久天问白雪玉：“你什么意思？”

白学玉冷冷地说道：“我必须离把杀人视为儿戏的资本家远一点儿，以确保我的人身安全，不然我死都不知道咋死的。”

轩辕健赶紧岔开话题：“白雪玉，最近你还那么忙吗？你负责的研发项目有没有进展？”

白雪玉不再搭理瞬久天，脸色变暖，起身走到轩辕健身边：“前段时间我得到神秘的帮助，研究项目获得突破性进展。”

李瑞虎忍不住插话：“突破性进展？是不是能生产廉价的抑制剂了？”

白雪玉说：“哪有那么快！我们以前的研究方向不对，现在我用纳米机器人编辑基因序列，合成新型蛋白质。也许不久后，实验室就能人工合成与抑制剂类似的药剂，并尽快投产。如果我们的研究获得成功，就不需要从亚人血液中提取，一些流浪亚人就不会遭到捕杀。”

摩根说：“自从市政府颁布新版《理国亚人行政管理办法》后，大量流浪亚人被抓捕和消杀，这是极不人道的。我参加的社群，下周举行游行示威活动，公开抗议新版《理国亚人行政管理办法》。你们想参加吗？”

白雪玉说：“我报名参加。流浪亚人本身就是不幸的，市政府再这样对待他们，根本没有人道可言。在座各位，谁能保证自己不会患上‘地狱异种综合征’，谁能保证自己不会变成亚人呢？”

炎时举手：“我也参加，我还要利用学校社团招募志愿者。白阿姨说得没错，市政府应该以更文明的方式对待弱势群体。”

瞬久天实在听不下去了，猛吸一口烟，大声说：“我真想不明白，流浪亚人都是毫无价值的社会垃圾，让他们消失不好吗？”

根本没有人搭理他。

轩辕健转头对李瑞虎说：“我想参加游行活动，怎奈身体状况不允许。你想不想去？”

李瑞虎想到道格拉斯和格瑞特，还有那些惨死的流浪亚人，很想参加。但是，他以前从未参加过游行示威活动，只好说道：“我社恐，害怕去人多的地方，这次就不去了。”

摩根上下打量李瑞虎：“你以后多参加几次社会活动就好了。白雪玉说得好，在人为制造的社会灾难面前，任何人都不是例外。这次我们对流浪亚人的遭遇袖手旁观，下次就会有人对我们的不幸熟视无睹。”

李瑞虎依旧连连摇头，还把身子往后缩了缩。

众位邻居又闲聊一会儿，便纷纷离去。轩辕健感到疲劳，也回房休息。

李瑞虎回到卧室，打开电脑，继续在网上投简历，不知不觉就到了深夜。

当他看《火星探秘真人秀》时，楼上健身房传来“咚”一声闷响，随后是脚步声。

“健身房里有人？”李瑞虎心想，“这么晚了，轩辕健身体尚未康复，不可能去健身房，难道家里来贼了？”

李瑞虎披上外衣，把手机揣进口袋，从床头柜抽屉里掏出美工刀，光着脚轻轻地摸到三楼。

来到健身室门口，李瑞虎屏住呼吸，握紧美工刀，猛地推开门，“啪”的一下打开电灯。

一个穿着黑色紧身运动服的身影映入李瑞虎的眼帘。那个人背对着李瑞虎，趴在跑步机上嗅什么。

突然亮起的电灯，让那个人缓缓站起身。高大魁梧的身材，犹如一座铁塔。

李瑞虎似乎出现幻觉，脱口喊道：“道格拉斯？你是道格拉斯吗？”

那个人没有回答。

李瑞虎注意到，那个人身后拖着一根细长的白色尾巴，还在不停地来回摆动，由此确定他不是道格拉斯。

李瑞虎向左右看了看，发现角落里还站着一个人。

那个人披着黑色斗篷，戴着兜帽，看不见脸。从身形判断，应该是女人。

窗户大开，温暖的春风拂动白纱窗帘。

这两个人应该是从窗户进来的。

李瑞虎掏出手机，喝道：“你们是什么人，来这里做什么？赶紧出去，不然我要报警了！”

李瑞虎话音未落，那个高大魁梧的人纵身一跃来到李瑞虎身边，抓住李瑞虎握着美工刀的左手和拿着手机的右手，轻轻一捏，美工刀和手机便落到地上。

李瑞虎看到面前出现一张长满白色鬃毛的狮子脸，脸上一对金瞳中射出的目光，锐利且霸气。他低头扫了一眼抓住他双腕的毛茸茸的白色大爪子，顿时吓得浑身发抖。

白狮亚人张开血盆大口，一股血腥味儿喷到李瑞虎脸上，似乎一口就能咬掉李瑞虎的半个脑袋。

站在角落里的女人低声喝道：“放开他！”

她的声音，李瑞虎听起来十分耳熟。

白狮亚人闭上嘴，依旧没有松开爪子。

李瑞虎扭头望向女人。女人把兜帽慢慢摘下，走向李瑞虎。

李瑞虎惊呼：“炎时？怎么是你？”

炎时严肃地说：“是我，不要害怕。你把轩辕叔叫醒，我们有急事找他。”

李瑞虎带领他们来到轩辕健的卧室门口。

李瑞虎接连敲了几下房门，轩辕健才一脸惺忪地走出来。

炎时从斗篷里掏出一个自封袋递给轩辕健。自封袋里装着一只沾满泥巴的棕色皮鞋。

轩辕健看到这只鞋，恍然大悟，转身从衣帽间拿来一只同样沾满泥巴的皮鞋。

两只皮鞋放在一起，正好是一双。

轩辕健问炎时：“你拿来的这只鞋，是我遭遇车祸那天在树林里丢失的，你在哪里捡到的？”

李瑞虎不等炎时说话，急迫地问：“是你们把我们从火海里救出来的吗？你们看到道格拉斯了吗？”

炎时点点头，说：“我们去客厅聊吧。”

第十九章　正善会

轩辕健、李瑞虎、炎时和白狮亚人来到客厅，坐到沙发上。

炎时指着白狮亚人介绍道："这位是'正善会'水月堂堂主伊飞凡，我是他的助手。就是他从'真光之地'把你们从火海里救出来的。当时我也在现场，不过只是帮助你们报警，叫来救护车和消防队。"

听到"正善会"三个字，轩辕健一怔，问炎时："现在警方正在通缉'正善会'成员，你怎么还要加入'正善会'？你父母知道吗？"

炎时毫不在乎地说："只有亚人才有资格加入'正善会'，我只能作为志愿者协助'正善会'救助流浪亚人。我父母不知道这件事，我也不希望他们知道，还望你们能为我保密。"

轩辕健接着问："警方都找不到'正善会'成员，你是怎么与他们取得联系的？"

炎时犹犹豫豫地说："其实——我是业余黑客，对'正善会'非常感兴趣，心血来潮就入侵父母的电脑，查看有关'正善会'和流浪亚人的资料。我经过对那些数据进行分析和推理，就找到了'正善会'的一个据点。"

李瑞虎一脸惊诧："'正善会'有很多据点吗？"

炎时回答："是的，不过大多设在下水道、废弃隧道、荒废的建筑物、森林深处山洞内。你们发生车祸的地方附近就有一个‘正善会’的据点。那天晚上，我给他们运送一批医疗物资，然后和伊飞凡在树林里巡逻，恰巧发现受伤的你们。不过，现在去那里的人太多了，据点里的亚人不得不搬到别的地方。”

轩辕健指点炎时：“你这么做，早晚会被警方发现的。一旦警方发现你资助‘正善会’成员，罪过就太了。你想过后果吗？”

炎时纠正道：“开始我也相信官方媒体的报道，不但憎恨流浪亚人，还想帮助父母把‘正善会’成员一网打尽。但是，我真正接触‘正善会’成员之后，我的想法就改变了。没错，‘正善会’确实是盗窃团伙，但是他们把盗窃来的财物，几乎全部用来救助流浪亚人。轩辕叔，最近有关部门联手捕杀流浪亚人，官方媒体之所以宣称流浪亚人危害社会，旨在合法捕杀流浪亚人，从流浪亚人血液中提取抑制剂给那些权贵富豪续命，甚至还以此打造其他更肮脏的产业链、利益链。”

轩辕健闭上眼靠在沙发上，轻轻地揉捏鼻梁。

伊飞凡的声音低沉浑厚：“我们本来就是不幸的人，那些权贵还想榨干我们最后一滴血，我们不反抗只有一条死路可走。”

炎时补充道：“‘正善会’成员，只盗窃贪官污吏、土豪恶霸的钱财。”

李瑞虎这时才想起道格拉斯，赶紧问道：“你们见到道格拉斯了吗？就是当时与我们在一起的犬亚人。你们知道他现在在哪里，怎么样了？”

炎时看了伊飞凡一眼。伊飞凡说：“那个犬亚人，因心脏中弹当场死亡。我把他送到据点附近，与其他死去的亚人埋在一起。”

对此，李瑞虎虽然早有心理准备，但是听到确切消息，还是感觉天旋地转。

轩辕健拿起纸巾，擦了擦眼睛，缓声问炎时：“你深夜来找我，应该有事儿吧？”

炎时支支吾吾地说：“我们本来不想深夜打扰您，只因有一件事情不得不来。”她示意伊飞凡讲话。

伊飞凡思忖几秒钟，说：“一年前，我被‘正善会’会长托比卡斯从死神手里救出来，大脑中却只有最近几年的记忆，无法想起过去的经历。那天晚上我抱着您时，闻到您身上有我非常熟悉的气味，因此我才拿走您的鞋子，想日后循着鞋子的味道找到您。没想到炎时认识您，我就求她带我来找您。”

伊飞凡说完，起身摘下兜帽，露出白毛狮头，跪在轩辕健面前，伸出雪白大爪子，抓起轩辕健的手，从手背一直嗅到肩上。

突然，伊飞凡语无伦次地说：“是爸爸——是爸爸——是爸爸的味道——”他泪眼婆娑地望着轩辕健，“爸爸，我是小阳啊！”

轩辕健直瞪瞪地望着伊飞凡，全身如雕塑一般僵硬。

李瑞虎也瞪大眼睛，上下打量伊飞凡。

轩辕健摇摇头，不敢相信伊飞凡的话。

伊飞凡肯定地说：“我忘记了一切，但我没有忘记爸爸身上的气味。爸爸，我确实是小阳啊。”

轩辕健胸口剧烈起伏，勉强撑住摇摇晃晃的身体，吃力地说：“不，不可能，绝对不可能。”他指着伊飞凡，手指不停地战抖，“你——你到底是谁，为什么要冒充我儿子？”

伊飞凡放开轩辕健的手，缓声说道：“我只剩下一点点变成亚人前的记忆了。我只记得某天我去机场的路上，被一伙不明身份的人拦截。他们把我带到一个地方软禁起来，强迫我做奴隶。我不服从他们的命令，他们就用各种手段折磨我。”

“你被软禁起来，怎么还能感染‘地狱病毒’和‘异种病毒’呢？”

轩辕健不动声色地问道。

伊飞凡平静地说："我宁死不屈，他们就给我注射病毒，活生生地把我变成亚人，旨在让我和一些人厮杀，供他们取乐。他们不给我食物，等我饿疯时，就把一个人放进我的笼子里。我已经失去记忆，我——我——"

轩辕健盯着伊飞凡问："你杀死多少人？"

"二十七个。他们不但逼我杀人，还逼我吃他们的尸体，那些尸体是保证我活下去的唯一食物。每次我杀人吃人时，他们就像看一场精彩演出，从我的血腥杀戮与猎物绝望的哀号中获得快感。直到托比卡斯去那里偷窃钱财，无意中发现我，冒着生命危险把我救出来，我就加入'正善会'了。"

轩辕健问："你现在还吃人吗？"

伊飞凡说："托比卡斯说，我们不是吃人的怪物，'正善会'成员不能杀人吃人，因此我放弃复仇的念头，一心一意救助水月市的流浪亚人。"他望着轩辕健，"我没有指望您现在就认下我，而且我现在也不能确定您是我爸爸。刚才我闻到您身上有我爸爸的味道，希望您能谅解我的冲动行为。"

轩辕健眉头紧锁，凝视着伊飞凡："我有办法能证明你是不是我儿子，你愿意尝试吗？"

伊飞凡激动地说："我愿意。您有什么办法？"

轩辕健看了李瑞虎一眼，说："你陪炎时在这里聊一会儿。"他起身对伊飞凡说，"你跟我去二楼。"

李瑞虎立即明白轩辕健的意图，点头答应。

轩辕健和伊飞凡离开后，李瑞虎没话找话，问炎时："'正善会'到底是什么性质的组织？"

炎时盯着手机，头也不抬："我不能向任何人透露'正善会'的事情。如果我违例，就不能做志愿者了。"

李瑞虎无奈地说："好吧，我只是有点儿好奇。"

他们都盯着手机，客厅内静得可怕。

几分钟后，李瑞虎耳边传来炎时的声音："社区里，只有你和轩辕叔知道我的秘密，你应该不是那种人吧？"

李瑞虎抬头盯着炎时："哪种人？"

"就是那种整天抱怨社会不公、抱怨所有人无情、想要毁天灭地的人。他们眼睁睁地看着社会风气越来越坏，却从不采取实际行动，为社会变得健康尽自己微薄之力。"

李瑞虎真诚地说："我不是那种人。我的处世原则是，先把自己照顾好，如果有能力再把社会变好，尽管让社会变好确实很难。"

炎时想了想，缓声说道："其实我也渴望有人和我交流，但是找不到愿意倾听我说话的人。你对'正善会'感兴趣，我就给你讲一些不违反'正善会'规定的事情。托比卡斯是熊亚人，我觉得她长得像中国熊猫。她比伊飞凡体型小，但是力量极大，还极具智慧。她非常有人格魅力，很多流浪亚人主动追随她，愿意在她的领导下战斗和生存。她独自策划多起盗窃案，确保众多流浪亚人不至于饿死街头。"

见炎时一脸崇拜的样子，李瑞虎不得不问："你给予她这么高的评价，是不是她的铁粉？"

炎时一本正经地说："没错，我就是托比卡斯的铁粉。她安排我做什么，我就做什么。她让我在水月市辅助伊飞凡救助流浪亚人，我通过黑客技术获得城市管理局抓捕流浪亚人的行动计划，事先向她汇报，伊飞凡就带领流浪亚人躲到安全的地方。"

李瑞虎问："警方正在围剿'正善会'成员。你父亲是城市管理局局长，负责抓捕流浪亚人。你母亲在市卫生局工作，负责处理被抓捕的流浪亚人。一旦你的行为被人发现，政府不但不会放过你，还会殃及你父母。你的身份如此特殊，为了追随一个流浪亚人，这么做值得吗？”

炎时说：“我父母确实对我很好，说是溺爱也不过分。从小到大，我要什么，不要什么，他们都会尽力满足我。他们让我感到幸福快乐，却对我一无所求。我当然爱他们，不会伤害他们的感情和利益。父亲正在竞选国家参议院议员，我会全力支持他。”

李瑞虎不由得想到自己的家庭情况，顿时对炎时心生羡慕。

炎时继续说道：“只有抓捕流浪亚人这件事，我无法与父母站在一起。我只能私下行动，希望能弥补他们造成的错误。有时我真想不明白，现在是 2130 年，我们能飞到火星定居，为什么就不能想出更好的办法与亚人和谐相处呢？亚人曾经不也都是正常的人吗？”

李瑞虎一时语塞，转而说道：“社会复杂，人心叵测。你还小，长大后会想明白的。”

炎时望着眼前花瓶里的白蔷薇，陷入沉思。

这时，轩辕健和伊飞凡从二楼下来，走到李瑞虎和炎时面前。

伊飞凡对轩辕健说：“我会认真考虑您的建议。如果我做出决定，炎时会及时联系你们的。”

炎时也站起来，问伊飞凡：“你又给我派什么任务？”

伊飞凡说：“暂时保密。”

炎时噘着嘴问：“就因为我不是‘正善会’成员，什么都对我保密？”

伊飞凡说：“托比卡斯特意交代过，不能让你参与任何重要行动。她还让我必须保护你的人身安全，不让你陷入危险中。”他转过身，用细长的白毛尾巴从花瓶里卷起一支白蔷薇，然后把兜帽套在头上，“我向托比卡斯建议过很多次，让你远离‘正善会’，可是她一直不忍心开除你。我要在天亮之前赶回据点，你家就在附近，我就不送你回家了。”

炎时点点头。

伊飞凡快速甩动尾巴，那支白蔷薇射出去，击中四米外墙上的开关。

客厅里顿时一片漆黑。

开窗的声音消失后，李瑞虎感到温暖的夜风轻轻拂在脸上。

三天后，李瑞虎从市区面试归来，轩辕健对他说：“炎时向托比卡斯汇报伊飞凡与我们见面的事，也谈及我们寻找道格拉斯下落的事。托比卡斯同意把埋葬道格拉斯的地方告诉我们。”

李瑞虎迫不及待说：“我们现在就去吧。”

轩辕健说：“那里路况不好，我刚买新车，还不熟悉驾驶方式，明天再去吧。”

次日，轩辕健用语音操控全自动无人驾驶汽车，来到“真光之地”附近的树林边。按照炎时提供的地址，他们步行来到树林深处的一片墓地。

那里有十几个用碎石和沙土简单堆砌的坟包，他们分不清哪个是道格拉斯的坟墓。

一个坟包上插着木板。他们走过去，看见木板正面刻着道格拉斯的头像，背面写着墓志铭——飞吧，无辜的羊羔们；飞吧，去没有歧视与压迫的天堂。

李瑞虎指着木板说：“道格拉斯就在下面。”他说完跪在坟包前，泪流满面，“道格拉斯，谢谢你为我做的一切。没有你，我已经溺死在命运的旋涡中。请你相信我，我会珍惜当下的每一天。”

轩辕健冲坟包微微躬身：“道格拉斯，谢谢你救了我的命，愿你在天堂安息！”

祭拜完毕，李瑞虎和轩辕健驱车回家。

路上，轩辕健望着一言不发的李瑞虎，问：“你还好吧？到家后我要整理道格拉斯房间的遗物。如果你承受不了睹物思人之苦，就不要去他的房间了。”

李瑞虎摇摇头：“整理道格拉斯的遗物，也是对他的一种祭奠，我必须参加。只是我闭上眼睛，就能看见他在我面前微笑，我永远无法忘记他。”

轩辕健劝解道：“每个人都有独立的思想，我们并不能真正拥有一个人。我们只能在生命的一段时间里，与别人互相陪伴与依靠。感激相遇再接受分别，就是人生。”

回到家里，疲惫的轩辕健点了丰富的中餐外卖。他们坐在沙发上，边吃边看电视新闻。

新闻画面上，数千人静坐在市政府门前的大街上，举着旗子和牌子，抗议市政府一个月前颁布的《理国亚人行政管理办法》。

还有人举着黑白色的亚人遗像。那些亚人，应该是他们的亲人或者朋友。

一个低沉浑厚的声音从二楼楼梯口传来：“你们现在有空吗？”

李瑞虎和轩辕健几乎同时扭头，看到披着黑斗篷、戴着兜帽的伊飞凡站在二楼楼梯转角处。

轩辕健冲伊飞凡招手，示意他过来。

伊飞凡一跃而起，跳到轩辕健身边，摘下兜帽：“炎时和同学参加示威游行，我觉得无聊，就过来看望你们。”

李瑞虎问：“你又从三楼窗口进来的？”

伊飞凡点点头。

轩辕健指着茶几上的餐盒说：“你吃过饭了吗？和我们一起吃点儿吧。”

伊飞凡坐下，扫视茶几上的快餐，问轩辕健：“这是什么食物？”

轩辕健递给伊飞凡一个餐盒：“蒜蓉西兰花，这是小阳以前最喜欢的菜。”

伊飞凡把餐盒放在鼻孔下嗅了嗅，立即放下：“好恶心的味道。什么是西兰花？我可不爱吃。现在我爱吃生肉。”

李瑞虎把另一个餐盒放在伊飞凡面前：“这是糖醋里脊，你应该喜欢。”

伊飞凡把嘴巴附在餐盒上嗅了嗅，伸出舌头舔了舔，点点头：“味道确实不错！”他说完张开血盆大口，把整盒糖醋炸里脊肉倒进嘴里，吧唧几下就咽下去。

轩辕健望着伊飞凡：“你考虑得怎么样了？”

伊飞凡不假思索地说：“我同意您用筑灵机读取我的记忆信息，但限于读取我变成亚人之前的记忆信息。”

轩辕健问：“为什么？如果仅限于你加入‘正善会’之前的记忆信息我还能理解，毕竟你不能泄露‘正善会’的机密。”

李瑞虎插话：“是不是你不敢面对变成亚人后那段痛苦的经历？”

伊飞凡摇摇头：“不，我已经坦然接受自己的所有经历。我已经放下过去，全身心投入拯救流浪亚人的工作。”

轩辕健不解地问道：“那是为什么呢？”

伊飞凡犹豫一下，说：“如果你们看到我变成亚人后，吃掉二十七个人的血腥场面，肯定承受不了的。”

轩辕健摇摇头：“我知道了，我答应你。”

接下来的一个星期里，伊飞凡三次夜入轩辕健家，让轩辕健和李瑞虎读取他的记忆信息。

实验室内，李瑞虎对轩辕健说："我和大天使进入伊飞凡的元宇宙，读取他被绑架之前的记忆信息。虽然都是记忆碎片，但他参加塞巴斯汀慈善拍卖会那段记忆信息却非常完整，与我以前在你的元宇宙里读取的记忆信息完全吻合。由此可以断定，伊飞凡就是小阳。"

轩辕健盯着电脑屏幕上的记忆信息记录："根据大天使提供的数据表明，伊飞凡有百分之九十九的概率是小阳。"

李瑞虎问："接下来我们做什么？就算他是小阳，可他现在——"

轩辕健说："我不得不使用筑灵机的建造记忆功能，帮助伊飞凡恢复记忆。好在这些年我把小阳的信息库建好，有你和大天使帮忙，接下来就看伊飞凡的造化了。"

他们从实验室走出来，听到三楼传来"砰砰"的声音。他们循着声音来到健身房，看见伊飞凡在投掷飞镖。

伊飞凡昂首挺胸地站在靶前三米处，捏着三把锋利小刀。小刀没有刀柄，取而代之的是钢圈。

伊飞凡捏着刀背，用尾巴尖儿卷住钢圈，瞄准靶心，快速甩动，把小刀投向镖靶。

三把小刀都射在九环位置。

伊飞凡过去拔出小刀，扭头冲李瑞虎和轩辕健举了举小刀："炎时在网上给我定制的武器，我还没有熟练掌握。"

轩辕健接过小刀看了看："刀刃很锋利，可以防身。"

伊飞凡扭头望着镖靶："这种小刀虽然没有我的爪子和牙齿锋利，不过可以远距离攻击敌人。唉，我只有做到百发百中后，才敢发全力。"

李瑞虎走到镖靶前看了看："小刀已经穿透标靶了，你还没有发全力吗？"

伊飞凡耸耸肩："没办法，我力大无穷，稍微发力，就可能把墙面破坏了。"

轩辕健摆弄着小刀，问伊飞凡："炎时对你挺用心的。这个小姑娘不错，你要好好待她。"

伊飞凡说："她对我确实很好。无论我怎么凶她，她都不生气，还一心一意地辅助我工作。我想到的，她已经做好；我没有想到的，她已经准备好。"他忽然呈现恍然大悟的样子，"她——是不是喜欢上我了？"

李瑞虎心里明白，炎时崇拜的人只有托比卡斯，可他不好意思提醒伊飞凡。

轩辕健显然不知道伊飞凡误会了炎时，说："感情嘛，随缘随遇，不可强求。我们当下最要紧的事情，是如何恢复你的记忆。"

伊飞凡冲轩辕健伸出毛茸茸的大爪子："谈正事之前，我还要求您帮我办一件事。"

轩辕健一怔，问："你要我办什么事？"

伊飞凡说："我今晚没有捕猎，还饿着肚子。上次你们给我吃的酸甜味道的肉，我想吃四份，不，我想吃五份。"

轩辕健立刻拿起手机，笑着说："没问题，一小时内就能送到。你喜欢酸甜口味儿，我们换成菠萝咕噜肉试试，那也是小阳最喜欢的中餐。"

伊飞凡放下大爪子，点头同意，惬意地摇着尾巴。

第二十章　听涛祈祷

在市民严厉抗议下，水月市政府废止了《理国亚人行政管理办法》。

城市管理局停止一切捕杀流浪亚人的行动，等待修订新的亚人管理条例。

市民在大街上欢呼、拥抱，庆祝胜利。

李瑞虎和轩辕健通过筑灵机，帮助伊飞凡恢复记忆。

两个星期后的一个阳光明媚的上午，轩辕健驾车载着李瑞虎和伊飞凡，到水月市碧海银沙海滩度假。

去海边的路上，李瑞虎看到一座荒凉残破的庙宇，貌似几百年前的建筑，便问轩辕健：“这座庙如此破旧，是什么庙？”

轩辕健说：“那是五百年前双神教信徒举行祭祀仪式建造的寺庙，曾经风光无两。双神教是理国本土宗教，但理国现在只有四分之一人口是原住民，其中信奉双神教的人少之又少，此庙因此荒废，只能当作文化遗址。”

李瑞虎问：“双神教？我从来没听说过，应该不是有名的大宗教吧？”

伊飞凡插话：“你不知道双神教吗？双神教的由来，可是每个在理国长大的孩子都知道的神话故事，就像中国古代神话故事中女娲造人、盘古开天辟地一样家喻户晓、妇孺皆知。”

看到李瑞虎一头雾水的样子，伊飞凡就给他讲述双神教的故事。

很久以前，理国有两位创世神，分别是主宰善良的善神、主宰邪恶的恶神。

善恶双神都想创造出自己理想中的完美世界，并为此不懈地努力奋斗。

恶神孕育出邪恶，但是邪恶并没有成长性。无论经历多少岁月演化，邪恶总是无原则无底线地腐败堕落。

邪恶只有通过捕食善良才能活下去，因此邪恶只能像恶狼捕杀羔羊一样捕食善良。许多善良因此几乎被邪恶捕食殆尽。

善神孕育出善良，善良具有成长性。善良从最初的天真、纯洁，逐渐变得坚强、勇敢、智慧，最后蜕变为正义的化身。

极少数的善良最后成为正义，然后捕食邪恶。

只有足够多的正义，才能保证更多善良存活。

只有正义死亡后，邪恶才能大量捕食善良，重新滋生。

当邪恶过度稀少，正义也会慢慢饿死。

当善良过度稀少，邪恶也会慢慢饿死。

善神与恶神的争斗持续了好多个世纪，都没有分出胜负。

双神厌倦了永无休止的争斗，于是他们决定休战，共同建造完美世界。

双神合力创造出人，把善与恶灌注到人的品质中。

每个人都是善神与恶神的孩子，体内都有善良与邪恶。

双神希望，人能创造出他们心目中的完美世界——双神都无法创造的完美世界。

伊飞凡声情并茂地讲述完双神教的起源后，提醒李瑞虎：“如果你对双神教感兴趣，可以去水月市国家博物馆查阅古代经书、画卷等历史文献。”

他们说着聊着，就来到海滩。

海水尚凉，海滩上游客很少。他们走到远离人群的休息区，放下背包。

伊飞凡换上泳裤，戴着泳镜，抱着冲浪板跑到海里。

李瑞虎和轩辕健赤脚走在白色沙滩上，任海水冲刷脚背，观看伊飞凡踏着特大冲浪板在海浪中间驰骋。

李瑞虎说：“我们来这里来对了，伊飞凡非常开心。”

轩辕健说：“小阳一直喜欢冲浪，伊飞凡自然也会喜欢。现在市政府废止了《理国亚人行政管理办法》，流浪亚人不再面对严峻的死亡威胁，他也不用整日东躲西藏、费尽心机拯救流浪亚人，自然会开心。”

李瑞虎沉思一会儿，问轩辕健：“城市管理局只是不再捕杀流浪亚人，并没有给流浪亚人提供相应的生活保障措施。流浪亚人已经丧失基本生存能力，以后他们怎么办？”

轩辕健说：“我从社区信息群里了解到，一些公益组织正在面向社会筹集资金，准备在各大城市建立流浪亚人收容所和救助站，以此解决流浪亚人住宿和饮食问题。我们社区里的人，都在商量捐钱的事情。今后相关部门还可以培养亚人生存技能，让他们学会独立生存。”

“如果亚人能自食其力，就不会危害社会了。”

“唉，我们只能为亚人尽一点儿绵薄之力，要想彻底改变亚人的命运，政府必须承担重要责任。”轩辕健停顿一下，转移话题，“你母亲现在怎么样？”

李瑞虎似乎不愿意提及这个话题，长叹一口气：“她的情况不太乐观，一直借住在远房亲戚家，也没有人照顾她。如果我再找不到工作，只能搬回镜花市，一边找工作一边照顾她。”

轩辕健说：“我能和伊飞凡团聚，多亏你的帮助，我也想为你做点什么。我在镜花市有个公司合伙人，是我多年的朋友。他在镜花市开办一家疗养院，为了便于我去疗养，给我留出一个套房。我可以让他把那个套房让你母亲居住。当然，一切费用由我承担。另外，你母亲精神状态不好，我让朋友去镜花市残疾人保障中心，为她申请残疾人救济金，也能减轻你的经济负担。”

李瑞虎没想到，轩辕健能想得如此周到细致，感动得不知道说什么好，只能语无伦次地说着“谢谢”。

他们回到休息区。轩辕健拿出烧烤架、木炭、牛排、冷冻香肠、厚切培根、速冻三文鱼排、速冻鳕鱼排、土司、玉米棒和香槟，一边喝香槟一边准备烧烤。

李瑞虎打开一罐橙汁，边喝边协助轩辕健。

轩辕健问：“真光豪一直没有消息，最近警察联系过你吗？”

李瑞虎摇摇头：“警方还说让我们出庭指证呢，结果好像把我们遗忘了。难道警方想包庇真光豪？”

轩辕健说：“我们不能低估真光豪社会人脉的活动能量。”他做完烧烤前的准备工作后，见时间尚早，便躺在躺椅上晒太阳。

轩辕健望着冲浪的伊飞凡，喝下一口香槟：“小阳回来后，我在考虑如何处理筑灵机。”

李瑞虎望着陷入沉思的轩辕健：“您想怎么处理？”

“我想销毁它。它因小阳失踪而生，现在小阳回来了，它已经完成了它的使命，没有存在的必要了。”

李瑞虎大吃一惊：“它可是倾注了您几年的心血，怎能说销毁就销毁呢？它被销毁后，大天使还会出现吗？”

轩辕健缓声说道："筑灵机也好，大天使也罢，只是一台机器、一些代码而已。有些东西，在不同使用者手里，就能发挥不同的作用。比如核能量，有人用它杀人，有人用它发电。假如居心不良之人得到筑灵机，在私欲和利益驱使下，他们会做出什么事情呢？"

李瑞虎说："凡事都是两面性，我们总不能惧怕它们的负面作用就讳疾忌医，不然社会怎么向前发展呢？筑灵机是一项伟大的发明，能解决很多当下人类无法解决的问题。"

轩辕健把头扭到一边，久久没有说话。

过了一会儿，轩辕健收回视线："你的话有一定的道理，我可以保留筑灵机，好好利用它。在元宇宙读取真光豪的记忆信息时，你进入小木屋后，发现小木屋里漆黑一片，缘于真光豪的记忆信息被人为删除了。"

李瑞虎听得一头雾水："人为删除？什么意思？"

"我推测，他的记忆信息可能在我们读取之前被人动过手脚，防止被其他人读取。"

李瑞虎手一抖，杯子里的橙汁差点儿洒出来："难道世界上还有类似筑灵机的产品？"

轩辕健说："这种技术早晚会普及的，我能研发出筑灵机，为什么别人不能？如果我的推断成立，有人抢先一步删除真光豪的记忆信息，阻止我们获得真光豪无法见人的经历。看来我还不能退休，还得继续完善筑灵机的功能。"

轩辕健说到这里，义眼发出强烈的暗红色光。

看到轩辕健斗志昂扬的样子，李瑞虎吓得连忙起身，走到轩辕健面前，不停地挥手："您先冷静一下，这些只是您的假设，不一定是真的。"

轩辕健严肃地盯着李瑞虎："我需要帮手，你愿意加入我的团队吗？”

李瑞虎蒙圈了：“让我加入您的团队？我能做什么？”

“我想再成立一家公司，名字嘛，暂时叫作听海，专门从事筑灵机研发与应用。你做我的助理，协助我完善筑灵机的功能。”

李瑞虎挠挠头：“我连便利店理货和收银的工作都做不好，整天被店长骂。您让我协助您工作，我担心我只能给您添乱。”

轩辕健肯定地说：“你要知道，宝贝放错了地方，就等同于废物。如果我做便利店理货或者收银的工作，可能还不如你呢。经过这段时间合作，我觉得你非常适合做我的助理，而且一定会成为优秀的助理。你现在最缺乏的是自信，你要相信自己。”

受到鼓舞的李瑞虎，面向轩辕健，深深地鞠了一躬：“谢谢您的肯定和鼓励，我愿意加入您的团队。”

轩辕健起身把一只手搭在李瑞虎肩上：“我必须提醒你，这份工作存在未知危险，你可能会受伤。你要考虑好。”

李瑞虎说：“科研工作嘛，总得有人付出和牺牲。我已经见过恶魔和死神，我想我应该准备好了。轩辕总经理，李瑞虎向您报到！”

“热烈欢迎！不过，你不能叫我总经理。”

“叫您什么？”

“我年纪大了，精力不济，准备把听海公司交给小阳，也就是现在的伊飞凡。但是他的亚人身份，在今后社会活动中肯定存在诸多不便，必须有人辅助他。你负责照顾他，我就能踏实地做我的研发工作了。”

李瑞虎想了想：“伊飞凡现在担任‘正善会’水月堂堂主，致力于救助流浪亚人，他愿意接您的班吗？”

轩辕健说：“这些事还都在计划中，我们慢慢落实吧。”他看看手表，“哎呀，我们只顾聊天了，赶紧烤肉。”

烧烤架上的食物熟了，香气飘到很远。

伊飞凡上岸，雪白的毛发淌着水滴。他一手拎着冲浪板，一手抹着头顶上的鬃毛，引起游人注目。

伊飞凡放下冲浪板，摘掉泳镜，用力甩净脑袋和身体的海水，走到轩辕健面前：“爸爸，您和小虎聊什么呢？”

轩辕健问：“我们聊你的冲浪水平很高。肉烤好了，你过来吃吧。”

伊飞凡披上大浴巾：“恢复记忆后，我才知道我最喜欢大海。”

李瑞虎问伊飞凡：“你现在游泳和冲浪，感觉和以前有什么变化？”

伊飞凡拿起一瓶水，歪着脑袋想了想：“变化肯定是有的。现在我浑身是毛，沾水后身体沉重，没有以前游得快。”他问李瑞虎，“你怎么不下去游两圈？”

李瑞虎说：“我游泳技术不好，在游泳池里还能勉强游一会儿。”

伊飞凡喝完水，说：“我一个人游泳没有意思，你陪我游一会儿吧。有我在，你不会溺水的。”他不等李瑞虎同意，像扛起布娃娃一样扛起李瑞虎，扔到海里。

轩辕健望着他们呼喊：“你们先吃烤肉吧，吃饱了再游。”

海滩野餐结束后，他们在夕阳的余晖下开车回家。

轩辕健告诉伊飞凡：“小阳，我把你回家的消息发到社区群里，邻居们纷纷恭喜我，卫爱莲还说下班后过来看你。你还记得卫爱莲吗？”

“卫爱莲？”伊飞凡用爪子挠着脑袋，苦苦思索一会儿，“有模糊的印象。她好像是和我一起攻读博士学位的同学，我们关系还不错。唉，我只能想起这么多了。”

李瑞虎提醒伊飞凡：“卫爱莲曾经告诉我，六年前，你是她的初恋。你失踪后，她对你念念不忘，一直没找男朋友。如果你们见面后，你说不记得她，她一定会非常难过的。”

伊飞凡用大爪子拍打脑袋："我知道应该怎么做了。"

轩辕健三人回到家里不久，卫爱莲就来拜访。

李瑞虎和轩辕健给卫爱莲端来饮品和水果后，便找借口躲进厨房偷听。

伊飞凡换上笔挺的超大号奶酪色西服，头上的白色鬃毛梳得整整齐齐，看上去英气逼人、仪表堂堂。

面对这样的伊飞凡，卫爱莲迎上去，打量伊飞凡的白毛狮头，失声问道："你真是小阳吗？你还认识我吗？"

"小莲！"伊飞凡紧紧拥住卫爱莲，迟迟不肯松开，直到卫爱莲因为窒息干咳。

伊飞凡连忙松开卫爱莲："对不起，我太冒失了。"他拉着卫爱莲坐到沙发上。

卫爱莲故意与伊飞凡拉开距离，低着头，尴尬地搓手。

伊飞凡一时间也不知道从何说起。

半晌过后，卫爱莲打破沉默："小阳，得知你回家，我非常开心。我还以为你——"她停顿一下，貌似下了很大决心，"婚姻是两个人进入彼此的生活，并在余生里支持和信任彼此。所以和什么人结婚，就会拥有什么样的生活。"

伊飞凡不知道卫爱莲想说什么，就没有插话，茫然地望着卫爱莲。

卫爱莲抬起左手，盯着中指上的硕大钻戒，轻声说："我等了你六年，没有等到你的任何消息。我曾经真挚地爱过你，但是你出现得太晚了。我已经准备嫁给另一个人，因为我像曾经爱你一样爱着他。我今天来，只想亲口对你说一声'对不起'。"她说完哭泣着跑出去。

李瑞虎和轩辕健听到开门声，连忙跑进客厅。

伊飞凡硕大的躯体深陷在沙发里，目光呆滞地望着天花板。

轩辕健走过去轻轻地拍了拍伊飞凡的肩膀："过去的事情就让它过去吧，该结束的感情就让它结束吧！"

伊飞凡狠狠地抹了一把脸："我没事儿，我真的没事儿。我再强求她为我做什么，就是强人所难了。我们已经不是一路人，各走各的路才是最好的选择。只是，我现在才意识到，我失去的不仅仅是六年时间，还失去了六年前的人生，甚至还会影响后半生。"

一周后的下午，李瑞虎在实验室把轩辕健的研究资料，分门别类地放入档案柜里。

轩辕健坐在电脑前，招呼李瑞虎："小虎，你快过来看看这条新闻。"

李瑞虎走到电脑前，细看那则新闻报道。

新闻中写道，经过调查，警方在原水月市警察局局长真光豪家中，发现大量真光豪勾结外国势力、破坏理国政府国体的证据。检察院已经以间谍罪、叛国罪、贪污罪、纵火罪、杀人罪对真光豪发起公诉。真光豪可能被判处罚没收全部个人财产、终身监禁。

看完新闻，李瑞虎恍然大悟："怪不得警方不联系我们，原来真光豪除了杀害墨水仙，还做出这么多伤天害理的事情。"

轩辕健慨叹道："真光豪一直把'服务人民、造福社会'挂在嘴边，真是知人知面不知心啊！"

李瑞虎说："好在他已经被绳之以法，再也不能危害社会了。"

轩辕健瞥了李瑞虎一眼："你的话，说得太早了吧！"

李瑞虎怔怔地望着轩辕健。

轩辕健意味深长地说："你仔细想想真光豪可能被删除的记忆信息。我认为那段被删除的记忆信息，极有可能与他犯下的间谍罪、叛国罪有关。”

李瑞虎张大嘴巴：“您认为境外势力用类似筑灵机的工具，删除了真光豪的记忆信息？”

轩辕健点点头：“传统战争是入侵领土、杀人放火、掠夺财富。科技发展到今天，战争方式也变成多样化，如文化战、信息战、金融战、科技战、生化战，以后还可能演变成精神战、灵魂战。”

“如果真发生那样的战争，我们可能都不知道敌人是谁、躲在哪里，怎么办？”

“为了防患于未然，我们必须时刻提高警惕，并且占领科技高地，站着与敌人对话。只要我们足够强大，我们就能获得足够多的安全，否则一切无从谈起。”

轩辕健的手机铃声响起，屏幕上显示陌生电话号码。

轩辕健接听电话，李瑞虎识趣地拿起吸尘器打扫卫生。

轩辕健打完电话，对李瑞虎说：“刚才水月市市长办公室打来电话，市政府要组织一场颁奖大会。因为我们举报真光豪、提供真光豪的犯罪证据，对警方侦破真光豪一案做出突出贡献，邀请我们作为嘉宾受奖。据说有二十几家权威媒体参与，理国国王开明大君也会莅临会场。”

李瑞虎似乎对此一点儿都不感兴趣：“您去吧。我有社交恐惧症，万一我因为紧张或者恐惧，在现场出洋相，岂不破坏了现场良好氛围？”

轩辕健盯着李瑞虎：“你确定不参加？”

李瑞虎点点头。

轩辕健无奈地说，“看来我只能自己去了。我顺便提一句，那个公民特殊贡献奖章，是纯金的，受奖者还能得到五十万元现金奖励。”

“什么？每个受奖者还能得到五十万元现金？”李瑞虎扔下吸尘器，走向轩辕健。

轩辕健点点头："不过，不能到会的受邀者，视为自动弃奖。"

李瑞虎连声喊道："您怎么不早说啊？我去，我陪您去！"

一个月后的周末，李瑞虎准备坐火车去镜花市疗养院探望母亲。

他路过1号洋房时，看到麦可和茉莉在院子里玩耍，不由自主地停下脚步。

麦可和茉莉望着大树，大树上有一只小野猫。小野猫似乎爬得太高不敢下来，用求助的眼神望着麦可和茉莉，不断地发出凄惨的号叫声。

麦可和茉莉对视一眼，扇动翅膀飞起来。

麦可和茉莉悬停在树枝旁。麦可轻轻抚慰小野猫，茉莉伸手抱住小野猫，然后他们一起返回地面，把小野猫放到地上。

他们看到李瑞虎，飞奔过去，热情地打招呼。

李瑞虎与麦可、茉莉闲聊一会儿后，才乘坐出租车赶往火车站，正好赶上检票。

两小时后，李瑞虎来到疗养院，推开母亲的房门。

母亲不在房间里。他把水果和点心放到桌上，拿起桌上倒扣的相框一看，是二十五年前母亲与父亲的结婚照。

照片背景是中国杭州西湖，堆满荷花的池塘边的古银杏树下，年轻的母亲身穿白色婚纱，脸上的笑容艳若桃李。年轻的父亲身穿白色西服，挺拔俊朗。在金色的夕阳下，白色婚纱与白色西服都染上一层淡金色。

李瑞虎紧紧地捂着嘴巴，拿着相框来到走廊里，向护工询问母亲的去向。

护工指着门外说，他母亲平日喜欢在池塘边的银杏树下晒太阳，现在应该在那里。

李瑞虎来到池塘边，看到池塘里荷叶尖角刚刚露出水面。

母亲独自坐在银杏树下的长椅上，望着点点荷叶出神。

夕阳把眼前的一切染成金色。眼前的光影与李瑞虎父母的婚纱照背景颇为相似。只是母亲鬓角的白发，在微风中轻轻飘动。

李瑞虎走过去，把相框递给母亲。

母亲接过相框，轻轻地抚摸着。

李瑞虎偎依在母亲肩上，像母亲一样，深情地望着池塘。

一阵熟悉的脚步声传来。

李瑞虎扭头一看，霎时愣住了，脱口喊道："爸爸！"

——全书完——